ro
ro
ro

Eine kleine, pittoreske Universität in Deutschland, Ende der dreißiger Jahre. Ein Amerikaner kommt zu Besuch und möchte heimelige Romantik in stillen Gässchen genießen. Stattdessen erlebt er Stiefelknallen und Lautsprechergetöse, die SA marschiert und der Führer kreischt über den Äther.

In zehn locker verbundenen Episoden schildert Erika Mann anschaulich und spannend, wie es zugeht im Alltag unterm Hakenkreuz.
«Ein beachtlicher und lesenswerter Beitrag zu unserer kollektiven Erinnerung an jene Zeit», schrieb Ruth Klüger in der «Welt».

Erika Mann (1905–1969) war die älteste Tochter von Thomas und Katia Mann. Sie arbeitete als Schauspielerin und Kabarettistin und schrieb, zum Teil mit ihrem Bruder Klaus, eine Reihe zeitkritischer Bücher. Ab 1936 lebte sie überwiegend in den USA, als Vortragsrednerin und Publizistin. Während des Zweiten Weltkriegs wirkte sie unter anderem an den Deutschland-Programmen der BBC mit und war Kriegsberichterstatterin für die Alliierten.

ERIKA MANN

Wenn die Lichter ausgehen

Geschichten aus dem Dritten Reich

Deutsch von
Ernst-Georg Richter

Mit einem Nachwort von
Irmela von der Lühe

Rowohlt Taschenbuch Verlag

Die amerikanische Originalausgabe erschien 1940
unter dem Titel *The Lights Go Down*
bei Farrar & Rinehart, Inc., New York/Toronto.

Die Zeichnungen von John O'Hara Cosgrave, II
stammen aus der Originalausgabe.

3. Auflage April 2025
Veröffentlicht im Rowohlt Taschenbuch Verlag,
Rowohlt Verlag GmbH, Kirchenallee 19, 20099 Hamburg

Zuerst veröffentlicht im Rowohlt Taschenbuch Verlag,
Reinbek bei Hamburg, November 2006

Umschlaggestaltung
any.way, Barbara Hanke/Cordula Schmidt
(Abbildung: Austrian Archives/Corbis)
Printed in Germany
ISBN 978-3-499-24413-1

Kontaktadresse nach EU-Produktsicherheitsverordnung:
produktsicherheit@rowohlt.de

INHALT

UNSERE STADT

Das Leben in unserer Stadt ging weiter. Der alte Marktplatz mit seinen bunten Häusern rund um das berühmte Reiterstandbild hatte sich seit Jahrhunderten nicht verändert. Dem zufälligen Besucher bot sich ein friedliches, zauberhaftes Bild.

✦ ✦ ✦ ✦

EIN FREMDER ging durch die Stadt. Er kannte dort keinen Menschen, und er wußte auch nicht, wohin die Straßen führten. Er spazierte durch die enge Glockenstraße und stieß unerwartet auf den alten Marktplatz mit seinen Giebelhäusern und dem Reiterstandbild. Er war von der schläfrigen Anmut und der außergewöhnlichen Stille beeindruckt. Abends um halb zehn kam sie ihm dennoch seltsam vor. Nur die roten Fahnen an allen Fenstern raschelten leise im Wind. Irgendwo bellte ein Hund. Oder war es eine menschliche Stimme, die aus einem fernen Lautsprecher kam?

Der Fremde setzte sich auf die Stufen des Denkmals und sah hinauf zum Himmel. Die Oktobernacht war kalt und klar. Die farbigen Heiligenbilder im Schaufenster des gegenüberliegenden Eckladens glänzten silbern im Mondlicht. Es gab kaum ein anderes Licht auf dem Marktplatz; die Laternen waren gelöscht; vielleicht aber hatte man sie gar nicht erst angezündet. Der Fremde hatte noch immer den Lärm der Reise in den Ohren und die Unruhe von Abfahrt und Ankunft im Herzen. Umso mehr sog er nun die friedliche Luft ein.

Das ist Deutschland, dachte er. So sind sie, die alten deutschen Städte, so lieblich und bezaubernd. Gestern in Berlin war es ganz anders. Dort konnte man den mächtigen Puls fühlen, die unermüdliche Energie dieser Menschen, die die Nacht zum Tag macht und dieses Land einmal mehr aus dem Ruin zu Macht und Größe führt. Berlin war strahlendhell und voller Trubel; die Restaurants waren bis auf den letzten Platz mit lachenden Menschen besetzt, und niemand schien Sorgen zu haben. Nirgendwo gab es Anzeichen von Angst. Ich hasse dieses Gerede – hier schüttelte er ärgerlich den Kopf –, ich hasse all die dummen Sprüche über den «Terror der Diktatur». Dieser Hitler hat Großes geleistet, und selbst wenn er den Deutschen zu große Opfer abverlangte, sie ließen es sich nicht anmerken. Wie hübsch die roten Fahnen aussehen. Auch über dem kleinen Laden mit den Heiligenbildern weht das Hakenkreuz. Ich bin froh, daß ich hier bin, und ich werde sicher zwei, drei Tage bleiben, auch wenn ich in dieser Stadt nichts Bestimmtes vorhabe. Der Wind ist erfrischend, so als käme er direkt aus den Bergen. Und die sind tatsächlich nicht weit; man kann in wenigen Stunden dort sein. Jetzt kommen auch noch ein paar Leute. Sie gehen im Gleichschritt – sind das Soldaten, die hier im Mondlicht marschieren?

Zwei SA-Männer, stämmige Kerle in schmucken braunen Uniformen, kamen die Marktstraße herunter, überquerten den Marktplatz und gingen auf den Fremden zu. Der blieb ruhig auf den Stufen sitzen.

«Heil Hitler!» riefen sie und stellten sich vor ihm auf.

«Heil Hitler!» antwortete der Fremde, aber er hob nicht den Arm, denn eine plötzliche Befangenheit hielt ihn zurück.

«Erheben Sie sich gefälligst zum deutschen Gruß!» befahl einer der beiden.

Der Fremde stand gehorsam auf.

«Heil Hitler!» riefen die Uniformierten aufs neue und reckten die Arme nach vorn.

Diesmal erhob auch der Fremde seinen rechten Arm.

«Was machen Sie hier?» fragte derjenige, der ihn zuerst angesprochen hatte.

«Nichts», gab der Fremde zur Antwort.

«Nichts?» wiederholte der SA-Mann abfällig. «Stellen Sie sich nicht dümmer, als Sie sind. Sie wissen genau, was ich meine. Warum Sie nicht zuhören, will ich wissen. Gibt's etwa nicht genug Lautsprecher in der Stadt?»

Der Fremde zuckte verwirrt die Achseln.

«Zuhören? Lautsprecher?»

Erst jetzt bemerkten die SA-Männer seinen fremdländischen Akzent.

«Ich bitte um Verzeihung», sagte der erste. «Sie sind Ausländer, das haben wir nicht sofort erkannt. Wir haben heute nacht Dienst und sehen uns nach Passanten um, die nicht der Rede des Führers zuhören. Bei Ausländern ist das natürlich etwas anderes. Entschuldigen Sie.»

Der Fremde lächelte. «Bestimmt hätte ich zugehört, wenn ich gewußt hätte, daß Herr Hitler eine Rede hält. Sagen Sie», wandte er sich an den Stilleren der beiden, «angenommen, ich wäre Deutscher und Sie hätten mich hier erwischt, was wäre dann mit mir passiert?»

Der SA-Mann zuckte die Achseln.

«Eigentlich nicht viel», meinte er. «Wir hätten Sie auf die Dienststelle mitgenommen. Dort gibt es ein Radio, und dann hätten Sie dort zuhören können. Wir hätten Sie mit einer Verwarnung entlassen. Natürlich ist eine solche Verwarnung kein Kinderspiel. Beim nächsten noch so kleinen Vorkommnis, sagen wir, jemand verdächtigt Sie und zeigt Sie an, sind Sie dran – ab ins Konzentrationslager! Und …»

Der erste SA-Mann, dem der vertrauliche Ton seines jüngeren Kameraden offenbar nicht paßte, unterbrach dessen Redefluß mit einer raschen Geste.

«Das reicht!» sagte er. «Das Konzentrationslager muß diesen Herrn nicht kümmern. Wir bitten nochmals um Entschuldigung. Heil Hitler!»

Sie schlugen gleichzeitig die Hacken zusammen, machten kehrt und zogen ab. Vor dem kleinen Laden mit den Heiligenbildern blieben sie kurz stehen. Der Fremde hörte sie lachen; ihre jungen Stimmen schallten über den ganzen Marktplatz. Dann verschluckte die Stille nach und nach ihre Schritte.

Schade, dachte der Fremde. Ich hätte mir gern die Rede angehört.

Irgend etwas war ihm auf die Stimmung geschlagen. Die beiden Burschen waren ordentlich und höflich gewesen. Trotzdem hatte ihn das Zusammentreffen bedrückt. Warum hatten sie gelacht, als sie vor dem Schaufenster standen? Er ging hinüber und fand einen Zettel am Fenster, den er aus der Ferne nicht hatte sehen können.

«Öffentliches Ärgernis!» war dort zu lesen. «Der Führer braucht Soldaten, keine Betschwestern! Nieder mit den scheinheiligen Volksfeinden! Pfaffen raus! Raus! Heil Hitler!»

Der Fremde war wütend und angewidert, als er das las. Dann fand er, daß solche Lumpereien überall möglich seien. Auf der ganzen Welt machte die Jugend solche

Dummheiten. Bei mir zu Hause verschlucken sie Goldfische, dachte er. Das ist auch nicht viel besser. Trotzdem, warum hatten die beiden Uniformierten den Zettel nicht abgenommen? Wahrscheinlich waren sie zu jung und fanden die Sache komisch. Jedenfalls lasse ich mir von diesem Zettel weder die Laune noch den Eindruck von dieser Stadt verderben. Es fröstelte ihn, und er fand, ein Cognac würde ihm guttun.

Die kleine Wirtschaft in der Glockenstraße hallte wider vom Lärm aus dem Lautsprecher. Einige Gäste saßen beim Bier und lauschten schweigend den Worten ihres Führers. Warum flucht er so viel, fragte sich der Fremde. Er begriff, daß vom Wirtschaftswachstum des «Dritten Reiches» die Rede war, einem Thema, das eigentlich kaum solche Erregung auslösen konnte. Wie viele Hotelübernachtungen hatte es im letzten Jahr in Deutschland gegeben? Wie viele Papierrollen waren in Deutschlands Fabriken hergestellt worden? Wie viele Bergwanderungen waren angeboten worden? Jede dieser Zahlen wurde von der Stimme am Mikrophon herausgeschleudert, als sollte sie die Zuhörer erschüttern und überwältigen.

Der Wirt gähnte laut hinter seinem Tresen. Der deutsche Cognac schmeckte wie parfümierter Methylalkohol, und das Stück Brot, um das der Fremde gebeten hatte, war feucht, grau und klebrig.

«Haben Sie Eier?» fragte einer der Gäste.

«Nein», meinte der Wirt, «aber Sie können den *Völkischen Beobachter* haben.»

«770841 Industriearbeiter», bellte die Stimme aus dem Radio.

Der Gast, dem man anstelle von Eiern den *Völkischen Beobachter* angeboten hatte, stand auf, streckte sich, gähnte und sah auf die Uhr.

«Eineinhalb Stunden», meinte er, «und noch kein einziges Wort über unsere Brüder im Sudetenland.»

Was ist denn das, fragte sich der Fremde. Keiner hier scheint sich besonders zu begeistern. Eine sture Bande, diese Bayern, ein dickköpfiges, nachdenkliches Volk; sie lassen sich ihre Begeisterung nicht anmerken.

In einer Ecke nahe beim Ofen saß ein kleines Mädchen und schrieb etwas auf.

«Morgen hat sie eine Klassenarbeit», sagte der Wirt. «Also muß sie sich Notizen machen und sie auswendig lernen. Sonst bekommt sie eine Strafe.»

«Wie viele Industriearbeiter waren das?» fragte das Kind.

Niemand antwortete.

Der Fremde hörte sich die Rede bis zum Schluß an. Auch als der wütende Führer geendet hatte und das Horst-Wessel-Lied verklungen war, blieb er sitzen. Er wollte sehen, welche Wirkung die Rede gehabt hatte, und er wollte mit dem Wirt reden, der wie ein freundlicher Mensch aussah. Der buschige Schnurrbart hätte einem Seehund zur Ehre gereicht, aber die klaren Augen in seinem kräftigroten Gesicht sprachen eine lebhafte Sprache. Doch er war kein gesprächiger Mensch. Auch an den Tischen wurde wenig geredet. Niemand erwähnte die Rede des Führers.

«Hast du die Kirchenbanner gesehen?» fragte eine Frau ihren Mann. «Ich habe mindestens acht gezählt, allein fünf in der Bärenstraße.»

Ihr Mann nickte. Ein verstohlenes Grinsen huschte über sein Gesicht.

«So eine Unverfrorenheit!» sagte er. «Kirchenbanner hinzuhängen, wo es ausdrücklich verboten ist!»

Zur Bekräftigung schlug er mit der flachen Hand auf

den Tisch. Dennoch hatte der Fremde den Eindruck, daß der Mann sich freute.

«Eine ausgemachte Unverschämtheit», wiederholte er und warf dem Wirt einen fröhlichen Blick zu.

Minuten vergingen, und die Gäste verließen nach und nach das Lokal.

Der Fremde wartete gespannt auf alles, was er noch aufschnappen konnte, und blieb.

«Wie viele Einwohner hat diese Stadt?» fragte er den Wirt und hoffte auf ein Gespräch.

«120 000», sagte der Wirt. «Aber jede fünfte Familie hat kein eigenes Heim. Wir haben wenige Häuser und viele Mietskasernen. Macht ja nichts», fügte er rasch hinzu, als der Fremde die Stirn runzelte. «Es ist auch nur vorübergehend, bis wir die Wiederbewaffnung abgeschlossen haben. Natürlich hat die Waffenindustrie im Augenblick Vorrang. Erst kommt die Politik, dann das Privatleben.»

«Jede fünfte Familie?» fragte der Fremde. «Woher wissen Sie das so genau?»

Der Wirt lehnte sich mit seinem kräftigen Körper noch weiter über den Tresen. Nun, sein eigener, bereits verheirateter Sohn wohne noch hier im Hause, weil er keine eigene Wohnung bekommen könne.

«Und dann», fuhr er mit einem freundlichen Blick aus seinen blauen Augen fort, «dann lese ich ja auch noch die Zeitung. Es gibt 21 000 Familien in der Stadt und nur 17 000 Häuser. Wer keins abbekommen hat, nimmt das natürlich übel. Aber das ist egoistisch und kurzsichtig; heutzutage muß man klug sein und etwas von politischen Notwendigkeiten verstehen.»

«Sie leben in einer sehr schönen Stadt», meinte der Fremde. «Ich bin zum ersten Mal hier, und sie gefällt mir sehr gut.»

Der Wirt kaute an seinem Schnurrbart und rieb sich befriedigt die Hände.

«Besonders heute», bemerkte er, «mit all den Fahnen.»

Einmal mehr hatte der Fremde das Gefühl, daß der Mann nicht meinte, was er sagte. Die Kirchenbanner gingen ihm nicht aus dem Kopf und auch nicht der Zettel an dem katholischen Laden.

Die Tür ging auf, und eine Frau kam herein.

Sie war kräftig, um die fünfzig Jahre alt, und trug eine Armeejacke mit braunen Hosen und Gummistiefel bis weit übers Knie.

«Der Luftschutz», sagte der Wirt. «Einen Tee für die Beschützerin unseres Vaterlands», rief er in die Küche. «Ein schöner heißer Tee wäre jetzt das richtige, nicht wahr, Frau Murks?»

Frau Murks nickte.

«Ganz genau», sagte sie, «sonst erfriere ich noch.»

Ihre Zähne klapperten schon in Erwartung der Luftschutzübung. Sie setzte sich gleich neben den Fremden an den Tresen.

«Das ist Nummer sieben heute», meinte sie. «Die siebente Luftschutzübung in diesem Herbst.»

Aufmunternd schlug ihr der Wirt auf die Schulter.

«Gratuliere», sagte er. «Schon die siebente. Insgesamt zehn bis Neujahr. Jetzt also nur noch drei, und die stehen Sie auch noch durch, Frau Murks.»

«Vielleicht, vielleicht auch nicht», gab die Frau zur Antwort. «Na ja, jedenfalls dauert sie nicht so lange wie sonst, wo doch der Führer so lange gesprochen hat. Wir hatten schon gehofft, daß die Übung ihm zu Ehren ausfällt. Aber daraus wird nichts. Jetzt kommt die Übung, auch wenn wir erst um Mitternacht anfangen.»

Der Fremde verlangte die Rechnung. Frau Murks warf ihm einen mißtrauischen Blick zu, während sie widerwillig ihren Tee umrührte.

«Der Herr ist Ausländer», sagte der Wirt. «Er ist heute zum ersten Mal bei uns. Aber es gefällt ihm hier, und er ist ja auch genau zur rechten Zeit gekommen, bei diesem schönen Wetter …»

«Ich verstehe», sagte die Frau schon freundlicher. «Also Sie kommen von außerhalb?»

Sie wurde still, aber es schien, als wollte sie etwas fragen oder hinzufügen. Der Fremde nickte aufmunternd, gern hätte er ihr jede Auskunft erteilt. Aber Frau Murks wandte sich wieder an den Wirt.

«Wissen Sie, was meiner Schwägerin passiert ist?» fragte sie. «Die Frau wird vom Pech verfolgt. Sie ist krank geworden; nichts Ernstes, nur eine Grippe. Aber sie kann heute nacht nicht zur Übung kommen. Damit müssen wir zu dritt den schweren Schlauch zur Pumpe schleppen, und das bei der Kälte.»

Dem Fremden schien es, als sei Frau Murks und nicht ihre Schwägerin vom Pech verfolgt – die konnte im Bett bleiben, während die anderen die Pumpe bedienen mußten. Aber der Wirt wußte es besser.

«Ach du lieber Gott», rief er. «So ein Pech! Bei der siebenten Übung! Jetzt muß sie ganz von vorn anfangen. Das ist ja schrecklich!»

Frau Murks schüttelte betrübt den Kopf.

«Noch dazu ist meine Schwägerin nicht die Stärkste, und die Jüngste ist sie auch nicht mehr. Nächsten Monat wird sie achtundfünfzig. Und jetzt muß sie die ganzen zehn Übungen noch einmal machen. Die sechs, die sie schon absolviert hat, zählen nicht mehr, weil sie heute eine verpaßt. Wenn man das wenigstens am Tag machen könnte. Aber tagsüber ist dafür keine Zeit. Und nachts ist es so kalt, daß man erst recht krank wird.»

Der Fremde legte einen Geldschein auf den Tresen. Das ist hart, dachte er. Ziemlich hart für eine Achtundfünfzigjährige. Aber schließlich ist es gut für die Bevölkerung, wenn sie genau weiß, was im Kriegsfall zu tun ist. Außerdem werden solche Übungen wahrscheinlich auch Spaß machen. Diese Frau Murks sieht nach einem fröhlichen Menschen aus, und auch Wanderungen sind häufig kalt und anstrengend.

Es war fast, als hätte Frau Murks seine Gedanken erraten: «Aber ich bin ja immer mit Leib und Seele bei der Arbeit, müssen Sie wissen, Herr Schindhuber, und Sie auch, für Ihren Bericht», wandte sie sich wieder dem Fremden zu.

Der Fremde war erstaunt.

«Bericht?» fragte er. «Ich bin kein Journalist.»

«Woher weiß ich, was Sie sind», versetzte die Frau. «Wenn Sie jedenfalls irgendeinen Bericht schreiben: Ich stehe entschieden und hundertprozentig hinter dem Führer. Haben Sie in London Luftschutzübungen?» fragte sie plötzlich.

Der Fremde bekannte, er sei Amerikaner und habe noch keine Luftschutzübungen mitgemacht. Soweit er wisse, habe es in London einige gegeben, aber sie würden dort wohl nicht so streng gehandhabt.

«Wenn in London eine achtundfünfzigjährige Frau krank wird, wird man ihr kaum zusätzliche Übungen abverlangen.»

Hier wurde Frau Murks ungehalten.

«Da haben Sie's!» rief sie. «Demokratien kennen einfach keine Disziplin. Gerade hat unser Propagandaminister erklärt, Demokratien kämen ihm wie eine Sammlung komischer alter Käuze vor. Auch ich empfinde sie als verdorben und bis ins Mark korrupt. Was kann so eine kleine Luftschutzübung meiner Schwägerin schon anhaben? Und selbst wenn sie an einer Lungenentzündung stirbt, was bedeutet solch ein Tod schon für die Volksgemeinschaft? Das ist ein Soldatentod wie jeder andere auch, und die Hinterbliebenen können sich ihrer mit Stolz erinnern.»

Dem Fremden wurde klar, daß Frau Murks entschieden meinte, was sie sagte. Wie verwirrt die Ärmste ist, dachte er. Wie sie hin- und herschwankt – erst beschwert sie sich, dann steht sie «hundertprozentig hinter dem Führer». Komisch. Erst hat sie aufgepaßt, daß ich sie nicht in «meinem Bericht» erwähne, und dann redet sie sich richtig in Rage. Auch der Wirt ließ sich jetzt vernehmen, während er sich den Bart strich.

«Tut mir leid für Sie», meinte er zu dem Fremden, «aber Frau Murks hat recht. Die liberale Demokratie hat ausgespielt. Und außerdem gehört die Welt jetzt der Herrenrasse.»

Der Fremde, der alles in allem zur selben «Herrenrasse» wie Herr Schindhuber und die uniformierte Frau Murks gehörte, deren breite Wangenknochen recht deutlich auf ihre slawischen Vorfahren schließen ließen, wollte keinen Streit anfangen.

«So oder so hat Ihr Führer eine Menge erreicht. Wenn er nur seine Aggressivität gegen die Außenwelt aufgeben wollte» – er schluckte herunter, was er noch hinzufügen wollte, etwa die Grausamkeiten gegen die Juden –, «wenn er nur den Frieden bewahren wollte, dann würde sicher niemand etwas gegen ihn haben.»

Frau Murks wurde angriffslustig: «Wir sind eingekreist, und wir müssen uns verteidigen können.»

Aber der Wirt lehnte sich wieder mit schlauem Gesichtsausdruck über den Tresen und flüsterte dem Fremden zu: «Haben Sie unsere neue Metallfabrik gesehen? Ja, ich meine das großartige Gebäude am anderen Flußufer. Wissen Sie, was dort hergestellt wird? Munition? Gott bewahre! Sie stellen Friedensengel her, nichts als hübsche, glänzende Friedensengel.»

Während der letzten halben Stunde hatte Herr Schindhuber einen Whisky nach dem anderen getrunken. Der Fremde hatte den Eindruck, als sei er nicht mehr ganz nüchtern; außerdem war es schon spät, und er machte sich auf den Weg.

«Heil Hitler!» sagte er und hob hastig den Arm.

«Heil Hitler!» rief Frau Murks und sprang zum deutschen Gruß auf.

Herr Schindhuber sagte dagegen nur: «Ich wünsche Ihnen eine angenehme Nacht.»

Dann leerte er noch ein Glas.

Draußen hatte sich der Himmel bewölkt. Es regnete dünn, aber ohne Pause; die Straße glänzte. An der Straßenbahnhaltestelle auf dem Marktplatz drängten sich die Leute. Eine Handvoll Taxis wartete an ihrem Halteplatz, aber anscheinend wollte niemand ihre Dienste in Anspruch nehmen. Der Fremde beschloß, mit der Straßenbahn ins Hotel zu fahren; so würde er weitere Eindrücke von der hiesigen Bevölkerung bekommen. Herr Schindhuber und Frau Murks hatten ihn verwirrt. Er zitterte vor Kälte und wartete acht oder neun Minuten.

Als die Straßenbahn kam, warf sich die Menge wie von Sinnen nach vorn. Männer schubsten Frauen zurück; ein Kind, dessen Mutter schon eingestiegen war, verirrte sich in einem Wald von drängelnden Beinen und fing an zu weinen; der Fremde stürmte nach vorn, ergriff das kleine Mädchen, hob es über die Köpfe der drängelnden Leute und konnte es schließlich seiner Mutter übergeben, die händeringend auf der Plattform stand. Die überfüllte Tram fuhr ab, mit Trauben von Menschen auf dem Trittbrett.

Sollte er bis zum Hotel laufen? Das Wetter war schlechter geworden. Noch dazu fühlte er sich unwohl, Gedanken schossen ihm im Kopf herum. Er winkte einem Taxi, das sofort heranfuhr.

«Zum Reichshof-Hotel, bitte», sagte der Fremde.

«Früher war es das Bavaria-Hotel», sagte der Taxifahrer in einem Ton, der den Fremden dafür verantwortlich zu machen schien, daß es nun nicht mehr so hieß.

Während der gesamten Fahrt sprach der Fahrer über die Schulter hinweg. Dem Fremden war mulmig zumute, als sie sich durch die engen Gassen schlängelten. Warum konzentriert er sich nicht aufs Fahren, statt sich zu unterhalten? fragte er sich.

«Sie haben's wohl nicht in die Straßenbahn geschafft?» fragte der Fahrer und lachte hämisch. «Na ja, Ihnen macht das nicht viel aus, Sie müssen nur ein Taxi nehmen und ins Bavaria-Hotel fahren. Aber die Leute hier haben's nicht so gut. Wir hatten mal hundertzwölf Straßenbahnwagen, und so viele brauchen wir auch. Jetzt gibt es nur noch zweiundsechzig. Die alten Wagen sind aus dem Verkehr gezogen, und für neue gibt es nicht genug Material. Alle Rohstoffe gehen in die Produktion von Friedensengeln.» (Schon wieder diese Friedensengel.) «Außerdem haben wir nicht genug Fahrer – nicht mal genug für die lausigen zweiundsechzig. Die, die da sind, sind vollkommen überarbeitet und mit dem Verkehr überfordert. Wie soll man eine Straßenbahn fahren, wenn man nicht mal genug Platz zum Stehen hat? Und dann, wenn was los ist, so wie bei der Rede des Führers, und alle Leute zur gleichen Zeit von den öffentlichen Lautsprechern nach Hause wollen!

Die Straßenbahnen sind dann das reinste Irrenhaus. Aber niemand nimmt ein Taxi. Das können sich nur die Reichen leisten, und die haben ihren Mercedes.»

Der Fremde hob die Augenbrauen.

«Unsere Untergrundbahnen in New York sind oft überfüllt, aber wir machen deswegen nicht so lange Gesichter.»

Der Taxifahrer trat aufs Gaspedal. Die Straße zum Hotel war breit und gerade, aber der Asphalt war rutschig, und der Fremde wünschte, er wäre schon in seinem Zimmer.

«Gesichter!» sagte der Fahrer. «Wer fragt denn nach unseren Gesichtern? Wir sind schon froh, wenn es keinen Krieg gibt. Meinen Sie, es wird einen geben?» Er sah über seine Schulter, während der Wagen beängstigend schnell voranpreschte. «Glauben Sie, die Engländer fangen einen Krieg an?»

Der Fremde antwortete: «Keiner will Krieg. Und in der ganzen Welt hat man den größten Respekt vor Deutschland.»

Das war keine Antwort. Der Taxifahrer seufzte.

«Ich habe drei Kinder», fuhr er fort, «und jeden Tag kann ich darauf warten, ‹ausgesiebt› zu werden. ‹Ausgesiebt›! Wissen Sie, was das heißt? Es gibt zu viele Chauffeure in der Stadt, und es gibt auch kein Benzin. Und sie brauchen Arbeiter für den Westwall. Ich könnte jeden Tag abtransportiert werden, weit weg von meiner Familie, um dort an den Verteidigungsanlagen zu arbeiten. Aber ich will zu Hause bleiben, hier in meiner Stadt; es ist mir egal, wenn hier nicht alles Gold ist. Hier gehöre ich hin, zu meiner Frau und meinen Kindern. Ich bin kein Preuße, und ich bin auch kein Festungsbauer, ich bin ein bayerischer Chauffeur!»

Erstaunlich, wie offen dieser Mann redet, dachte der

Fremde. Zumindest ist all das Gerede über Furcht unberechtigt. Wie kann so jemand wissen, daß ich ihn nicht anzeige? Offensichtlich hat er von den Behörden nichts zu befürchten. Das Taxi hielt an, der Fremde zahlte und gab ein gutes Trinkgeld.

«Vielen Dank», freute sich der Taxifahrer. «Und bitte sagen Sie's keinem, daß ich gerade ein bißchen viel geredet hab. Manchmal muß man einfach was loswerden, sonst platzt man. Und wenn der Fahrgast Ausländer ist, hat man nicht so viel Angst. Wenn Sie mich anzeigen, bin ich geliefert. Aber das werden Sie nicht tun – Sie hätten nichts davon, wenn man mich verhaften und einsperren würde. Bei unseren Volksgenossen ist das anders: Die hätten etwas davon. Die werden belohnt oder befördert. Aber ein Ausländer ...»

Der Fremde schüttelte bekräftigend den Kopf.

«Von mir erfährt keiner ein Wort», sagte er. «Außerdem kenne ich hier niemanden, dem ich etwas erzählen könnte. Aber lassen Sie sich einen Rat geben. Nehmen Sie es nicht so schwer. Das alles geht vorüber. In ein paar Jahren werden die Disziplin, das eingeschränkte Leben und die Arbeit am Westwall kaum mehr nötig sein.»

«Meinen Sie wirklich?» fragte der Fahrer, und es lag Freude, aber auch Furcht in seinem Gesicht. «Glauben Sie das wirklich?»

Der Fremde nickte.

«Viel Glück», fügte er hinzu, ehe er durch die Drehtür ins Reichshof-Hotel ging.

In seinem Zimmer angekommen, ging er auf den Balkon und sah hinab auf die breite Durchgangsstraße. In vielen Fenstern war noch Licht. Da waren sie, die Einwohner dieser Stadt. Wenn es typisch war, was der Fremde an diesem Abend gesehen hatte, dann gingen in ihren Köpfen seltsame Dinge vor. Wirklich außergewöhnlich, dachte der Fremde. Was in den deutschen Zeitungen steht, ist einfach und unmißverständlich. Nach dem Willen des Führers sollen die Juden und die Kommunisten beseitigt werden. Das ist zwar keine schöne Sache, aber wenn es dem Wohl des Volkes dient, dann ist es der Preis. Außerdem ist die Nation im Zeichen der Vaterlandsliebe und ihrer Rehabilitierung vereint. Und zweifellos ist die Ehre dieses stolzen und einst gedemütigten Volkes wiederhergestellt. Noch dazu ist die Arbeitslosigkeit verschwunden, die Jugend des Landes entwickelt sich gesund und kräftig, und der Bürger, der zu Zeiten der Republik weder Neigung noch Talent zur Selbstverwaltung bewiesen hat, fühlt nun die starke Hand einer triumphalen Regierung. Daß wir aus der Sicht unserer freiheitlichen Demokratie diese Entwicklung nicht gerade begrüßen, spielt kaum eine Rolle. Allerdings bedroht das expandierende Reich unsere Interessen. Aber die Deutschen selbst sollten zufrieden sein, und das sind sie im großen und ganzen auch.

Es hatte aufgehört zu regnen. Hinter den Resten der bedrohlich vorüberziehenden Wolken funkelten ein paar blasse Sterne. Die Stadt! Diese schöne, uralte Stadt mit ihren Bergwinden, ihren bemalten Häusern, ihren fleißigen, hoffnungsvollen, lachenden, fluchenden, scherzenden, anständigen Menschen. Wenn es doch nur so etwas wie eine Tarnkappe gäbe! Wenn ich sie aufziehen und in die Häuser hineinschauen könnte. Gern würde ich den Männern bei der Arbeit und den Frauen bei ihren häuslichen Pflichten zusehen. Ich frage mich, ob das kleine Schindhubermädchen seinen Lehrer morgen früh mit der Wiederholung der Führerrede zufriedenstellen wird, und ob der Fabrikant der «Friedensengel» fröhlich und zufrieden ist – bestimmt verdient er damit kein Vermögen. Bevor ich morgen die

Stadt verlasse, muß ich noch einen Blick in den Laden mit den Heiligenbildern werfen, wo der häßliche Zettel klebte. Ja! Ich fahre morgen ab, gleich frühmorgens, wenn möglich. Denn da ich nun einmal keine Tarnkappe besitze, werde ich nicht viel Glück mit meiner Entdeckungsreise haben. Ich könnte tagelang, wochenlang, monatelang hierbleiben und würde die Stadt doch nicht wirklich kennenlernen. Zweifellos ist sie sehr schön. Und alles in allem gefällt es mir in Deutschland. Will heißen: Es gefällt mir wegen der Deutschen. Aber wir sind nicht allein auf der Welt, und jeder sollte seinem eigenen Stern folgen.

Seine Träume verknoteten sich zu einem wirren Knäuel. Da war der Lärm eines Hundes, der offensichtlich ungehalten Zahlen hinausbellte; eine uralte riesengroße Frau hielt einen Feuerwehrschlauch in der Hand; ein Mann in Chauffeursuniform stand bis zum Kinn in seinem Schützengraben, während ihm Kugeln um die Ohren pfiffen. Vor den Augen des Fremden lag ein bezauberndes Bergdörfchen wie Spielzeug da, aber eine riesige Hand erhob sich und deckte es zu. Aus dem roten Tuch, das die Hand über dem Dorf ausbreitete, erhob sich ein schwarzes, fettes, dreidimensionales, riesengroßes Hakenkreuz, das sich in ein Fragezeichen verwandelte. Und wieder bellte der Hund Zahlen heraus …

Der Fremde vergrub das Gesicht ins Kopfkissen. Er stöhnte im Schlaf.

KAPITEL 1: «INFOLGE EINES BEDAUERLICHEN IRRTUMS ...»

Auf einer Seite des Platzes gab es einen kleinen Laden.
In seinem erleuchteten Schaufenster segnete eine
friedvolle gotische Madonna den Passanten mit still
erhobenen Händen.

✦ ✦ ✦ ✦

MARIE WOLLTE Lehrerin werden. Die Eltern des Mädchens führten einen Laden am Marktplatz, wo man Bibeln, religiöse Bücher und Heiligenbilder bekam. Aber ihr Geschäft «paßte nicht in die Zeit», und sie verdienten kaum genug zum Leben. Sie lebten in der ständigen Furcht, «verboten» oder zumindest von jungen Nazis beleidigt und womöglich angegriffen zu werden.

Das Lehrerseminar, das Marie eigentlich besuchen wollte, war für Frauen gerade bis auf weiteres geschlossen worden. Ein «Pflichtjahr» mußte absolviert werden, und Geld zur Finanzierung des Studiums hatte Marie auch nicht. Nach langen Gesprächen mit ihren Eltern und dem allmächtigen Arbeitsamt wurde Marie eine Stelle als Hausmädchen bei der Familie Pfaff angewiesen. Dort hatte sie vier Kinder zu versorgen – die kleine und eher zarte Marie hätte lieber eine Stelle gehabt, bei der sie nicht so hart und für so wenig Geld arbeiten mußte. Es gab viele solcher

Stellen. Hauspersonal war selten geworden, und Marie bekam einen Schreck, als man ihr ihre verlockenden Stellenanzeigen beim Arbeitsamt abnahm und sie zur Familie Pfaff schickte, als sei sie ein Soldat, der zu einem Regiment einrückte. Sie bekam zweiundzwanzig Mark im Monat. Sie mußte kochen, die Kinder versorgen, für die Familie nähen und das Haus putzen. Und zu allem Überfluß mußte sie abends noch Dienst tun bei der Nationalsozialistischen Frauenschaft.

«Aber kann ich denn nicht dahin, wo ich möchte?» fragte Marie, während ihre Stellenanzeigen in einer Schublade verschwanden. «Ich meine, habe ich denn gar keine Wahl?»

Die Arbeitsvermittlerin, eine grobknochige Frau mit strengen, aber nicht unfreundlichen Zügen, lachte kurz. «Überhaupt keine», gab sie zur Antwort und schob Marie eine Zeitung zu, als sei dies der Ersatz für den eingezogenen Stellenteil.

Marie las die Schlagzeile: «Ein Sorgenkind erster Ordnung». Schon die ersten Zeilen zeigten, daß der Artikel direkt an sie, an Marie, das künftige Dienstmädchen, gerichtet war. Sie blickte auf den Titel der Zeitung und bekam eine Gänsehaut. Es war *Das Schwarze Korps*. Sie wußte, daß alles, was in dieser Zeitung stand, jede Drohung und jede Warnung, unangreifbare Autorität besaß. *Das Schwarze Korps*, das Organ von Hitlers Elitetruppe, der schwarzuniformierten Schutzstaffel, war sich seiner immer absolut sicher. Schon Monate bevor ein Gesetz oder ein Erlaß verkündet wurde, informierte man *Das Schwarze Korps* vom bevorstehenden Ereignis. Tatsächlich wurde es nicht nur informiert, sondern auch am Zustandekommen beteiligt. Wenn eine Forderung in einer seiner Kolumnen auftauchte oder ein «öffentliches Ärgernis» enthüllt wurde, war keine weitere Bestätigung notwendig: Die Forderung wurde erfüllt, das «Ärgernis» beseitigt.

«Wir sehen die Hausangestelltenfrage», las Marie, «in engstem Zusammenhang mit den vielseitigen bevölkerungspolitischen Maßnahmen. Und wir müssen sie so sehen: weil von dem Erfolg unserer Bevölkerungspolitik schließlich die Zukunft unseres Volkes abhängt.»

«Aber wie denn?» fragte Marie. «Wo ist denn da die Verbindung?» Sie las weiter. Dem Artikel zufolge sah die Lage in etwa so aus: Viele Dienstmädchen wollten nicht für die ärmlichen Einheitslöhne bei kinderreichen Familien arbeiten. Aber wenn Eltern mit vielen Kindern keine Dienstmädchen bekommen konnten, würden sie nicht so viele Kinder haben wollen, und die Zukunft unseres Volkes stünde auf dem Spiel. «Da hilft kein Bagatellisieren mehr», schrieb *Das Schwarze Korps*, «denn es handelt sich hier um einen völkischen Notstand, der ganz zweifelsohne unabsehbare Konsequenzen hat.» Dann folgte eine zweite und eine dritte Schlagzeile in Fettdruck: «Zusehen hilft da nicht», und: «Man braucht Machtmittel». Die entschiedenen Erziehungsmaßnahmen des Staates hätten bisher kaum Wirkung gezeigt, las Marie. «Energisches Eingreifen» sei deshalb an der Tagesordnung. Für diejenigen Volksgenossen von «unsittlicher Art», die «aus Mangel an Verantwortung und Pflichtgefühl» eine Stelle aufgaben, um eine andere, weniger anstrengende und besser bezahlte anzunehmen, würde die kürzliche Entscheidung des Weimarer Amtsgerichts eine «eindringliche Warnung» sein. Ein Dienstmädchen, das böswillig seine Stelle aufgegeben hatte, war zu zwei Monaten Gefängnis verurteilt worden. «Wir begrüßen diese Entscheidung, denn an dem ‹freien Spiel der Kräfte› dürfen wichtige bevölkerungspolitische Aufgaben am allerwenigsten scheitern.»

Wie betäubt gab Marie der grobknochigen Arbeitsvermittlerin die Zeitung zurück.

«Sehen Sie, Fräulein?» sagte die Vermittlerin. «Zwei Monate Gefängnis. Es herrscht nationaler Notstand. Gehen Sie nun zu den Pfaffs?»

Marie nickte. «Ja, dann muss ich natürlich gehen.»

Als sie sich zu Hause von dem Schreck erholt hatte, dachte Marie: Es wird mir schon nicht schaden. Ich arbeite gern, und dieses Jahr einer «praktischen Ausbildung» wird mir in meinem Beruf und auch in der Ehe einmal nützlich sein.

Für die Ehe hatte sie tatsächlich schon konkrete Pläne. Marie war mit einem Arbeitersohn verlobt, der es bereits zum Vorarbeiter gebracht hatte. Abends arbeitete er in der Metallfabrik, wo auch sein Vater beschäftigt war, und tagsüber bereitete er sich auf sein erstes juristisches Staatsexamen vor. Marie bewunderte seinen Fleiß, und sie liebte den Mut, die Ausdauer und den strahlenden Optimismus an ihrem Peter, der unter allen Umständen und bei allen Schikanen seine gute Laune behielt. Es verstand sich von selbst, daß Peter dem Nationalsozialistischen Studentenbund angehörte. Sie war ihrerseits aus dem Bund Deutscher Mädel ausgetreten und der Nationalsozialistischen Frauenschaft beigetreten. Trotz alledem hatten sie beide Grund, mit den Nazis unzufrieden zu sein. Ihnen blieb sowenig Zeit füreinander oder für Dinge, die sie wirklich interessierten. Sie mußten dauernd zu Übungen, die «Weltanschauung» erlernen oder einen Dienst ableisten, wenn sie zusammensein, lesen oder studieren wollten. Und wenn sie sich sonntags auf eine Bergwanderung freuten, gab es einen «Querfeldeinmarsch» oder eine andere Pflichtveranstaltung mit «wehrhaftem» Charakter.

Marie war eine gute Katholikin; von klein auf hatte sie

sich immer gern die Heiligenbilder im Laden ihrer Eltern angesehen und ihrem Vater zugehört, wenn er Geschichten aus der Bibel erzählte. Aber weil Peter ein glühender Patriot und überzeugter Nationalsozialist war, hatte sie sich in der neuen Ordnung eingerichtet und nie das Verlangen verspürt, sich mit Taten oder in Gedanken gegen den NS-Staat zu stellen. Alles in allem war sie wie ihr Verlobter voller Hoffnung auf die Zukunft. Allerdings hatte selbst Peter hier und da seine Zweifel. Die Führung des NS-Studentenbundes plante, die Studienzeit für Rechtsanwälte von drei Jahren auf ein Jahr herabzusetzen.

«Ich fürchte, damit übertreiben wir es ein bißchen», meinte Peter. «Wenn man daran denkt, daß man in dem einen Jahr auch seinen Parteiverpflichtungen nachkommen und dann noch vier Wochen zur Übung muß, so ist das zuviel. Natürlich macht man es uns Nationalsozialisten beim Examen leicht, aber wenn man wirklich ein guter Anwalt werden will, muß man halt viel lernen. Ich bekomme manchmal Angst, wenn ich daran denke ...», und als er das sagte, schien er wirklich besorgt zu sein, «... manchmal fürchte ich, einer von denen zu werden, denen Patriotismus als Ersatz für professionelle Zuverlässigkeit gilt. Nun ja, wir werden es schon schaffen», meinte er abschließend und fragte Marie nach ihrer Familie Pfaff.

«Die Pfaffs sind auch nicht zu beneiden», sagte sie. «Vier Kinder bei zweihundert Mark im Monat. Aber Herr Pfaff ist nun mal Beamter, da kann er schlecht weniger als vier Kinder haben.»

Peter wurde auf einmal schroff. «Mein Gott, du redest, als ob du gar nichts verstehst, oder als ob unsere Führung nur zum Spaß auf großen Familien besteht.»

Marie schlang einen Arm um Peters Hals und strich sanft über seine strengen, aber jungenhaften Züge. «Und du redest, als wärst du das *Schwarze Korps* in Person und nicht mein lieber Peter, der mir gehört und niemandem sonst.»

Peter machte sich los von ihr. «Nein, nein. Das ist eine ernste Angelegenheit. Außerdem weißt du ganz genau, daß ich nicht nur dir gehöre. Ich gehöre vor allem unserem Vaterland. Und was die Pfaffs angeht, tun sie nur ihre Pflicht, das ist alles. Reichsführer-SS Himmler hat es neulich ganz deutlich gesagt: ‹Jeder gesunde, junge Deutsche verübt bewußt ein schweres Verbrechen an seinem Volk, wenn er nicht zwischen dem 25. und 35. Jahr [...] dem deutschen Volk und damit dessen Zukunft mindestens vier oder fünf Kinder schenkt.›»

Marie lächelte. «Hast du das auswendig gelernt?»

Peter, der im Zimmer auf und ab ging, als hielte er einen Vortrag, antwortete ernst: «Ich habe das aufgeschrieben, weil es wie ein Gesetz ist. Vergiß nicht, ich bin Rechtsanwalt, und ich werde auch einmal Vater sein.» Er sagte das ganz ohne Zärtlichkeit und ohne einen Hauch von Ironie.

Marie war zwar von der jugendlichen Ernsthaftigkeit ihres Verlobten gerührt, aber dennoch stahl sich eine Gänsehaut ihren Rücken herunter. «Ich habe es nicht so gemeint», sagte sie. «Ich sage nur, es ist nicht leicht, das mit zweihundert Mark im Monat zu schaffen.»

Peter, der nun schon ärgerlich wurde, rief: «‹Die Frage der Kinder ist nicht in erster Linie ein wirtschaftliches Problem.› Das stammt nicht von mir. Es ist aus der gleichen Rede von Reichsführer-SS Himmler, und ich habe sie auswendig gelernt, ob es dir gefällt oder nicht. Und er sagt noch mehr: ‹Haben unsere Vorfahren, vor allem in den schweren Notzeiten des 17. und 18. Jahrhunderts, je danach gefragt, ob ihnen als Eltern durch die damals ganz selbstverständliche große Kinderzahl irgendwelche Vergnügungen abgingen – denn einzig darauf hinaus laufen alle die tausend faulen Ausreden, ‚man' könne eben nicht vier oder fünf Kinder ernähren und großziehen. Solche Einwände sind nicht nur verlogen und unsozial, sondern sie sind das Zeichen einer unsäglich schmutzigen, egoistischen Gesinnung, die an nichts weiter denkt als an persönliche Ungebundenheit oder an Erhöhung des ‚Lebensstandards', was auch nur wieder besagt, daß man das Geld, das den eigenen Kindern gebührt, selbst verfrißt und versäuft.›»

Er ging immer noch auf und ab, während er zitierte. Marie hätte viele Einwände vorbringen können. Unser Lebensstandard ist so niedrig und in den letzten Jahren so schrecklich gesunken, hätte sie sagen können, daß es sicher weder «unsäglich schmutzig» noch «egoistisch» oder «asozial» gewesen wäre, wenn man ihn ein wenig anheben wollte. Aber heben wir ihn denn *wirklich* dadurch, daß wir nicht mehr als zwei oder drei Kinder in die Welt setzen? Nein, nein. Wir versuchen nur zu verhindern, daß er noch weiter sinkt, daß wir von den vier oder fünf Kindern in den Ruin getrieben werden, die Herr Himmler mindestens von uns verlangt. All das hätte sie zur Antwort geben können. Tatsächlich dachte sie aber nicht einmal an so etwas.

Auch sie war nämlich mehr oder weniger mit den Ansichten von Herrn Himmler vertraut, die wie jede wichtige Verlautbarung im *Schwarzen Korps* erschienen. «Vaterlandsverräter» und «Kriminelle» waren die Begriffe, mit denen er alle bezeichnete, die «dem gebieterischen Ruf der Natur nicht folgten» und weniger als vier Kinder haben wollten. Und dann hatte er erstaunlicherweise hinzugefügt: «Vor allem müssen jene Deutsche, die ein Vorbild im

Denken und Handeln sein wollen, darauf achten, daß das Erkennen dieser Gefahr für den Bestand unserer Nation nicht nur im Reich der Begrifflichkeiten bleibt.»

Marie seufzte und schüttelte den Kopf. Mit Vaterlandsverrätern machte man in Deutschland kurzen Prozeß. Vielleicht hatten die Pfaffs ja recht, dachte sie. Vielleicht ist es besser, vier Kinder und endlose Sorgen zu haben, als dem «gebieterischen Ruf der Natur nicht zu folgen» – die nur die Stimme von Reichsführer-SS Himmler ist.

Aber auch das behielt sie für sich. Peter setzte sich auf die Sessellehne, streckte seine langen Beine aus und wurde etwas nachgiebiger. «Schon gut, mach dir keine Sorgen, Marie», sagte er. «Was gehen dich die Pfaffs schon an? Wir –», und dabei sah er stolz auf, «wir werden es schaffen. Warte nur, bis ich mit dem Studium fertig und im Dienst bin.»

Marie nickte.

«Die Lebensmittel werden immer schlechter», sagte sie. «Ich weiß manchmal schon nicht mehr, was ich kochen soll.» Sie lachte. «Möchtest du wissen, was mir gestern passiert ist? Ich war einkaufen. Aber gestern war ein schlechter Tag. Es gab keine Butter, keine Eier und auch kein Mehl. Ich fragte beim Kaufmann nach Butter, dann nach Eiern und dann nach Mehl, und jedesmal sagte er: ‹Nein.› Schließlich sagte er: ‹Jetzt lassen Sie mich aber in Ruhe, Fräulein. Wollen Sie hier einkaufen oder eine politische Diskussion anfangen?› Dann bot er mir eine neue Sorte Hafergrütze an, die sehr gut sein soll. Ich wollte aber keine Grütze.»

Peter war besorgt. «Also wirklich, Marie, du mußt vorsichtiger sein. Du weißt doch, daß du im Laden nicht über Politik reden sollst.»

Marie lachte immer noch.

«Na hör mal», meinte sie. «Wenn das eine politische Diskussion sein soll –»

Peter wechselte das Thema und fragte nach den Kindern der Pfaffs. Er wollte schließlich wissen, ob Marie schon genug gelernt hätte, um seine Söhne großzuziehen.

«Der kleine Fritz ist krank», sagte Marie. «Er weint immerzu und hat diesen häßlichen Ausschlag im Gesicht. Der Doktor sagt, das kommt von der Margarine. Da kann man nicht viel machen.»

Peter zog die Brauen hoch. «Unfug!» sagte er. «Das kann nicht die Margarine sein. Vielleicht gibst du ihm ja etwas Falsches zu essen.»

Peter und Marie hatten ihre Uniformen an, denn beide mußten am Abend zum Dienst.

«Ich muß mich zusammenreißen», sagte Marie. «Vorgestern war ich beim Langstreckenlauf zweimal die letzte. Die Übungsleiterin war ganz schön sauer auf mich.»

Peter, ein erstklassiger Sportler, war an diesem Abend streng: «Ja, reiß dich zusammen, damit es nicht wieder Beschwerden gibt.»

In den letzten Tagen hatte Marie sich nicht wohl gefühlt. Ihr tat der Rücken weh, und sie hatte keinen Appetit. Außerdem war es bei den Pfaffs nicht sehr angenehm. Das lag nicht nur daran, daß der kleine Fritz immer weinte, sondern weil Herr Pfaff überarbeitet und launisch war; dazu schalt er jeden im Haus wegen des schlechten Essens. Frau Pfaff hatte geweint, und Marie hatte gestern versucht, einen leckeren Kartoffelauflauf zu machen; dazu einen Brotpudding mit Marmelade statt mit Fleisch, denn es gab kein frisches Obst. Auch mußten die Pfaffs fürchten, ihr Haus zu verlieren. Das Gebäude wurde für Parteizwekke gebraucht. Deshalb mußte sich Herr Pfaff in seiner geringen Freizeit nach einem neuen Haus umsehen. Man hatte ihm eine Liste mit Namen jüdischer Bürger gegeben. Sobald er ein passendes Haus oder eine schöne Wohnung gefunden hätte, würden die Juden ausziehen müssen, und die Pfaffs hätten ein neues Zuhause. Herrn Pfaff war wegen der ganzen Sache nicht wohl.

«Ich will nicht, daß man diese Leute auf die Straße setzt, auch wenn es Juden sind», sagte er. «Und was soll das überhaupt, seine Zeit so zu vergeuden – von einem jüdischen Haus zum nächsten zu rennen wie ein Hausierer!»

Marie fand, Herr Pfaff redete Unsinn. Juden waren Untermenschen. Herr Pfaff wußte das genausogut wie Marie. Warum sollten Juden ein Zuhause haben, während die Pfaffs als gute Deutsche ausziehen mußten? Jedenfalls war sie niedergeschlagen und fühlte sich nicht wohl. Am Abend gab es wieder einen Reinfall, die Übungsleiterin tadelte sie beim Weitsprungtraining. Sie wollte am nächsten Tag zum Arzt gehen, der würde ihr schon etwas verschreiben. Die Übungsleiterin empfahl ihr den jungen Doktor Killinger.

«Er ist Parteigenosse», sagte sie. «Er ist erster Assistenzarzt im Stadtkrankenhaus, aber nachmittags hat er seine eigene Praxis. Der wird Ihnen helfen.»

Marie kam von ihrem Besuch beim Parteigenossen Killinger mehr tot als lebendig zurück. Zuerst hatte sie zwei Stunden warten müssen. Und dann hatte ihr der junge Naziarzt Avancen gemacht und war höchst ungehalten gewesen, als sie ihn zurückwies. Aber das schlimmste – das allerschlimmste! – kam erst noch. Nach einer hastigen, oberflächlichen Untersuchung – Marie hatte sich nur obenherum frei machen müssen – hatte er die Diagnose für ihr Leiden.

«Was Ihnen fehlt?» hatte er gefragt und dabei gelacht. «Na, überhaupt nichts, Fräulein. Sie sind schwanger, das ist alles.»

Der Behandlungsraum begann sich um Marie zu drehen. Vor Schreck und Angst bekam sie kein Wort heraus.

«Das kann nicht sein – das darf nicht sein – das ist absolut unmöglich», war alles, was sie sagen konnte.

Wie in Gottes Namen sollte das Kind existieren, wo doch weder sie noch ihre Eltern oder Peter für es sorgen konnten? Nach einer elenden und durchweinten Nacht sprach sie mit Peter.

«Ich kann es einfach nicht glauben», sagte der und fügte hinzu: «Weißt du was? Du fährst nach München. Dort leitet mein Onkel eine Frauenklinik. Ich mag ihn zwar nicht sehr, er ist einer dieser Liberalen alter Schule, aber er ist offenbar ein guter Arzt. Dieser Doktor Killinger hat gar nicht lange genug studiert, und außerdem hat er hier viel zuviel zu tun. Ich bin sicher, daß er sich geirrt hat.»

Marie fuhr nach München. Peters Onkel, der «Liberale alter Schule», war ein netter älterer Herr. Er untersuchte sie mit einer Gründlichkeit, die ihr Vertrauen gab.

«Absolut keine Spur von einem Kind», sagte er schließlich. «Aber Sie sind unterernährt, junge Dame, und dazu überarbeitet und insgesamt abgespannt.» Er wollte sie ein paar Tage bei sich in der Klinik behalten. Er würde ihr ein paar Aufbauspritzen geben und sie auf bessere Kost setzen. Bald schon würde sie wieder auf den Beinen sein. Marie nahm sein Angebot dankbar an. Die Pfaffs würden einmal drei Tage ohne sie auskommen müssen. Natürlich würde ihre Frauenschaftsleiterin wütend sein über ihre Abwesenheit. Aber Marie hoffte, gut erholt wiederkommen und im Sport besser sein zu können, dann würde sich alles schon einrenken.

Peter erreichte sie per Ferngespräch und war überglücklich.

«Na siehst du!» rief er. «Hab ich's dir nicht gesagt?

Dieser Killinger sollte sich sein Lehrgeld wiedergeben lassen!»

Marie fühlte sich beim Gedanken an den Parteigenossen Killinger nicht wohl. Bestimmt würde er sie jetzt hassen.

Erst hatte sie seine Annäherungen zurückgewiesen, und dann war sie zu einem anderen Arzt gegangen, einem «Liberalen alter Schule», der Killingers Diagnose nicht bestätigt hatte. Aber was kann er mir schon anhaben, dachte sie und beschloß, die gute Verpflegung zu genießen.

Was konnte er schon tun, dieser junge und so beleidigte Doktor Killinger?

Als sich Marie nach ihrer dreitägigen Abwesenheit wieder bei der Frauenschaft zum Dienst meldete, empfing sie die Leiterin mit finsteren Blicken.

«Sie waren also in München?» sagte sie. Es war klar, daß sie genau wußte, wo Marie gewesen war.

Marie nickte.

«Wollen wir hoffen, daß es nicht so schlimm für Sie ausgeht», fuhr die Leiterin fort. «Aber in Dachau ist es ja auch ganz schön.»

Marie war wie gelähmt vor Schreck und verstand die Frau nicht. Erst Peter erklärte ihr die Bedeutung der schrecklichen Bemerkung.

«Sie glaubt, daß du schwanger warst, und mein Onkel dich in München operiert hat.»

Tage und Wochen vergingen, voller Angst, voller Alpträume und hilfloser Gespräche, die zu nichts führten.

«Uns kann nichts passieren», sagte Peter. «Wir sind absolut unschuldig, und außerdem steht das Wort meines Onkels gegen das von Killinger. Der ist doch nur ein junger Stümper und hat dich nicht einmal richtig untersucht.»

«Aber Killinger ist Parteigenosse und dein Onkel nicht.

Außerdem war ich drei Tage lang in der Klinik – das spricht gegen mich.»

Peter war in seine Gesetzestexte vertieft und antwortete: «Na schön, wenn Killinger gegen meinen Onkel Beschwerde einlegt, dann könnte etwas passieren. Aber selbst im Falle eines Verfahrens würde die Wahrheit ans Licht kommen.»

Marie, die in der Frauenschaft inzwischen wie eine Kriminelle behandelt wurde, schüttelte verzweifelt den Kopf.

«Die Wahrheit …», sagte sie. «Ich weiß nicht – ich fürchte, die Wahrheit zählt bei uns nicht mehr so viel. Ich habe Angst», rief sie und brach in Tränen aus. «Ich kann dir gar nicht sagen, welch schreckliche Angst ich habe.»

Peter stand der Schweiß auf der Stirn, aber er versuchte, sie zu trösten.

«Hab keine Angst», sagte er und strich ihr beruhigend übers Haar. «Vor allem darfst du ihnen nicht zeigen, daß du Angst hast. Sobald du *das* tust, sind wir verloren.»

Es war erschreckend, Peter so etwas sagen zu hören – Peter, der sonst immer so mutig und optimistisch war und der so fest auf eigenen Füßen stand: «Verloren!» Marie, die nun nicht mehr weinte, sah ihn mit weit aufgerissenen, angstvollen Augen an. Als sei er ein Gespenst, so starrte sie ihren Peter an.

Dann geschah es.

Eines Tages rief Frau Pfaff ihr Dienstmädchen herein und sagte: «Marie, es tut mir sehr leid, und du weißt, wie sehr ich dich brauche, aber du wirst verstehen, ich habe da Dinge gehört, ganz schreckliche Dinge; das kann sehr schlimm enden …»

Marie antwortete mit bebender Stimme, die wenig überzeugend klang: «Aber es ist nicht wahr, kein Wort davon ist wahr …»

Das Mädchen stand mitten im Zimmer und schwankte. Die ungeschickte und freundliche Frau Pfaff war überzeugt, daß das Mädchen log, aber sie versuchte es zu trösten.

«Gib es besser zu, Marie», sagte sie. «Denk doch an deine Eltern und an Peter. Wenn es zum Prozeß kommt, dann gibt es einen Riesenskandal. Und ich glaube, heutzutage nennen sie das Hochverrat oder Mord, oder ich weiß nicht was ...»

Die gute Frau warf alles durcheinander, aber die Worte gingen Marie durch und durch. Sie packte ihre Sachen und verließ das Haus. Nach Hause konnte sie nicht gehen, denn was sollten ihre Eltern sagen? Auch Peter konnte sie nicht erzählen, daß man sie fristlos entlassen hatte. Sie stellte ihr Gepäck in ein Schließfach im Bahnhof und lief stundenlang durch die Stadt.

Abends in der Frauenschaft gab es die gleiche Szene und die gleichen Anschuldigungen: vor versammelter Mannschaft, vor all den flüsternden, kichernden Mädchen und Frauen. Manche von ihnen schauten mitleidig, die meisten aber gehässig.

«Bis auf weiteres suspendiert!» war das Urteil, das die Leiterin vor dieser militärischen Formation verlas. «Das heißt, bis die Angelegenheit vollkommen aufgeklärt ist – wenn es da noch etwas aufzuklären gibt.»

Marie beschloß, Peter nichts von alldem zu erzählen. Vielleicht würde er gar nichts erfahren; er sprach ja dieser Tage kaum noch mit irgend jemandem.

Aber sie mußte nach Hause, daran führte kein Weg vorbei. Auf dem Heimweg fiel ihr ein, daß man zwei Tage zuvor einen Zettel ans Schaufenster ihrer Eltern geklebt hatte, eine Drohung wegen der Heiligenbilder. Das war das Werk einiger übereifriger Hitlerjungen; natürlich hatte die Partei nichts damit zu tun. Aber es war trotzdem schrecklich und höchst beunruhigend. Am Morgen hatten ihre Eltern den Zettel entfernt, nachdem sie ihn dem Polizisten an der Ecke gezeigt hatten. Sie hatten ihn gefragt, ob er nicht so gut sein wolle, am Abend aufzupassen, man wußte ja nie, was passieren konnte. Doch obwohl der Zettel dem Polizisten offensichtlich nicht gefiel, hatte er den Kopf geschüttelt.

«Tut mir leid», sagte er, «tut mir sehr leid, aber es liegt nicht im öffentlichen Interesse, daß ich Ihren Laden bewache. Ich habe meine Anweisungen, und wenn ich die nicht befolge, bekomme ich Schwierigkeiten.»

Darauf hatten ihre Eltern das Schaufenster umgestaltet. Jetzt stand dort, wo vorher noch die Heilige Jungfrau in ihrem schönen blauen Mantel gewesen war, ein Bild des Führers, und statt der Bibel zierte das bedrohte Schaufenster nun eine Ausgabe von *Mein Kampf*. In der vergangenen Nacht war nichts geschehen.

Marie ging zu Fuß nach Hause – die Straßenbahnen waren wieder überfüllt. Sie hatte Angst, Bekannte zu treffen, die ihr unangenehme Fragen stellen könnten.

«Wenn du zeigst, daß du Angst hast, dann sind wir verloren», hatte Peter gesagt.

Aber sie war es nicht gewohnt, sich zu verstellen, und sie konnte die Angst nicht verbergen, die sie umklammert hielt.

Der Marktplatz war schwarz vor Menschen. Irgend etwas mußte geschehen sein. Vielleicht war eine Straßenbahn entgleist – das war in letzter Zeit mehr als einmal passiert. Maries Herz schlug schneller, als sie näher kam und sah, daß die Menge am dichtesten um das Haus ihrer Eltern stand. Dann knirschte es unter ihren Füßen – Glassplitter. Die Schaufensterauslage, dachte sie. Sie haben die Scheibe eingeschlagen! Was da für ein Scherbenhaufen lag! Man sollte nicht meinen, daß ein einziges Fenster in so viele Teile zerspringen kann. Dort lagen auch die zerrissenen Heiligenbilder, zusammen mit den Resten des zerbrochenen Kruzifixes – das alte, schöne, wunderbar geschnitzte Kruzifix, vor dem Marie als kleines Mädchen gekniet hatte – und den rußgeschwärzten, nassen Bibelseiten. Hier und da glitzerten die Perlen eines zerrissenen Rosenkranzes wie Tränen. Die Ladeneinrichtung war zerstört und verkohlt. Von ihr tropfte noch das Wasser, das gegen die Ausbreitung des Feuers in den Laden gepumpt worden war.

Marie konnte sich mit Mühe aufrecht halten und drängte sich durch die Menschenmenge, die ihr Platz machte, als man sie erkannte. Wenn sie irgend etwas anderes als die Zerstörung um sie herum und ihre eigene Herzensangst wahrgenommen hätte, hätte sie bemerkt, daß keine feindlichen Blicke auf sie gerichtet waren. Ganz im Gegenteil, die Blicke waren freundlich und voller Mitgefühl. Viele Menschen waren zornig und voller Abscheu über das Geschehene.

Plötzlich erschien ein junger SS-Mann. Die Menge tat so, als sehe sie ihn nicht. Er selbst zog die Schultern zusammen, als ob er gerade einen eiskalten Schauer abbekommen hätte.

Marie sagte: «Wo sind meine Eltern?»

Der SS-Mann antwortete mit fast schon demütiger Stimme: «Ihre Eltern sind in Schutzhaft genommen worden. Die Menge war wütend auf das politische Katholikentum, mit dem Ihre Eltern unglücklicherweise verbunden waren. Wir konnten nicht mehr für ihre Sicherheit garantieren. Beruhigen Sie sich, Fräulein», fügte er hinzu, als Marie in Ohnmacht zu fallen drohte, «Schutzhaft ist keine Schande, und das Leben der Verhafteten ist nicht in

Gefahr. Es ist eine staatliche Maßnahme im Interesse der Sicherheit, das ist alles.»

Etwa drei Meter hinter dem SS-Mann brüllte ein Arbeiter plötzlich: «Ihr Schweine! Totschläger! Mach, daß du wegkommst, du, du *Nazi*, oder –»

Er brauchte seine Drohung nicht zu Ende zu bringen. Anstatt mit seiner Pfeife Verstärkung zu holen und den Mann zu verhaften, gab der SS-Mann Fersengeld, als wäre der Teufel hinter ihm her. Seine schöne schwarze Mütze fiel herunter, während er mit Riesenschritten davonlief. Er ließ sie zwischen den Glasscherben und Trümmern liegen. Der Totenkopf am Schirm glitzerte wie die zerstreuten Perlen des Rosenkranzes.

Marie wußte nicht, wie sie den Weg zu Peters Wohnung gefunden hatte. Peter saß an seinem Schreibtisch und starrte auf einen Brief. Es sah aus, als hätte er schon seit Stunden so dagesessen.

«Die Vorladung», sagte er, als Marie hereinkam. «Sie haben meinen Onkel vorgeladen, und uns auch. Sieh nur …»

Und er hielt Marie den Brief hin, in dem ihm sein Onkel in seiner großen, grazilen Handschrift die Neuigkeiten mitteilte.

Marie sagte: «Unser Geschäft ist zerstört worden. Meine Eltern haben sie in Schutzhaft genommen – das Kruzifix …» Und erst jetzt brach sie in Tränen aus, als sei das Kruzifix, das schön geschnitzte alte Kruzifix, das traurigste an der ganzen Sache. «Das Kruzifix», weinte sie und fiel in einen Sessel, als hätte man ihr einen Schlag versetzt.

Peter machte keine Anstalten, sie zu trösten, und sagte: «Es hat keinen Zweck, wir kommen da nicht raus. Alles hat sich gegen uns verschworen, mein Onkel wird gehaßt, Killinger hat Einfluß, und sie haben mich auch schon aus dem Nationalsozialistischen Studentenbund ausgeschlossen …»

(Und ich wollte es ihm nicht erzählen, dachte Marie.)

«Es hat keinen Sinn, es hat alles keinen Sinn», wiederholte er, ohne die Stimme zu senken.

Marie nickte. Er brauchte seine Gedanken nicht laut zu äußern; Marie wußte, was jetzt unausweichlich geworden war. Sie sagte nur: «Ja … das wäre wohl das beste.»

«Komm», sagte Peter, «wir wollen die Leute im Haus nicht erschrecken …»

Er holte seinen Revolver aus der Schublade und nahm seinen Wintermantel vom Bügel. Er kann immer noch an seinen Mantel denken, dachte Marie. In ihrer Jackentasche fühlte sie den kalten, harten Ladenschlüssel. Ein Sicherheitsschloß, dachte sie. Jetzt kann jeder hinein; jeder kann in den Trümmern stöbern …

Der schmale Pfad am Fluß war zu dieser Stunde verlassen. Peter und Marie lehnten an den Pfeilern der alten Brücke. Ihre blassen Gesichter sahen einander an. Sie hatten keine Tränen in den Augen. Einzig eine riesige, erschrockene Verwunderung, daß es soweit gekommen war; nichts, gar nichts ergab mehr einen Sinn. Peter spielte am Parteiabzeichen an Maries Jacke herum.

Sie sagte: «Ich habe mir immer solche Mühe gegeben. Ich war nicht schlecht, und ich war nicht aufsässig. Peter, sag mir, daß ich nicht schlecht war.»

Peter legte den Arm um ihre Schultern.

«Nein», sagte er, «wir waren nicht schlecht, aber es gibt viele, die –», er wollte sagen, «die gestorben sind», aber er konnte die Worte nicht herausbringen, «die nicht mehr da sind, die nicht schlecht waren, und auch sie waren nicht aufsässig oder schuldig …»

Marie legte ihren Kopf an seine Schulter und sagte:

«Sag mir nicht, wann du es tust, sag's mir nicht, ich muß es nicht wissen.»

Peter küßte sie und zog den Revolver aus der Tasche. Marie hatte die Augen geschlossen. Peter hatte seine linke Hand auf ihrer rechten Schulter und hielt das Mädchen von sich weg, als wollte er sie eingehend und liebevoll betrachten. Dann drückte er den Abzug.

Zwei Schüsse fielen, zwei flache Explosionen, die von den Brückenbögen widerhallten. Marie war auf der Stelle tot; Peter starb auf dem Weg ins Krankenhaus.

Trotz des Nichterscheinens von zwei der drei Angeklagten wurde der Prozeß pünktlich am vorgesehenen Tag geführt. Der dritte Angeklagte konnte mit Hilfe der eindeutigen Beweislage seine Unschuld belegen. Die Oberschwester seiner Klinik, eine hohe Parteifunktionärin, sagte zu seinen Gunsten aus, während der junge Parteigenosse Killinger keinen einzigen Zeugen benennen konnte. In den Worten des Richters hatte er «mit leichtsinnigster Verantwortungslosigkeit» einen Vorwurf erhoben, der nicht «untermauert» werden konnte.

«Infolge eines bedauerlichen Irrtums hat der nationalsozialistische Staat zwei junge, hoffnungsvolle, bereitwillige Leben verloren», schloß er. «Heil Hitler!»

Der Fall war abgeschlossen. Die Versammlung löste sich auf.

HANNES SCHWEIGER

KAPITEL 2: GEGENSEITIGE KONTROLLE

In unserer Stadt ging es geschäftig, fröhlich und ganz normal zu. Nach ihren Einkäufen trafen sich unsere fleißigen Hausfrauen gern auf einen Klatsch. Trotz der Müdigkeit und Niedergeschlagenheit auf manchen ihrer Gesichter ließ sich aus ihrem eifrigen Geplapper kein Grund zur Beunruhigung entnehmen.

✦ ✦ ✦ ✦

SPÄT IN DER Nacht saß der Kaufmann Hannes Schweiger in seinem Büro und machte die Buchhaltung. Statt eines elektrischen Lichts brannte eine alte verzierte Petroleumlampe rußig vor sich hin. Die Behörden hatten gerade den Strom abstellen lassen, weil er die Rechnung für den letzten Monat nicht bezahlt hatte. Obwohl er in einen dicken, aber eigenartig steifen und zerknitterten Mantel gehüllt war, fror er bis auf die Knochen. Er arbeitete völlig lautlos. Neben den gewichtigen Büchern lag ein scharfes kleines Messer zum Radieren. Zuerst hatte er vorsichtig versucht, Änderungen in den ordentlichen Zahlenreihen vorzunehmen. Aber das Papier taugte nichts, und es blieb ihm nichts anderes übrig, als das ganze Geschäftsbuch noch einmal abzuschreiben. Er arbeitete mit größter Sorgfalt; seine Stirn war auf seine linke Hand gestützt, während er die so wichtigen Änderungen vornahm.

Die kräftigen und ehrlichen Züge des Mannes standen in diesem Moment in eindeutigem Kontrast zu seiner Beschäftigung. Es war fünf Jahre her, daß Hannes Schweiger, Sohn des Gründers der Firma Schweiger & Co., den Kolonialwarenladen in der alten Rabengasse mit all seinem Tee, Kaffee und Kakao übernommen hatte. Bis zu seinem Geschäftseintritt gleich nach der Heirat mit seiner Kusine Else war Hannes Student und Sportler gewesen. Als Skifahrer war er im ganzen Land ein Begriff gewesen, und seine tiefgebräunte Haut sagte mehr über die Vergangenheit als über die Gegenwart aus, die ihn offensichtlich so zentnerschwer belastete. Kaufmann Schweiger sah eher wie ein Südländer oder sogar wie ein Jude aus. Man findet diesen dunkelhäutigen Typ mit schwarzen Augen und langer, gekrümmter Nase häufig in unserem Kreis. Schon bevor er einen unanfechtbaren Abstammungsnachweis von arischen Ahnen seit dem Mittelalter vorlegen konnte, hatte Hannes Schweiger Unannehmlichkeiten wegen seines Aussehens gehabt. Auf der Straße hatten Jungen ihm «Judensau» hinterhergerufen, und manch «hohes Tier» hatte ihn schief angesehen.

All das war zum Glück Vergangenheit. Nun aber hatte er neue Sorgen. Wie sollte jemand sein grundehrliches Gesicht mit seiner derzeitigen Tätigkeit in Einklang bringen? Denn er «frisierte» seine Bücher und «stutzte» seine Einnahmen, um weniger Steuern zu zahlen. Konnte er nicht in Gottes Namen ein bißchen weniger ausgeben und dem Staat geben, was ihm gehörte? Wie groß war der Schwindel? Welche Summe zog er von seinen Einnahmen ab?

Das Ungewöhnliche, ja Beunruhigende an der ganzen Sache war, daß er gar nichts abzog! Der Mann schwindelte genau andersherum. Er tauschte *kleinere* gegen *größere* Zahlen aus! Er wollte lieber höhere als niedrigere Steuern zahlen. In seinem eigentlichen Geschäftsbuch, das er nun änderte, standen Jahreseinnahmen von 8456 Mark. Diese Summe vergrößerte er auf 10216 Mark. Mühevoll erhöhte er jeden zweiten Eintrag um ein paar Pfennige. Ab und zu trug er Phantasiewerte ein. Er las in vielen Büchern, Zeitungen und Anleitungsbögen nach. Er traute sich nämlich nicht zuzugeben, daß er Ware zu höheren Preisen als den vom Preiskommissar vorgeschriebenen verkauft hatte. Waren mit Seltenheitswert, die nicht kontrolliert wurden und die der Kaufmann auf dem freien Markt kaufen und verkaufen konnte, durften frei in die Bücher eingetragen werden.

Hatte Hannes Schweiger den Verstand verloren? Es sah ganz danach aus, denn während er die Seiten umblätterte, rechnete, addierte und schrieb, schüttelte er dauernd verzweifelt den Kopf. «Ich kann diese Steuern einfach nicht zahlen», murmelte er. «Es hat alles keinen Sinn, auch bei höherem Umsatz. Selbst wenn ich 216 Mark über der Mindestgrenze bleibe, muß ich den Laden zumachen.»

Das war also des Rätsels Lösung! Er lief Gefahr, als «nichtprofitables Unternehmen» eingestuft zu werden, das «nicht länger von der Volksgemeinschaft getragen werden konnte». Er mußte Jahreseinnahmen von mindestens 10000 Mark vorweisen und hatte daher beschlossen, sich selbst zu betrügen!

«Auskämmen» des Einzelhandels war der Begriff, den die Verwaltung für den Kreuzzug gegen die kleinen, unabhängigen Kaufleute und Handwerker gewählt hatte. Wieder war es *Das Schwarze Korps* gewesen, das sich dem Prozeß des «Auskämmens» mit besonderem Eifer gewidmet hatte.

«Das sind rein nüchterne volkswirtschaftliche Überlegungen», derentwegen die Zeitung die Zwangsauflösung aller «unproduktiven» Unternehmen verlangte und feststellte: «Die bloße Aufrechterhaltung einer unabhängigen Existenz ist ohne Bedeutung für das Volk.» Das «Fernziel» war zugegebenermaßen eine «tiefwirkende Umschichtung» und «Entkrämerung» des deutschen Volkes. Für die «liberalistische Vorstellungswelt», die solch eine Handlungsweise als «schweren Eingriff in die ‹persönlichen Rechte› des einzelnen» betrachtete, hatte man nur Hohn und Spott übrig. «Der nationalsozialistische Staat», fuhr *Das Schwarze Korps* fort, «hat keinen Anlaß, die ‹Freiheit der Berufsausübung› auch solchen Leuten zu sichern, die sich einen unproduktiven Beruf nur deshalb wählten, weil er für faule Leute – die es überall gibt – bequemer ist als irgendein anderer.»

Doch fühlt der Staat nicht nur keinerlei Verpflichtung, das Recht auf freie Berufswahl zu gewährleisten. Es geht noch weiter. Lange nachdem jemand seinen Weg eingeschlagen und Jahre der Berufserfahrung hinter sich hat, verspürt der Staat immer noch keine Verpflichtung, ihn dort weiterarbeiten zu lassen.

Hannes Schweiger wußte, er war ein fleißiger, korrekter und fähiger Geschäftsmann. Jetzt hatte man ihn als «faul» bezeichnet. Er hatte einen «unproduktiven» Beruf gewählt, mit dem Ergebnis, daß er nun «ohne Bedeutung für das Volk» war.

Neben den vielen Büchern und Papieren auf seinem Schreibtisch standen zwei Fotos. Aus dem einen im Silberrahmen lächelte ihn seine Frau an. Sie hielt ihr jüngstes Kind im Arm, während sich die beiden älteren an ihr Kleid klammerten. Wie hübsch sie damals gewesen war, und wie rund ihr Gesicht! Dann fiel sein Blick auf das andere Foto – sein Vater. Hannes Schweiger senior hatte denselben

Kopf wie sein Sohn und dieselbe lange, stark gekrümmte Nase. Nur die Stirn war niedriger und breiter, das Kinn härter, der ganze Schädel bauernartiger. Die dunklen Augen blickten herausfordernder.

Sein Sohn nickte dem wohlbekannten Gesicht liebevoll und traurig zu; halb unbewußt sprach er es an. «Wie war es denn zu deiner Zeit?» fragte er. «In der Republik, als alles so miserabel ging und wir auf die Rettung durch den Führer gehofft haben? Alle großen Gesellschaften sollten zerschlagen werden, nicht wahr? Alle großen Firmen und Kaufhäuser, zugunsten einer ‹gesunden Mittelklasse›? X-mal habe ich diese Gebete von dir gehört, Vater, und wir haben daran geglaubt. Natürlich haben wir es geglaubt! War das nicht Teil des nationalsozialistischen Parteiprogramms? Stand das nicht schwarz auf weiß in unserer ‹Bibel›, in *Mein Kampf*? Du hast uns diese Stellen oft genug vorgelesen. Manchmal frage ich mich», fuhr Hannes Schweiger fort und zog das Foto zu sich heran, «warum wir uns immer die Stellen mit all den Versprechungen vorgelesen haben, und nicht die anderen, durch die uns hätte klarwerden müssen, was uns wirklich bevorstand. Ich frage mich, warum uns niemals die Widersprüche aufgefallen sind, all diese Widersprüche, aufgrund deren ich heute hier sitze und meine Bücher fälsche.»

Er stand auf, ging hinüber zum Bücherregal und nahm das Buch mit dem Bild des göttlichen Reichsführers heraus; ein Gesicht, das zugleich düster und schwach war.

«Hier!» sagte Hannes Schweiger und blätterte die Seite auf, nach der er gesucht hatte. «Hier! Wie verträgt sich das mit den anderen Abschnitten, die du uns beigebracht hast?» Er legte das Buch auf den Tisch, damit das Licht darauf schien. Das Bild seines Vaters schob er wieder nach hinten.

Er las: «Als junger Wildfang hatte mich in meinen ausgelassenen Jahren nichts so sehr betrübt, als gerade in einer Zeit geboren zu sein, die ersichtlich ihre Ruhmestempel nur mehr Krämern oder Staatsbeamten errichten würde. Die Wogen der geschichtlichen Ereignisse schienen sich schon so gelegt zu haben, daß wirklich nur dem ‹friedlichen Wettbewerb der Völker›, das heißt also einer geruhsamen gegenseitigen Begaunerung unter Ausschaltung gewaltsamer Methoden der Abwehr, die Zukunft zu gehören schien. […] Diese Entwicklung aber schien nicht nur anzuhalten, sondern sollte dereinst (nach allgemeiner Empfehlung) die ganze Welt zu einem einzigen großen Warenhaus ummodeln, in dessen Vorhallen dann die Büsten der geriebensten Schieber und harmlosesten Verwaltungsbeamten der Unsterblichkeit aufgespeichert würden. […] Warum konnte man denn nicht hundert Jahre früher geboren sein? Etwa zur Zeit der Befreiungskriege […]?! Ich hatte mir so über meine, wie mir vorkam, zu spät angetretene irdische Wanderschaft oft ärgerliche Gedanken gemacht und die mir bevorstehende Zeit ‹der Ruhe und Ordnung› als eine unverdiente Niedertracht des Schicksals angesehen. Ich war eben schon als Junge kein ‹Pazifist›, und alle erzieherischen Versuche in dieser Richtung wurden zu Nieten.»

Hannes Schweiger schlug das Buch mit einer schnellen, ärgerlichen Geste zu und starrte auf das unfreundliche Gesicht des Autors auf dem Einband.

«Da!» wiederholte er mit Nachdruck. «Da haben wir's!» Und in Gedanken fügte er hinzu: Wie kann ein Mensch, der eine «Zeit der Ruhe und Ordnung» einem niedrigen Schicksal zuschreibt und der den «friedlichen Wettbewerb der Völker» und den «Ausschluß gewaltsamer Mittel» als Alptraum geißelt – wie kann so ein Mensch die Rettung des kleinen Ladeninhabers werden, wenn er an die Macht kommt? Kaufleute und Staatsmänner sind für ihn «schlaue Profitmacher» und «harmlose Verwaltungsbeamte» – und das Wort «harmlos» spricht er mit größter Verachtung aus.

Das ist es also. Der Führer verabscheut den Handel genauso wie den «friedlichen Wettbewerb der Völker» und den Frieden im allgemeinen. Moral, Demokratie, Religion – all das verabscheut der Führer; aus seiner Warte ist das durchaus folgerichtig, denn sie alle dienen dem einen Zweck, eine fortschrittlich gesinnte Menschheit in eine bessere und friedlichere Zukunft zu führen. Es heißt, der Führer sei ein Genie, weil er der Gegenwart seinen Stempel aufgedrückt habe, während der normal begabte Mensch lediglich dem Zeitgeist zu dienen versuche. Ich glaube allerdings, daß ein Genie den Zeitgeist ändert, indem es ihn voranbringt. Und ein Genie, das den Zeitgeist in eine barbarische Vergangenheit zurücktreiben will, ist wohl ein höchst seltsames Genie.

Solch düstere Gedanken wälzte Hannes Schweiger; in seinem Kopf waren sie schon zu einer alltäglichen Denkweise geworden. Trotz aller gegenteiligen Hoffnungen nach der Machtergreifung des Führers lief das nationalsozialistische Parteiprogramm auf einen Vernichtungskrieg gegen den Mittelstand hinaus. Das Programm der totalitären Wiederbewaffnung und der wirtschaftlichen Eigenständigkeit in Verbindung mit einem permanenten Kriegszustand in Friedenszeiten verträgt sich nicht mit dem Abbau der Großunternehmen zugunsten eines gesunden Mittelstands. Die Ankurbelung der deutschen Wirtschaft, die Abschaffung der Arbeitslosigkeit und das Wiedererstarken der deutschen Ehre gingen Hand in Hand mit dem Verschwinden Deutschlands von der wirtschaftlichen Weltkarte, mit dem gleichzeitigen Verschwinden aller kriegswichtigen Produkte vom Binnenmarkt und mit der fortschreitenden Lebensmittel- und Rohstoffknappheit. Und als unausweichliche Folge der deutschen «Kriegswirtschaft» komme ich mit meiner ganzen Klasse unter die Räder.

Hannes Schweiger, der gebeutelte Kaufmann und hilflose Experte der Wirtschaftswissenschaften, vergrub das Gesicht in den Händen.

«Ich bin kein Jude», murmelte er und schreckte auf, als seine Lippen sein Handgelenk berührten, «und ich bin auch kein Kommunist oder Vaterlandsverräter, und dennoch will man mich vernichten. Warum?»

Er sprach es nicht aus, aber der Verstand hinter seiner Stirn gab ihm die Antwort: Weil die Rationalisierung der deutschen Industrie, die nach der Formel der nationalen Wiederbewaffnung durchgeführt wird, Industriezweige nur nach ihrem militärischen Wert beurteilt, und weil all jene Wirtschaftszweige, die nicht unmittelbar der Militarisierung des Landes und der vollständigen wirtschaftlichen Eigenständigkeit dienen, schonungslos unterdrückt werden müssen.

Schweiger wußte, daß eine Kriegswirtschaft bei der Produktion nach zwei wesentlichen Grundsätzen verfuhr: Umfang und Schnelligkeit. Bei der rapiden Beschleunigung der Massenproduktion war kein Platz für das kleine, selbständig geführte Unternehmen. Und was die «Verteilung» anging – also die Versorgung der Bevölkerung mit den nötigsten Nahrungsmitteln und anderen Konsumgütern –, so mußte strenge Zentralisierung und Kontrolle vorherrschen. Das bedeutete Preisdiktat, die Verschmelzung kleinerer wirtschaftlicher Einheiten zu Kartellen und Trusts und vor allem das «Durchforsten» dessen, was im «übersättigten» Einzelhandel als überflüssig galt. So schlug man zwei Fliegen mit einer Klappe: Man unterdrückte die zahlreichen Ladeninhaber, weil sie angeblich gegen die staatliche Reglementierung der Versorgung verstießen, und man ging gegen die Arbeitslosigkeit vor. In der fieberhaft vorangetriebenen Kriegsindustrie herrschte nämlich Mangel an Arbeitskräften. Durch die «Entmerkantilisierung der Nation» und durch die Zerstörung Hunderttausender kleiner, unabhängiger Unternehmen konnten Hunderttausende von Arbeitern in die Fabriken strömen.

All dies war Kaufmann Schweiger wohlbekannt. Er hatte es schon lange gewußt. Aber erst jetzt, da er selbst verloren schien, gestand er es sich ein. «Wo soll ich jetzt hin?» fragte er sich. «Wovon werde ich leben? Zu welcher Arbeit werden sie mich einsetzen, wenn sie meinen Laden schließen und mich ‹durchforsten›? Wo werden sie mich hinschicken?»

Seine Grübeleien führten zu nichts, denn er war nicht der Mensch, revolutionäre Schlüsse aus seiner hoffnungslosen Situation zu ziehen. Alles, was er fühlte, war Ohnmacht und Ernüchterung. Und obwohl er gerade das Rätsel seines eigenen Schicksals gelöst hatte, verstand er nicht recht, wieso ihm solche Gedanken bei der stummen Unterhaltung mit dem Bild seines Vaters gekommen waren.

Es war schon nach ein Uhr nachts, als Hannes Schweiger *Mein Kampf* ins Bücherregal zurückstellte, sein altes Geschäftsbuch in der Schublade versteckte, das neue ins Regal stellte und seinen Schreibtisch in Ordnung brachte. Er wollte gerade das Büro verlassen, als er draußen vor der Tür Schritte hörte. Vor Schreck blieb er wie angewurzelt stehen. Er sah zur Petroleumlampe hinüber und fragte sich, ob ihn der Lichtschein unter der Tür an die Draußenstehenden verraten hatte. Den Schritten nach zu urteilen waren da nämlich zwei Personen auf der Treppe.

Der Blockwart, dachte er. Natürlich schnüffelt der Blockwart wieder herum. Aber wer ist noch dabei? Ein Mädchen? Die Schritte der zweiten Person klangen wie die einer Frau. Als sie näher kamen, konnte Schweiger deutlich das harte Geräusch von hohen Absätzen auf dem Linoleum und den schnelleren Schritt erkennen.

Wenn er anklopft, muß ich aufmachen, dachte er und ließ den Kopf hängen. Und dann bin ich geliefert.

Die Schritte verhallten im oberen Stockwerk. Schweiger ging wieder an seinen Schreibtisch und setzte sich hin, als hätte er eine übermenschliche Anstrengung hinter sich. Irgendwo ging eine Tür auf. Wieder Schritte; das Mädchen kam wieder. Sicher hatte sie den Blockwart nach Hause begleitet und kam nun wieder. Hannes Schweiger lächelte, während die schnellen Schritte näher kamen. Dann erstarrte sein Lächeln, denn die Schritte hielten an, und er dachte: Was denn nun? Was jetzt? Er konnte an nichts anderes denken.

Es klopfte. Schweiger war wie gelähmt.

«Aufmachen!» hörte er seine eigene Frau sagen. Sie war es, kein Zweifel. Der Mann am Schreibtisch bewegte sich nicht.

«Aufmachen, sage ich», sagte die Frau ungeduldig. «Ich weiß, du bist da.» Dann senkte sie ihre Stimme: «Und der Blockwart weiß es auch.»

Hannes Schweiger öffnete die Tür. Seine Frau kam schnell herein; sie trug einen Trenchcoat und eine Baskenmütze. Schweiger zeigte auf den einzigen bequemen Sessel im Raum. Aber seine Frau nahm nicht Platz. Sie stand mitten im Raum und schnupperte, als ob ihr Geruchssinn ihr sagte, daß etwas nicht stimmte.

«Darf ich fragen, was du hier machst?» fragte sie schließlich.

Hannes Schweiger liebte seine Frau. Sie waren beinahe wie Bruder und Schwester aufgewachsen. Es hatte niemals Geheimnisse zwischen ihnen gegeben, und er war überzeugt, daß das zwischen ihnen bestehende stille Vertrauen besser war als alle Leidenschaft, die in ihrer Ehe nie eine besondere Rolle gespielt hatte.

In diesem Augenblick freilich dachte Schweiger, es sollte an ihm sein, Fragen zu stellen. Und obwohl es ihm fernlag, seine Frau der Untreue zu verdächtigen, schien es ihm ziemlich sonderbar, daß sie sich mit dem Blockwart herumtrieb, anstatt zu Hause bei den Kindern zu sein.

Er blickte besorgt auf seine Geschäftsbücher und wollte seiner Frau schon erzählen, was er getan hatte, was er hatte tun müssen, als er es sich plötzlich anders überlegte: Sie erzählt unserem Jungen alles, dachte er, und der Junge hat keine Geheimnisse vor seinem Scharführer bei der Hitlerjugend.

Statt auf ihre Frage zu antworten, fragte er schließlich: «War der Blockwart nett zu dir?»

Seine Frau lachte. «Er war sehr aufschlußreich», sagte sie. «Hier …», und sie hielt ihm ein Blatt Papier entgegen, etwas Offizielles, wie man sofort an den unzähligen Stempeln erkennen konnte.

«Das ist das neueste», sagte sie. «Alle Blockwarte haben das gestern bekommen.»

Schweiger las:

FRAGEBOGEN
FÜR ALLE BLOCKWARTE

Streng vertraulich *Auskunftsamt:*

Grund der Befragung:
Erforderliche Informationen über:
Wohnort:
Geburtsdatum:
Mitglied der NSDAP:
Mitglied anderer Organisationen und Verbände:
Offiziell aktiv:
Frühere politische Einstellung:
Wie äußert sie sich?
Gegenwärtige politische Einstellung (Verhalten bei Versammlungen, bei Beflaggungstagen, bei Lehrgängen, Beschreibung der wirtschaftlichen und familiären Verhältnisse):
Konfession:
Religiöse Aktivitäten:
Bemerkungen des Blockwarts und des Abschnittsleiters:
Bei der Informationsbeschaffung sind folgende Richtlinien zu beachten:

1. Politische Einstellung vor 1933?
2. Verhalten seit der nationalsozialistischen Machtübernahme
3. Wird die Hakenkreuzflagge herausgehängt?
4. Wenn nein, warum nicht?
5. Spendet er bei Parteiversammlungen?
6. Eintopfgericht und Sammlungen
7. Welche Zeitung liest er?
8. Wird der Anweisungsrundbrief gelesen?
9. Wie ist er angesehen?

10. a) Einkommen?
    b) Verläßlichkeit?
    c) Familienverhältnisse?
    d) Zahl der Kinder, ihre Behandlung, Bildungsverhältnisse?
11. Größe der Wohnung; Verhältnis zur Zahl der Kinder; Wohnverhältnisse?
12. Halbjude? Jude?
13. Beziehungen zu Juden?
14. Falls Parteiämter, welche?
15. Technische Fähigkeiten und Ausbildung?
16. Nimmt er eine besondere politische Stellung ein?
17. In welcher Richtung?
18. a) Offene Opposition?
    b) Widerstand?
    c) Gleichgültigkeit?
    d) Passive Opposition?
    e) Ängstlicher Eifer?
    f) Ehrliche Kooperation?
    g) Ausdrückliche Ergebenheit?
19. Früherer Wohnsitz: Polizeibericht:

Anmerkungen
1. Unter keinen Umständen ist der betreffende Parteigenosse oder Volksgenosse von der Befragung zu unterrichten.
2. Unvollständige Daten hinsichtlich Wohnsitzwechsel und Haushilfen müssen durch persönliche Nachforschungen ergänzt werden.
3. Die Verbindung zum Blockwart der NSDAP und wenn nötig zur Frauenschaft ist unverzüglich herzustellen.
4. Örtliche Parteigenossen müssen ebenfalls zur Beschaffung von Informationen herangezogen werden.

5. Bei der Informationsbeschaffung hat der Blockwart Geschick und Einfallsreichtum walten zu lassen und bei Bedarf eigene Methoden zu erfinden, um die deutlichsten und direktesten Antworten zu den obigen Fragen zu bekommen.
6. Wo der Blockwart keine vollständigen Daten bezüglich früherer Überzeugungen, Mitgliedschaft in Logen oder rassischer Abstammung ermitteln kann, ist dies zu vermerken. Die gesammelten Informationen müssen auf Tatsachen beruhen; Formulierungen wie «Es scheint» oder «Man sagt» zeugen lediglich von Verantwortungslosigkeit.

Seine Frau setzte sich schließlich hin. Aus dem tiefen Sessel in der Ecke sah sie ihrem Mann beim Lesen zu.

«Bist du fertig?» fragte sie, als er das Schreiben hinlegte.

In seinem Lachen klang kein bißchen Fröhlichkeit mit. Er zitierte: «‹Unter keinen Umständen ist der betreffende Parteigenosse oder Volksgenosse von der Befragung zu unterrichten.› Du mußt ja auf bestem Fuß mit dem Blockwart stehen, wenn er es einrichtet, daß du ‹von der Befragung unterrichtet wirst›.»

Sie zuckte die Achseln.

«Nimm bitte die Baskenmütze ab», bat ihr Mann. «Du weißt doch, ich kann sie nicht leiden.»

Frau Schweiger nahm folgsam die Mütze ab, stand auf und ging hinüber zum Schreibtisch.

«Auf bestem Fuß?» fragte sie. «Er kann mich gut leiden, und er warnt mich rechtzeitig, wenn es Ärger gibt. Er wäre gewiß zu dir ins Büro gekommen, um zu sehen, was du da treibst, wenn er mich nicht mögen würde.»

Schweiger seufzte. Es machte ihn krank, daß seine Frau noch spätnachts mit dem Blockwart unterwegs war; daß er hier gesessen und die Bücher gefälscht hatte; daß er ihr nicht davon erzählen konnte; daß der Grund für seine Schweigsamkeit sein eigener Sohn war, der die Geschichte seinem Scharführer melden würde; daß ihn seine Frau vor einem Besuch des Blockwarts bewahrt hatte, weil der sie «gut leiden konnte». Er haßte das Büro, die Geschäftsbücher, sich selbst, seinen dicken, steifen Mantel und den Trenchcoat seiner Frau, den er genausowenig mochte wie die häßliche Baskenmütze, an der sie jetzt herumnestelte. Gleichzeitig rührte es ihn, daß sie dort stand. Auch ihr war es unangenehm, das wußte er. Er kannte sie zu gut, sie waren einander zu vertraut, als daß sie ihm etwas vormachen konnte. Aber was war es, das sie so quälte?

Sie fuhr fort: «Ich möchte bitte das Geschäftsbuch sehen, an dem du gearbeitet hast. Nein, nicht das alte, das von diesem Jahr. Ich will wissen, wie hoch der Umsatz wirklich war.»

Schweiger gab ihr das Buch.

«So, es waren also 10216 Mark; aber du hattest mir gesagt, es wären 8456 Mark. *Warum lügst du mich an?*» rief sie plötzlich, und es lag etwas Hysterisches in ihrer sonst so sanften Stimme. «Hattest du Angst, ich würde mir ein Kleid kaufen oder ein Geschenk für den Blockwart, wenn ich gewußt hätte, dass wir reich sind? Reich!» Sie schrie es fast heraus. «Wir sind reich, und du lügst mich an und betrügst mich aufs schändlichste!»

Schweiger biß sich auf die Lippen.

«Else, ich bitte dich. Du bist müde und aufgeregt. Das meinst du doch nicht ernst.»

Aber seine Frau ließ sich nicht beruhigen.

«Ich *bin* müde», rief sie. «Und weißt du auch, warum?

Weil ich wie ein Ochse schuften muß, und weil die Kinder kaum genug zu essen haben, und weil ich dem Jungen keine Hitlerjungenuniform besorgen kann, und weil du nachts aus dem Haus gehst und Geheimnisse vor mir hast, und weil ich dir nicht mehr trauen kann. Darum bin ich müde, und ich habe es satt, ich habe dieses Leben satt!»

Schweiger dachte: Vielleicht ist da etwas zwischen ihr und dem Blockwart. Woher soll ich das wissen? Vielleicht hat er ihr Versprechungen gemacht, Geld, eine Stelle, eine Beförderung. Vielleicht sollte ich ihr von den 10000 und den 8000 Mark erzählen. Aber ich traue mich nicht. Ich traue mich nicht.

Sein Kopf brannte. Er stand langsam auf.

«Gehen wir», sagte er und löschte die Petroleumlampe. Während sich seine Frau zur Tür tastete, griff er nach dem alten Geschäftsbuch in der Schublade. Sehr vorsichtig versteckte er das Corpus delicti unter seinem Mantel. Ich muß es verbrennen, dachte er.

Sie gingen Seite an Seite die Treppe hinunter. Er traute sich nicht, den Arm um ihre Schultern zu legen. Zwischen ihnen wuchs das Mißtrauen, ein schmutziges und lähmendes Gefühl. Es ging mit ihnen durch die Straßen und kam mit ihnen nach Hause, es betrat die Wohnung, es kroch in das breite Bett, in dem sie so weit entfernt voneinander lagen, als trennte sie ein Abgrund.

KAPITEL 3: HERR HUBER, DER FABRIKANT

In unserer Stadt schien sich vieles zum Besseren gewendet zu haben. Jedenfalls war die Arbeitslosigkeit fürs erste verschwunden. In der großen Fabrik am anderen Flußufer gab es mehr Arbeit denn je, schließlich stellte sie die Waffen zur Verteidigung unseres Vaterlandes her.

✦ ✦ ✦ ✦

ALFRED HUBER machte gerade eine schwere Zeit durch. Huber war der Fabrikant, dessen Metallfabrik auf der anderen Seite des Flusses die «Friedensengel» produzierte, die in unserer Stadt für so viel Gesprächsstoff sorgten. Gewiß, die Regierungsaufträge rissen nicht ab, und Herr Huber hatte eine Menge Geld verdient. Aber zunächst einmal konnte er sein Geld nicht so anlegen, wie er wollte; er mußte es so verwenden, wie der *Staat* es wollte. Und dann kamen ihm Zweifel, wenn er an die Zukunft dachte, denn Herr Huber war sehr intelligent, und es war ihm sonnenklar, daß es mit der Verschwendung von Rohstoffen, dem Aufrüstungsfieber und dem autarken Wirtschaftssystem so nicht weitergehen konnte. Was sollte mit den Geschützen werden, wenn es keinen Krieg gab? Und wenn es wirklich Krieg gab, wie sollte man ihn gewinnen, wo doch der «Feind» inzwischen immer stärker wurde? Herr Huber wußte außerdem, daß «unsere Waffen» durch die Bedingungen der Produktion schlechter wurden. Das Material taugte nichts, und die Verarbeitung war auch nichts – wie sollten Tabakwarenverkäufer und Lebensmittelhändler über Nacht gute Handwerker werden? – Auch die rasante Produktion forderte ihren Tribut. Herr Huber warf einen Blick auf seine Fabrik und konnte sich ein Bild vom kommenden Schaden machen.

Er führte viele lange Gespräche mit seiner jungen Sekretärin, und ausführlich sprachen sie über die Probleme, die ihm auf der Seele lagen.

«Wir können so nicht weitermachen, Annie», sagte er. «Unser Material wird immer schlechter. Sehen Sie sich nur die Ergebnisse der beiden großen Autorennen in diesem Jahr an. Schauen Sie sie ganz unvoreingenommen an, ohne unsere Propaganda, die das Ganze immer nur schönredet. Wissen Sie, was wirklich passiert ist? Nur drei von sieben gestarteten deutschen Wagen sind auch angekommen. Wissen Sie, was das heißt? Vier von sieben – siebenundfünfzig Prozent unserer Wagen sind aufgrund von Materialfehlern auf der Strecke geblieben. Und was war mit den französischen Wagen? Drei sind gestartet und drei sind auch ins Ziel gekommen, glatte hundert Prozent. Das war beim Grand Prix von Frankreich. Kurz danach war das Rennen auf dem Nürburgring um den Großen Preis von Deutschland. Und was kam dabei heraus? Von neun deutschen Wagen sind zwei angekommen. Zwei von neun! Achtundsiebzig Prozent unserer Wagen hatten eine Panne, sind ausgefallen, absolut eingebrochen! Aber die Franzosen hatten wie in Reims drei Wagen am Start und haben auch drei ins Ziel gebracht – hundert Prozent!»

Annie, die gerade in der Zeitung gelesen hatte, daß

«wir» gerade wieder alle anderen hinter uns gelassen hätten, meinte: «Sie sehen alles immer so schwarz, Herr Huber. Die beiden deutschen Autos waren doch immerhin die ersten – wir waren schneller als die Franzosen!»

Herr Huber lächelte. «Nenn mich doch nicht immer Herr Huber, Annie», sagte er. «Ich muß dich immer daran erinnern, mich Alfred zu nennen ...» Er hielt inne, sah sie zärtlich an, hustete dann wie ertappt und fuhr fort: «Dieser Geschwindigkeitsrekord bedeutet gar nichts. Weißt du, wie die französische Presse unseren ‹Sieg› genannt hat? ‹Ein Debakel für die deutsche Industrie›, heißt es dort, und auch ‹Vabanquespiel der deutschen Produktion›. Das stimmt auch, Liebling, du darfst es glauben. ‹Vabanquespiel›. Das ist die richtige Beschreibung unserer vorgetäuschten Produktion!»

Annie sprach ihren Arbeitgeber diesmal nicht mit Namen an: «Aber Autos sind doch nicht das wichtigste im Krieg. Entscheidend sind doch die Flugzeuge. Unsere Flugzeuge sind doch erstklassig!»

«Schau mal», sagte Herr Huber. «Vor gar nicht langer Zeit ist eine Maschine der Swiss Air abgestürzt. Aber das war kein Schweizer Flugzeug, sondern ein deutsches, die Ju 86 von Junkers, siehst du, unser ganzer Stolz. Eine andere Maschine, die wir vor einem Jahr in die Schweiz geliefert hatten, mußten wir zurücknehmen, so schlecht war sie verarbeitet. Und da war vor zwei Jahren noch ein drittes, das schon nach wenigen Wochen stillgelegt werden mußte. Sie haben einen kleinen Fehler nach dem anderen entdeckt, dann kam noch ein großer dazu, und sie haben die Maschine aus dem Verkehr gezogen. Und wie viele Flugzeuge, meinst du, haben wir den Schweizern geliefert? Drei. Genau drei. Und wie viele waren ein Totalausfall? Drei. Alle miteinander, ohne Ausnahme. Die Zeitungen in der

Schweiz haben zu Recht auf die in die Augen springenden ‹Zusammenhänge zwischen den Unglücksfällen und einem nicht den Anforderungen entsprechenden Material› hingewiesen. Es ist fürchterlich, fürchterlich und herzzerreißend, was aus der deutschen Wertarbeit wird.»

Herr Huber hatte seine Hand auf Annies blondes Haar gelegt. Sie rührte sich nicht, sondern saß nur mit dem Schreibblock auf dem Schoß da, als erwarte sie sein Diktat. Er fing an, ihr das Haar zu streicheln, doch er hörte auf, als Annie unruhig den Kopf schüttelte.

«Herr Huber», sagte sie, und er zog die Hand zurück. «Herr Huber, das alles kann doch ein Zufall sein – die Unfälle, meine ich. Und überhaupt, so wichtig die Flugzeuge auch sind, die Geschütze sind immer noch wichtiger, die Artillerie, die Panzer. Und es würde doch keiner behaupten, daß unsere Panzer nichts taugen.»

Der Fabrikant schnitt eine Grimasse. «Oh nein, meine Liebe!» rief er. «Unsere Panzer sind genauso schlecht! Sogar die Škodapanzer sind schrecklich, wo uns jetzt die Škodawerke gehören. So schnell geht das: In zwei lausigen Monaten ist es uns gelungen, eine Marke von Weltruf zu ruinieren. Anfang 1938 haben die Škodawerke vierzig Panzer an die Schweizer Armee geliefert, und die war vollauf zufrieden mit ihnen. Erstklassiges Material, hundertprozentig zuverlässige Motoren. Darum hat die Schweiz in diesem Sommer eine neue Bestellung aufgegeben. Also haben wir einen Panzer als Probeexemplar ausgeliefert. Zwei deutsche Offiziere haben ihn nach Thun gefahren, wo er getestet werden sollte. Äußerlich sah er genau wie die vierzig Panzer aus, die wir vor einem Jahr ausgeliefert haben. Um ihn nun zu prüfen, mußte er einen Hügel unter leichtem Artilleriefeuer von drei Seiten überqueren. Unsere Offiziere nahmen ihre Plätze ein und gaben das

Startsignal. Aber die Schweizer haben schon unserem Material mißtraut und verlangt, daß die Fahrautomatik eingeschaltet wird und der Panzer ohne seine Besatzung losfahren solle. Nach langem Hin und Her stiegen unsere Offiziere dann aus, und das Spiel ging los. Und was glaubst du, was passiert ist? Beim ersten Volltreffer brach der Panzer einfach zusammen und zerfiel in seine Einzelteile. Unsere Offiziere wären mausetot gewesen, wenn ihre aufmerksamen Schweizer Kollegen sie nicht gerettet hätten. Einer der beiden hat es mir selbst erzählt. Eine hübsche Geschichte, nicht wahr, und so lehrreich. Was sagst du dazu?»

Annie antwortete: «Wollten Sie nicht diktieren?»

Aber Huber war jetzt aufgeregt; nicht nur wegen der Lage seines Landes, sondern auch, weil dieses Mädchen so schrecklich unnahbar war.

«Nein, nein, ich will jetzt nicht diktieren. Ich bin heute morgen zu unruhig zum Arbeiten. Laß uns einkaufen gehen, Annie. Wie wäre es mit einem neuen Kleid?»

Annie sah sich traurig ihr schäbiges Kostüm an und zögerte einen Augenblick. Die Stoffe waren dieser Tage so schlecht, wenn man nicht ein Vermögen ausgeben wollte.

Dann meinte sie: «Nein, das geht nicht. Erstens sollte ich keine Geschenke von Ihnen annehmen. Und dann» – sie lächelte, während sie fortfuhr – «macht die Partei gerade einen großen Aufstand wegen des ‹sinnlosen Verbrauchs von Stoffen›. Es heißt, das sei absolut unvereinbar mit der geplanten Entwicklung unserer Wirtschaft. Haben Sie die große Rede von Dr. Ley nicht gelesen? Er hat gesagt, Kleidung müsse getragen werden, bis man sie nicht mehr anziehen könne, und dürfe nicht weggeworfen werden, nur weil sie nicht mehr der Mode entspreche. Er hat gesagt, wenn eine Frau ein ganzes Jahr lang bezaubernd in einem Frühjahrskostüm aussehe, so werde sie im nächsten Jahr genauso bezaubernd aussehen, und auch im Jahr darauf und noch ein Jahr später.» Ihre Augen glitzerten listig.

Herr Huber hatte nicht viel Humor und wollte Annie auf jeden Fall ein Kleid kaufen, gleichgültig, was Dr. Ley sagte. Er antwortete ernsthaft: «Das ist ja alles schön und gut. Aber du hast doch nicht etwa Angst, ein neues Kleid anzuziehen, nur weil dir unsere Herren und Meister mit dem Finger drohen? Und überdies, solange das nur eine wirtschaftliche und keine politische Angelegenheit ist, kann es ja ein so großes Verbrechen nicht sein.»

«Aber es ist doch politisch.» Annie war wieder ernst geworden. «Ich verstehe nicht viel von Politik, aber ich weiß, daß es politisch gemeint war. Und da wurde auch nicht nur mit dem Finger gedroht. Dr. Ley meinte es todernst. Er hat dann nämlich über die Demokratien gesprochen, deren Frauenbild nichts mit Partnerschaft und Mutterschaft zu tun habe. Ihr Ideal sei vielmehr das des – Straßenmädchens! So etwas ist doch politisch genug, oder? Zum Schluß sagte er noch, diese Entwicklung des deutschen Geschmacks sei ein ‹Meisterstück jüdischer Infizierung›, an der unser Vaterland immer noch kranke. Und wenn das nicht politisch ist, Herr Huber, dann weiß ich es nicht.»

Herr Huber kam näher zu ihr. «Dummerchen!» antwortete er. «Das ist doch alles nur Propaganda. Das richtet sich nicht gegen den einzelnen. Es hat mit der Volksgemeinschaft im ganzen zu tun. Und das mit der ‹jüdischen Infizierung› ist doch völliger Quatsch. Einen Juden erkenne ich drei Meilen gegen den Wind.»

Annie wurde puterrot, und ihre Unterlippe zitterte.

«Aber um Gottes willen!» rief Herr Huber. «Was ist denn nun schon wieder los?»

Annie gab keine Antwort; sie versuchte, sich zu beherrschen.

«Hör mal», sagte Herr Huber wieder ruhiger. «Unsere Kriegswirtschaft und unsere Pläne für wirtschaftliche Eigenständigkeit bedeuten gewisse Einschränkungen. Das ist wahr. Die Sache mit der ‹jüdischen Infizierung› aber ist nicht wahr – in diesem Fall. Ich kann beim besten Willen nicht einsehen, warum eine Partnerin und Mutter nicht halbwegs ordentlich angezogen sein sollte, ohne gleich mit einem Straßenmädchen verglichen zu werden … Annie!» rief er und stand so nah bei ihr, daß sie seinen Atem spüren konnte. «Ich will, daß du schön angezogen bist! Und ich will, daß du eine Frau und Mutter bist – *meine* Frau und die Mutter *meiner* Kinder. Annie! Du *weißt* doch, nicht wahr, ich meine, du fühlst doch …» Er suchte nach Worten. «Annie», sagte er sanft und errötend, «Annie, willst du meine Frau werden?»

Das Mädchen stieß einen Schrei aus. «Nein! Nein!» Sie sprudelte die Worte nur so heraus. «Ich wußte es – nein, es kann nicht sein, Liebling, es *darf* nicht sein!» Sie sprang vor ihm zurück, und bevor er sie aufhalten konnte, war sie laut weinend aus dem Zimmer gelaufen.

Herr Huber war hin und her gerissen zwischen Zorn und Hilflosigkeit; wie angewurzelt stand er da. «Also das ist doch …», stieß er hervor, dann setzte er sich an seinen Schreibtisch und starrte vor sich hin. «Was sagt man dazu?»

Es klopfte an der Tür. Herr Huber hörte es nicht. Es klopfte noch einmal, dann sah er auf. Er wollte rufen, daß er niemanden empfange, aber es war schon zu spät. Die Tür ging auf, und ein Mann trat ein.

«Mein Name ist Schweiger», sagte er. «Hannes Schweiger. Ich habe bei Ihnen einen Termin. Sie hatten mich gebeten, zu kommen.»

Herr Huber zuckte müde die Achseln.

«Ich habe den Termin nicht vereinbart, das war meine Sekretärin. Annie!» rief er plötzlich und vergaß vollkommen, daß Herr Schweiger da war. «Annie! Kommen Sie wieder rein!»

Hannes Schweiger mußte schlucken. «Ich muß Sie einen Moment sprechen», sagte er mit gepreßter Stimme. «Bitte. Sie sind einer unserer ältesten Kunden …»

Herr Huber kam wieder zu sich. Da Annie sich nicht zeigte, beschloß er, die Sache mit Herrn Schweiger schnell und ein für allemal zu klären.

«Ich weiß», sagte er. «Man hat Ihr Geschäft geschlossen. Aber was kann ich da machen? Ich habe bei der zuständigen Behörde keinen Einfluß. Außerdem verstehe ich gar nichts von Ihrer Branche.»

«Herr Huber, ich bin Betriebswirt und ausgebildeter Buchhalter», flehte Hannes Schweiger. «Ich habe eine Frau und drei Kinder … Ich weiß nicht, was aus mir werden soll …»

Herr Huber starrte lange in das feingemeißelte, sonnenverbrannte Gesicht, in dem sich Furcht und Hoffnung abwechselten.

«Mein Freund, ich weiß Bescheid. Aber ich kann beim besten Willen nichts für Sie tun. Ich nehme an, Sie wollen von mir eine Stelle, etwa als Buchhalter, als wirtschaftlicher Berater oder so etwas.»

Schweiger nickte.

«Ist Ihnen nicht klar, daß ich mehr Buchhalter habe, als ich brauchen kann, und daß ich keinen von ihnen entlassen darf? Wissen Sie nicht, daß mein einziger Wirtschaftsberater der Staat selbst ist und daß ich in Teufels Küche komme, wenn ich auf Ihre Ratschläge hören würde? Sehen Sie nicht ein, daß alles, was Sie gelernt haben, heute nicht mehr zählt? Mann Gottes –», und Herr Huber lachte ärgerlich, «alles, was wir in unserer Jugend und Unschuld gelernt haben, ist auf den Kopf gestellt worden. Es bedeutet nichts mehr.»

Hannes Schweiger schien mit einem Mal kleiner geworden zu sein. Er murmelte: «Tut mir leid. Es war nur ein Versuch. Wissen Sie, ich wäre gern hier in der Stadt geblieben, in meinem alten Beruf.»

«Andere Berufe sind auch nicht so schlecht», gab Herr Huber leise zur Antwort, «und es gibt viele Städte, wo man wohnen kann.»

Schweiger stand da wie gelähmt. «Es war nur ein Versuch», wiederholte er. Dann riß er sich zusammen und ging.

Herr Huber eilte durch sein Büro ins Vorzimmer, wo ein paar Sekretärinnen an ihren Schreibmaschinen saßen. Er eilte durch das Empfangszimmer. Annie lehnte weinend an der Wand.

«Annie», rief er mit zitternder, heiserer Stimme. «Was – was ist denn los?»

Ungeachtet der erstaunten Blicke der Vorzimmermädchen trug er Annie fast in sein Büro zurück.

«Setz dich und sieh mich an. Annie – ich liebe dich.»

Annie konnte nur schluchzen.

«Annie», sagte Herr Huber leise, «das ist unglaublich. Ich verstehe das nicht. Sag mir doch, was los ist. Du weißt, ich liebe dich. Ich will nur dich … Annie, zum letzten Mal, zum absolut letzten Mal, willst du mich heiraten oder nicht?»

Seine Stimme war so hart geworden, daß die Frage wie

eine Drohung klang. Annie nahm endlich die Hände von ihrem tränennassen Gesicht.

«Es kann nicht sein», sagte sie mit bemüht ruhiger Stimme. «Bitte, bitte, laß mich gehen. Ich sage dir, es kann nicht sein.»

«Warum nicht? Liegt es an mir?»

Sie schüttelte den Kopf.

«Warum denn dann?» Herr Huber wurde lauter. «Ach, Annie, sag's mir doch. Ich muß es wissen! Das schuldest du mir! *Ich muß es einfach wissen!*» Herr Huber war nun ganz außer sich. Er liebte dieses Mädchen, und sie hatte ihm gezeigt, daß sie ihn zumindest mochte. War da ein anderer? Nein, unmöglich, da war er sicher. In all den Jahren, die er Annie kannte, hatte er sie nicht einmal mit einem Mann zusammen gesehen. Hatte sie denn den Verstand verloren? Er liebte sie doch und konnte ihr so viel geben.

Seinem Ausbruch folgte ein kurzes Schweigen. Und dann sagte Annie, als ob sie ihr eigenes Todesurteil verkündete:

«Ich bin Halbjüdin.»

Herr Huber machte unwillkürlich einen Schritt zurück. «Mein Gott!»

Dann kam es heraus: Annies Vater war Arier, ein Beamter, der bereits vor den «Nürnberger Gesetzen» pensioniert worden war, noch bevor die peinliche Tatsache seiner jüdischen Heirat bekannt wurde. So war es Annie möglich gewesen, das Unaussprechliche geheimzuhalten. Aber so oft sich dem gutaussehenden, begabten Mädchen eine berufliche Chance bot, hatte sie Angst, man könnte in ihren Akten nachsehen.

Herr Huber war sprachlos vor Schreck; er erinnerte sich daran, daß er Annie zu seiner Bürovorsteherin hatte machen wollen. Sie hatte abgelehnt.

«Du bist zu gut, um bloß Stenotypistin zu bleiben», hatte er ihr gesagt. «Du wirst befördert. Du hast eine Karriere vor dir.»

Auch da hatte Annie geweint. Auch da hatte sie gesagt: «Nein, nein, ich kann nicht.» Damals hatte er gedacht, sie wolle lieber Stenotypistin bleiben, um in seiner Nähe zu sein, statt entfernt von ihm «Karriere» zu machen. Er hatte darin einen Liebesbeweis gesehen und sich lange daran erinnert. Und jetzt das! Das absolut Unmögliche, die unwiederbringliche Katastrophe!

«Sag es nicht weiter, Alfred», sagte sie und nannte ihn beim Vornamen; jetzt, wo alles vorbei war und eine Heirat außer Frage stand. «Ich möchte hier weiterarbeiten, solange ich kann. Das wird nicht lange dauern. Eines Tages kommt es heraus. Ich weiß nicht, was dann werden soll. Aber eins ist sicher: Ich kann nicht so leben, wie es die Juden müssen.»

Herr Huber nickte bestätigend. Sogar jetzt noch wollte er sie in seine Arme nehmen und ihr sagen, wie gleichgültig ihm die Rasse ihrer Mutter sei. Aber Herr Huber war Fabrikbesitzer, und er war sich seiner Verantwortung vollauf bewußt. Es war unmöglich, daß er alles aufs Spiel setzte für ein Mädchen, das ihn so lange Jahre hinters Licht geführt hatte. Er fuhr sich über den Scheitel, räusperte sich und sagte: «Na schön. Ich werde nichts sagen. Aber du hättest es mir früher erzählen sollen.»

Niedergeschlagen ging er in das kleine Restaurant in der Glockenstraße, wo er immer zu Mittag aß. Das Essen taugte nicht viel, das wußte er, aber der Wirt hatte eine besondere Spezialität, die das wieder ausglich. Irgendwie gelang es ihm, künstliche Schlagsahne herzustellen. Echte Sahne bekam er genausowenig wie irgend jemand sonst in der Stadt. In Deutschland war sie verboten und nirgends zu finden. Aber dieser Wirt machte seine eigene künstliche Sahne – wie, das war seine Sache. Herr Huber bekam jedenfalls seine tägliche Portion.

Selbst nach allem, was heute passiert war, konnte er sich die Vorfreude auf die Schlagsahne nicht verkneifen. Ich glaube, sie werden keinen Kalbsbraten haben, dachte er, aber immerhin gibt es Schlagsahne. Dann dachte er auf einmal an Annie und an die gefährlichen Verwicklungen, die sich ergeben konnten. Nun, er würde sich von ihr nicht den Appetit verderben lassen. Als er sich die Sache bei leerem Magen durch den Kopf gehen ließ, begriff er, daß er einen schrecklichen Fehler gemacht hatte. Was hatte ihn nur geritten, dem Mädel so hinterherzulaufen? Warum hatte er nicht gesehen, daß sie für eine Arierin viel zu lokkiges Haar hatte?

Als er das Restaurant betrat, kam die Kellnerin mit verweintem Gesicht auf ihn zugelaufen.

«Er ist weg!» rief sie. «Sie haben unseren Herrn Schindhuber verhaftet. Die anderen Restaurantbesitzer haben ihn angezeigt. Sie waren neidisch, weil er diese Schlagsahne machen konnte. Jetzt muß er dem Richter alles erklären. Und bis dahin muß er im Gefängnis bleiben, wo er doch ganz unschuldig ist.»

Herr Huber schüttelte den Kopf. «Das ist ja eine schlimme Sache. Ist er auch wirklich unschuldig? Diese Schlagsahne schmeckte schon verdammt echt.»

«Natürlich ist er unschuldig», sagte die Kellnerin. «Er hat nur geschlagene Margarine, Eiweiß vom Entenei, Lebertran, Zucker und ein paar Tropfen …»

«Bäh», schauderte Herr Huber. «Mir wird ja schlecht, wenn ich denke, wieviel ‹Schlagsahne› ich hier schon gegessen habe.»

Er setzte sich und sah sich mißmutig die Speisekarte an.

«Was, schon wieder kein Rindfleisch?» fragte er.

Die Kellnerin gab die vorschriftsmäßige Antwort, die Leute hätten in letzter Zeit zuviel Fleisch gegessen. Bei der großen «Ankurbelung» der Volkswirtschaft würde jeder eine Menge Geld verdienen und viel Fleisch essen.

«Schön», meinte Herr Huber. «Dann bringen Sie mir das Tagesgericht und die *Frankfurter Zeitung*.»

Während er den schwärzlichen Nudelauflauf mit ein paar mageren Stückchen Hammelfleisch hinunterwürgte, las er in seiner Lieblingszeitung: «In der Tat ist ja heute die Dispositionsfreiheit des Unternehmers auf sehr vielen Gebieten eingeengt, mag es sich nun um die Warenbeschaffung und den Rohstoffeinkauf oder um die Errichtung und die Erweiterung von Betrieben, um die Preisstellung oder um die Anwerbung von Arbeitskräften handeln. Die Gefahr liegt nahe, daß angesichts dieser Ausdehnung zwangswirtschaftlicher Maßnahmen in jeder Hilfestellung, die der Staat der Wirtschaft bietet, von vornherein eine Bürokratisierung gesehen wird.»

«Hilfestellung, wie bei einer Erste-Hilfe-Station – das ist gut», murmelte Herr Huber über seinem Auflauf. «Das ist ausgezeichnet.»

Er erinnerte sich, daß er monatelang auf Rohstoffe hatte warten müssen, die er brauchte, um die über ihn hereinbrechenden Regierungsaufträge zu erfüllen. Monatelang hatte die Fabrik so gut wie stillgestanden. Und jetzt, da das Material in Sicht war und er mit Hochdruck produzieren wollte, war ein Drittel seiner Belegschaft auf offiziellen Befehl hin abgezogen worden. Die Arbeiter waren requiriert worden: qualifizierte Metallarbeiter. Sie wurden für irgendeine andere «kriegswichtige Industrie» gebraucht.

Herr Huber wußte ganz gut, um welche «kriegswichtige Industrie» es sich handelte, die wichtiger als seine eigene war. Hunderttausende wurden an den Westwall geschickt, um dort einfache Erdarbeiten zu verrichten. Eine Welle der Ablehnung hatte diese neue Verordnung ausgelöst. Zunächst waren die Arbeiter vom Hauptbahnhof losgefahren. Aber die Szenen dort waren zu unschön gewesen. Die Frauen hatten geweint und geschrien, als sie von ihren Männern getrennt wurden und nicht wußten, ob sie jemals wiederkommen würden. Die Arbeiter selbst hatten geflucht und gedroht, als ob sie ins Exil geschickt würden. Auf einer Fahrt war viermal die Notbremse gezogen worden, noch bevor der Zug die Stadt verlassen hatte. Viermal hatte der Zug kreischend angehalten, die Wagen waren ineinandergefahren, und es gab Gerüchte über einen Unfall. Schließlich kamen die Behörden auf einen Ausweg. Zum Transport dieser Arbeiter machten sie den alten, kleinen, schon seit Jahren stillgelegten Bahnhof wieder auf. Es hatte einen Erlaß gegeben, daß niemand, weder Ehefrau noch Söhne oder Brüder, die Arbeiter verabschieden durfte. Diese Deportationen fanden nun geheim und im Schutz der Nacht statt.

Aber auch von der Arbeitsfront kamen Beschwerden. Der Stundenlohn sollte zwischen zweiundvierzig und siebzig Pfennig liegen. Hochqualifizierte Arbeiter, die zu Hause bis zu zehn Mark für einen Achtstundentag verdient hatten, wurden nun gezwungen, vierzehn Stunden am Tag mit Hacke und Schaufel zu arbeiten, und das für viel weniger, als sie in der Fabrik bekommen hatten. Der Differenzbetrag sollte den Familien der Arbeiter vom örtlichen Arbeitsamt gezahlt werden. Aber die Zahlungen blieben aus, und die Frauen liefen mit immer schlechterer Laune von einem Beamten zum nächsten.

Die Regierungspolitik schuf nicht nur neue Probleme für den Fabrikanten – sie mischte sich jetzt auch noch in den Markt ein. Die Behörde des Reichskommissars für die Preisbildung hatte umfassende Vollmacht bekommen, Preise «auf der Basis einer gerechten Volkswirtschaft» festzulegen. Man hatte die letzten Reste des liberalen Wirtschaftsprinzips, das heißt eines Preisgefüges auf der Grundlage von Angebot und Nachfrage, beseitigt; der Reichskommissar für die Preisbildung war zum Preisdiktator geworden. Gerade erst hatte er einen Erlaß veröffentlicht: «Preise sind in Zukunft in Abstimmung mit den festgelegten Löhnen zu kalkulieren, und wo es solche Löhne nicht gibt, sind die Preise auf der Grundlage der Durchschnittslöhne zu berechnen, die sich nach der regulierten Volkswirtschaft richten ... Der Vertrauensrat wird die Maximalhöhe der Preise festlegen. Ausgaben für die soziale Wohlfahrt der Arbeiter dürfen nur bis zu dem Ausmaß in die Preise eingerechnet werden, in dem sie rechtlich vorgesehen sind. Freiwillige Sozialbeiträge können nicht berücksichtigt werden, wenn sie normaler Bestandteil eines bestimmten Unternehmens sind ... Die von dem neuen Erlaß betroffenen Preissenkungen werden sofort in allen betreffenden Fabriken eingeführt.»

Herr Huber stieß einen langen Seufzer aus, als er an diesen neuen «Eingriff» der Regierung und an die Konsequenzen dachte, die er mit sich brachte. Er sagte sich: Um die nötige Zahl von Arbeitern zu bekommen, habe ich die Löhne erhöht, und deswegen stimmen meine «Preise» nicht mit den festgelegten Löhnen überein. Außerdem übertreffen meine «freiwilligen Sozialbeiträge für die Arbeiter» bei weitem den vorgeschriebenen Wert. Und ich bin nicht der einzige. In den Siemens-Schuckert-Werken betrugen die üblichen Sozialbeiträge im letzten Jahr beispielsweise 11,6 Millionen Mark. Aber sie haben 14,2 Millionen Mark für freiwillige soziale Verbesserungen ausgegeben – die so «freiwillig» allerdings auch nicht waren. Die Arbeiter sind durch den niedrigen Lohn, die Lebensmittelknappheit und die Steuerlast niedergeschlagen und strapaziert. Sie müssen sich auf ihre Altersvorsorge und auf die Krankenversicherung für diejenigen Krankheiten verlassen können, die nicht vom Betriebsarzt «akzeptiert» werden, denn der weigert sich häufig schon, ernsthafte Krankheiten anzuerkennen. Aber wie können wir mit diesen Leuten eine stetige Produktionssteigerung erreichen, wenn sie unterernährt und überarbeitet sind – und dazu noch unzufrieden und in Sabotagelaune? Und wie können wir sie zufriedenstellen, wie werden wir soziale Verbesserungen einführen, wenn wir die Kosten der Verbesserungen nicht in die Preise einschließen können? Bald werden wir *überhaupt keine* Arbeiter mehr finden, wenn wir nicht höhere Löhne als die lumpigen festgelegten zahlen können. Na schön! Sie zwingen die Arbeiter aufgrund von nationalem Notstand, in meine Fabrik zu kommen. Aber wie können sie sie zur Arbeit zwingen?

Das Ganze ist ein Trick! Die Regierung will unsere Investitionspläne nicht bremsen. Unsere Investitionen müssen für das Wiederbewaffnungsprogramm weitergehen und auch wegen des drohenden Zusammenbruchs, wenn die Investitionen ausgesetzt würden. Aber gleichzeitig will die Regierung die Ausgaben drastisch reduzieren, indem sie die indirekte Methode von Preisnachlässen anwendet. Sie wollen die Inflation aufhalten, die von Monat zu Monat offensichtlicher wird. In diesem Jahr war fast doppelt soviel Geld im Umlauf wie 1936; zur gleichen Zeit hat sich die Warenmenge auf dem Markt verringert, und das bei sinkender Qualität. Wenn das keine Inflation ist! Hinzu kommen die neuen Steuergutscheine, die wie echte Währung im Umlauf sind und Hunderte Millionen Mark darstellen.

Wer profitiert denn von unserer Kriegswirtschaft? Alfred Huber dachte an die Zeiten zurück, als die Nationalsozialisten sich als Retter der Unternehmer ausgegeben hatten. Jetzt sind wir Fabrikanten nicht mehr gefragt! Und bestimmt nicht die Menschen – nicht die Arbeiter, nicht die Bauern und auch nicht der Mittelstand. Niemand hat etwas von dieser Kriegswirtschaft. Jeder leidet unter ihr, ausgenommen vielleicht die Mächtigen, die um der Macht willen leben und deren größtes Glück in ihrer unumschränkten Machtausübung liegt. Das führt zur schlimmsten Art von Bolschewismus. Es ist eine Schande, eine Affenschande. Aber was können wir schon machen?

Er hatte schon einige Zeit nicht mehr an Annie gedacht. Sie war ihm seit zwanzig Minuten vollkommen entfallen. Jetzt sah er sie plötzlich wieder vor sich. Er sah die schönen, graugrünen Augen, das aschblonde Haar und die scharf geschwungenen Lippen, die vor kurzem so gezittert hatten. Wie, war das erst vor kurzem gewesen?

«Ich frage mich, ob ich ein Risiko eingehe, wenn ich sie weiter beschäftige», sagte er sich. «Natürlich ist es ein Risiko, jetzt wo ich weiß, daß sie Halbjüdin ist. Ich werde sie entlassen müssen», beschloß er. «Ich werde sie nicht anzeigen, aber sie wird gehen müssen, das arme Kind. Es tut mir leid – aber in diesen Zeiten muß ein Mann an sich selbst denken.»

Er fragte sich weiter, ob sie nach ihrer Entlassung wie alle anderen Juden würde leben müssen, ohne ins Theater oder ins Kino gehen zu dürfen. Sie darf sich auf keine Parkbank setzen. Oder dürfen sich Halbjuden auf Bänke setzen? Ich weiß es nicht. Juden dürfen es nicht, und Annies Mutter ist Jüdin.

Er spürte eine Gänsehaut, so wie ein Kind, dem man erzählt, daß eine seiner Tanten eine Hexe ist. Dann erinnerte Herr Huber sich plötzlich an Hannes Schweiger, dessen Laden man geschlossen hatte und der nun irgendwohin mußte, um eine Arbeit zu tun, die er nie gelernt hatte. Und er ist nicht einmal Jude, dachte Herr Huber. Er ist genausowenig Jude wie Herr Schindhuber, der Restaurantbesitzer, den sie verhaftet haben, oder wie ich. Und mir geht es ja noch gut. Ich kann mich nicht beklagen, nicht im geringsten. Und ich werde auch dafür sorgen, daß das so bleibt. Jawohl! Ich werde verdammt vorsichtig sein. Von jetzt an bin ich auf der Hut! Soviel steht fest, sagte sich Alfred Huber. Keine Dummheiten, nichts Voreiliges.

Nächste Woche, das stand schon fest, würde er nach Holland fahren, um Aufträge anzunehmen, die er nur mit Mühe würde erfüllen können. Es würde eine Menge Unannehmlichkeiten wegen der verspäteten Auslieferung geben. Und wenn die Ware endlich ausgeliefert war, kamen erst die wirklichen Sorgen wegen der minderwertigen Materialqualität.

Auf jeden Fall werde ich mir Schlagsahne gönnen, *jede Menge Schlagsahne*, versprach sich der Fabrikant und leckte sich die Lippen. Und ich werde dafür sorgen, daß unsere holländischen Freunde sowenig wie möglich von unseren Produktionsschwierigkeiten erfahren. Erstens würden sie keine Bestellungen mehr aufgeben, wenn sie das wüßten, und zweitens bin ich ja nicht auf den Kopf gefallen. Ich sehne mich nicht nach dem Gefängnis und schon gar nicht nach dem Konzentrationslager. Dorthin komme ich, wenn ich im Ausland den Mund zu weit aufmache.

All das ging Fabrikant Huber durch den Kopf: Es war ein trauriges, höchst verwirrtes Bild. Anständige Ideen, «kluge» Überlegungen und «gesunder Menschenverstand» wechselten mit Furcht und Verbitterung, mit Loyalität und «Patriotismus». Dieser kannte nur einen Befehl: «Mitmachen!»

Herr Alfred Huber, der Fabrikant, war ein typischer Bürger unserer Stadt. Die anderen waren wie er: deprimiert und verwirrt, «Opfer von äußeren Umständen». Das ist Schicksal, dachten sie, unser Schicksal, Deutschlands Schicksal. Und nur in seltenen Augenblicken erschrekkender Klarheit stellten sie sich die Frage, von deren Beantwortung alles abhing. Warum, so fragten sie sich dann, *warum* folgen wir in blindem Gehorsam einem Schicksal namens Adolf Hitler? *Warum gehorchen wir?*

Da aber die Antwort ausblieb, gehorchten sie – fürs erste – weiter.

DER STÜRMER

KAPITEL 4: «GERECHTIGKEIT IST, WAS UNSERER SACHE DIENT»

Unsere Universität war normalerweise voll von ungestümen jungen Leuten mit Büchern unter dem Arm. Eifrige Studenten hielten Vorträge und debattierten – offensichtlich auf der ewigen Suche des Menschen nach der Wahrheit.

✦ ✦ ✦ ✦

IN UNSERER städtischen Universität hatte Professor Habermann den Lehrstuhl für Kriminalrecht inne. Habermann verkörperte den «germanischen» Typ – dick, blond, mit mehreren Schmissen im Gesicht und einem ausrasierten Stiernacken, der so rosig wie ein Schinken glänzte. Er war vierzig, als Hitler an die Macht kam. Bis zu diesem Zeitpunkt hatte er es nur zum Assistenten an verschiedenen zweitrangigen Universitäten gebracht. Das lag weniger an mangelnder Fähigkeit als an seiner grundsätzlichen Gleichgültigkeit der eigenen Karriere gegenüber. Dr. Habermann war deutschnational bis ins Mark und hatte für die deutsche Republik nicht das geringste übrig. Er zog es vor, sich in einer Kleinstadt zu verstecken, seine Freizeit über seinen Büchern zu verbringen und bei einem Glas Wein mit Freunden über die Regierung herzuziehen, anstatt sein Heil in der Hauptstadt zu suchen und sich so den

Führern des republikanischen Deutschland zu verpflichten.

Dann wurde Habermann Anfang 1935 auf einen Lehrstuhl an unserer Universität berufen. Ein Kollege, ein Halbjude, war entlassen worden, um ihm Platz zu machen, und Habermann war das ganz recht. Die Studenten fanden, daß die Berufung alles in allem gar nicht so schlecht war.

Die Universität lag gleich hinter dem Straßengewirr am Marktplatz. Der Brunnen im Innenhof der Hochschule konnte von jedem dem Hof zugewandten Fenster gehört werden, selbst wenn es geschlossen war. Es war ein einschläferndes Geräusch, aber die ständige Wiederholung der monotonen, immer gleichen Prinzipien der Nazi-«Lebensphilosophie» genügte auch so, um viele Studenten einzulullen. Professor Habermann war einer der wenigen Dozenten, die bei jeder Vorlesung ein, zwei Überraschungen parat hielten, damit sich für die Studenten das Wachbleiben und Aufpassen lohnte.

«Meine Herren», sagte er dann, «es geht um folgenden Fall.» Dann beschrieb er einen Mord, der unter diesen und jenen Umständen stattgefunden hatte. Das waren die Tatsachen, und deswegen zählten bestimmte Personen zu den Verdächtigen. Niemand war in flagranti erwischt worden. Die gesamte Beweislage beruhte auf Indizien. Aber die Indizien erbrachten keinen über alles erhabenen Beweis.

«Der Staatsanwalt fordert für den Angeklagten, einen gewissen Lissauer, die Todesstrafe. Lissauer ist Jude; er wohnt nicht weit vom Tatort. Er kann kein wasserdichtes Alibi vorlegen. Nun, meine Herren, würden Sie unter Eid die Verurteilung wegen Mordes und die Todesstrafe vertreten?»

Die Studenten dachten angestrengt nach. Habermann hatte die Stimme erhoben. Sogar die, die vom Brunnen eingeschläfert worden waren, waren aufgewacht. Sie mußten nicht antworten; dies war eine Vorlesung, kein Seminar. Es war an Habermann, die Antwort zu geben.

«Meine Herren!» sagte er, und nun glitzerten zwei zornige Funken in seinen wäßrigen Augen, die er zusammenzog, bis er wie ein Kalmücke und nicht wie der herkömmliche germanische Absolvent einer schlagenden Verbindung aussah. «Meine Herren! In einem solchen Fall – und merken Sie sich bitte, daß solche Fälle in unserem Rechtssystem absolut typisch sind –, in einem solchen Fall ist es vollkommen idiotisch, verstehen Sie, idiotisch, zwecklos und daher illegal, nach anderen Beweisen als Indizien zu fragen. Denn womit haben wir es in diesem Fall zu tun?»

An diesem Punkt faßte er einen Studenten in der ersten Reihe ins Auge, der mit gesenktem Kopf Zeichnungen auf seinem Notizblock machte. «Wir haben es hier mit nichts anderem als dem sogenannten ‹gesunden Volksempfinden› zu tun. Daran, und nur daran appelliert der Staatsanwalt. Und liegt die Lösung des Falles nicht auf der Hand? Ein Mord ist verübt worden. Der Täter muß gefunden werden; das Gesetz muß ein Exempel statuieren. Ein Jude, der in das Geschehen verwickelt ist, kann seine Unschuld nicht beweisen. Die alte römische Maxime ‹Im Zweifelsfall für den Angeklagten› hat ihre Gültigkeit verloren. Das neue deutsche Gesetz kennt kein Pardon, wenn es um die Verteidigung der völkischen Einheit geht. Meine Herren, Sie sind in ein perfektes System von Gesetzen eingeführt worden, die mit der richtigen Lebensphilosophie harmonieren und die von der Gefühlskraft und der Bedeutung der nationalsozialistischen Rechtsvorstellung durchdrungen sind. Es wird Ihnen sehr leicht fallen, es *muß* Ihnen sehr leicht fallen, das Urteil ‹schuldig› zu vertreten. Ihr Plädoyer, meine Herren, muß so ausfallen, daß sich jeder Geschworene *schämen* müßte, würde er Lissauer für unschuldig halten. Jeder Geschworene muß es als gefährlich ansehen, gefährlich für sich selbst und für seine Familie, die Anklage gegen Lissauer fallenzulassen!»

Der junge Mann in der ersten Reihe ließ seinen Bleistift aufs Pult fallen. Professor Habermann sah ihn an und erkannte um seine Lippen herum ein halb unterdrücktes, zustimmendes Lächeln. Dann warf der Student seinen Kopf zurück und ließ ein kurzes, aber deutlich vernehmbares Lachen hören. Die Zuhörer stampften mit den Füßen. Das war der traditionelle studentische Ausdruck für Zustimmung und Applaus. Es war vollkommen klar: Habermann hatte gegen die Nazis gesprochen, und die Studenten waren mit ihm einig.

«Meine Herren», fuhr Professor Habermann fort, «Sie müssen sich von allen Vorurteilen und vom Gerede über ‹objektive› und ‹natürliche Gerechtigkeit› losmachen. Erst vor kurzem hat uns unser Justizminister Dr. Frank eine beeindruckende Formulierung der neuen Wahrheit gegeben: ‹Der Geist, der unsere Gerichtshöfe erfüllen und von ihnen ausgehen muß, muß ein Geist des fanatischen Willens eines Volkes zum Überleben und zur Selbstbehauptung sein.› Manche von Ihnen werden widersprechen wollen. Sie werden sich fragen: ‹Aber wie kann man von einem Volk erwarten, es wüßte genau, was seinem Überlebenswillen dienen wird?› Das, meine Herren, wäre eine vollkommen unsinnige Frage, und ich kann glücklicherweise sagen, daß mir der Justizminister die Mühe erspart hat, sie beantworten zu müssen. ‹Es ist an der nationalsozialistischen Partei zu entscheiden, was dem deutschen Volk zukommt›, erklärt er. In Recht und Justiz wie in allen anderen Dingen bilden die Entscheidungen und Ansichten der nationalsozialistischen Partei die Quelle für das wahrhaft deutsche System juristischen Denkens. Die Grundlage unseres Rechtssystems muß permanent unter dem Aspekt unserer Weltanschauung gesehen werden; überflüssige Objektivierung ist zu unterdrücken.›

Sie sehen also, meine Herren», rief Habermann und sah seinen jungen Freund in der ersten Reihe an, «Sie sehen also, wie recht ich hatte, Sie vor den unmodernen und undeutschen Vorstellungen von ‹natürlicher Gerechtigkeit› zu warnen. Zwischen ‹überflüssiger Objektivierung› und ‹unserer Weltanschauung› gibt es einfach keine Wahl, denn jeder von uns weiß, es ist unsere Weltanschauung, die trotz der sogenannten ‹objektiven Gerechtigkeit› hier regiert. Aber –», unterbrach der Professor und sah lange und ernst in einige der Gesichter vor ihm, als wollte er die Gedanken in ihnen lesen, «– mir fällt eine neue Unsicherheit in Ihren Augen auf, als wollten Sie fragen: ‹Aber wie um alles in der Welt sollen wir eine Weltanschauung als die Grundlage unseres Rechtssystems akzeptieren, die sich ständig ändern kann und die sich aufgrund politischer Notwendigkeiten und politischer Zwänge verschiebt? Verlangt der fanatische Wille zum Überleben des Volkes nicht, daß sich diese Weltanschauung immer dem anpaßt, was der Führer zu jedem möglichen Zeitpunkt als vorteilhaft und nützlich und *gerecht* ansieht?›

Meine Herren, ich gratuliere Ihnen zu Ihrer Frage», rief Professor Habermann, als hätten seine Studenten sie wirklich selbst formuliert. «Eine logische und scharfsinnige Frage! Aber auch in diesem Fall hat der Staat jede Schwierigkeit vorausgesehen, und wiederum bleibt es mir erspart, eine Antwort darauf zu geben. Im Staatsleben gibt es ein unumstößliches Prinzip, dem sich alle anderen Prinzipien unterordnen müssen, und das ist das Prinzip der *Macht*. Ich beziehe mich einmal mehr auf die Rede unseres Justizministers. ‹Die jämmerliche Lage des juristischen Ideals in der Weltpolitik zeigt sich in der Tatsache, daß eine Klage bei der internationalen Justiz nutzlos ist, wenn diese Klage nicht durch Entschiedenheit und die entsprechenden Mittel untermauert wird.› Der Ruf nach Recht ist also eine Forderung, irgendeine Forderung, hinter der die Macht steht, um sie durchzusetzen. Das macht die Rechtswissenschaft natürlich schwieriger als bisher. Pedanten und Bücherwürmer, die ihre juristischen Kenntnisse aus den Büchern von Fachleuten bezogen haben, ohne das ‹gesunde Volksempfinden› zu studieren, werden es in unserem neuen Deutschland nicht weit bringen.

Ich halte es für angemessen, Sie daran zu erinnern, meine Herren, daß mein Vorgesetzter, der Justizminister, mit Entschiedenheit gegen die Unterstellung vorgeht, der nationalsozialistische Staat ‹könne jedem Wissenschaftler oder Spezialisten das Recht geben, die Macht des Führers oder der NSDAP über das Rechtswesen zu begrenzen›. In der Tat kann nichts so definiert werden, um als feststehende Meinung zu gelten, denn die Vorstellungen und Gefühle, die unser System rechtlicher Ideen speisen, sind zu beweglich. Da ‹Gerechtigkeit das ist, was dem deutschen Volke nützt›, und da das, was heute nützlich ist, schon morgen nicht mehr nützlich sein mag, folgt daraus, daß die Gerechtigkeit von heute schon die Ungerechtigkeit von morgen sein kann. Da weiterhin eine berechtigte Forderung erst dann eine ist, wenn der Wille und die Mittel zu ihrer Durchsetzung hinter ihr stehen, hört dieselbe Forderung auf, gerecht zu sein, und wird in der Tat null und nichtig, wenn die Macht zu ihrer Durchsetzung nicht länger besteht oder in andere Hände fällt. Habe ich mich deutlich ausgedrückt, meine Herren? Hat mich jeder verstanden?»

Die Studenten trampelten. Der junge Mann in der ersten Reihe dachte: Mein Gott! Er hat mich beinahe ein- oder zweimal drangekriegt. Er klang so ernsthaft, als er von den «Pedanten und Bücherwürmern» geredet hat. Aber in Wirklichkeit greift er das System an! Er macht das nur auf neue Weise. Der Mann meint es ernst, keine Frage.

Über Habermanns Gesicht huschte flüchtig das schiefe Grinsen, das es verzerrt hatte, als er die Schuld des Juden Lissauer «bewies». Dann wandte er sich einem dicken Buch zu, das vor ihm auf dem Pult lag.

«Trotz der Warnung des Justizministers», sagte Professor Habermann, «finde ich jemanden, der sich ‹Wissenschaftler› oder ‹Spezialist› nennt und es gewagt hat, die Macht der Partei und des Führers im Rechtsbereich zu begrenzen oder zumindest zu definieren und ihr damit eine gewisse äußere Form zu geben. Dieses Werk ist heute eigentlich nicht Teil unseres Stoffes, obwohl es sich mit dem Gesetz beschäftigt. Trotzdem enthält es so viele wertvolle Hinweise, daß ich es in meine Vorlesung aufnehmen werde.»

Meint er das wirklich ernst? dachte der junge Mann in der ersten Reihe und schauderte.

«Ich spreche von diesem Buch», fuhr Professor Habermann fort und hielt den Band zwischen Zeigefinger und Daumen der rechten Hand vor sich, als würde er einen übelriechenden Gegenstand berühren. Es heißt *Verfassungsrecht des Großdeutschen Reiches* und ist kürzlich bei der Hanseatischen Verlagsanstalt erschienen; der Verfasser ist Ernst Rudolph Huber, Juraprofessor an der Universität Leipzig. Meine Herren, ich kann dieses brillante Werk gar nicht genug empfehlen. Es ist eine erstaunliche Leistung – vor allem, wenn Sie bedenken, mit welchen Schwierigkeiten der Autor bei seiner Fertigstellung zu kämpfen hatte. Für einen Juristen besteht die größte Schwierigkeit in der Tatsache, daß das oberste Gesetz – das noch über der sogenannten Wahrheit rangiert – die Entscheidung des Führers ist, die wiederum vom erwähnten ‹fanatischen Willen zum Überleben› des Volkes geleitet wird. Um Ihnen einen Vorgeschmack auf die Freude und den Gewinn zu geben, der Sie beim Lesen erwartet, erlaube ich mir, Ihnen Ernst Rudolph Hubers Meisterwerk kurz zu beschreiben.»

Die Meinung im Hörsaal war geteilt. Viele Studenten glaubten, Habermann bewundere das Buch wirklich, das er in so glühenden Farben schilderte. Sie würden es lesen müssen, denn es würde zweifellos in den Prüfungen vorkommen. Es machte keinen Sinn, dem Professor jetzt zuzuhören, er machte nun keine Witze mehr. Andere, unter ihnen auch der Student in der ersten Reihe, waren aufmerksamer gewesen; sie hatten Habermanns schlaue und abgrundtiefe Verurteilung des Werks, das er als Meisterwerk zu loben vorgab, vollkommen verstanden. «Mein Gott», hauchte der Student in der ersten Reihe, und fügte leise hinzu: «Wie wird er das anstellen?»

Habermann blätterte hastig die Seiten. «Die These des gelehrten Professors kann wie folgt zusammengefaßt werden:

1. Die juristische Tradition, die Deutschland im 19. Jahrhundert mitbegründet hat, wird samt und sonders über Bord geworfen. Die ‹Volkssouveränität›, die der große Deutsche Johannes Althusius einst als ‹unveräußerlich› bezeichnet hat, geht mit über Bord. Der Staat ist allmächtig, wie Sie wissen, und hat die Autorität, seine

Forderungen ‹totaliter› in jedem Lebensbereich durchzusetzen. Der Autor, dem jede ‹übertriebene Objektivierung› offensichtlich ein Greuel ist, versichert,

2. daß der Staat nichts ist als ‹die Personifizierung des Volkswillens›. ‹Der Grundcharakter und die Grundidee des Volkes›, schreibt er, ‹sind die fundamentalen Daten für das politische und juristische Wesen des Reiches ... Volksgemeinschaft bringt eine Einheit der politischen Lebensphilosophie mit sich, die eine einzigartige und ausschließliche Gültigkeit besitzt.› Sie finden diese Passage auf Seite 158. Somit gibt es weder die ‹Freiheit des religiösen Gewissens› als solche – Seite 495 – noch die ‹individuellen Freiheitsrechte gegenüber der Macht des Staates› – Seite 361. Das Recht auf Freiheit, sagt er uns, ‹kann nicht mit dem Prinzip des völkischen Reiches vereinbart werden›.

Und nun, meine Herren», rief Professor Habermann mit lauter Stimme, «darf ich diejenigen unter Ihnen um ein wenig Mitarbeit bitten, die geneigt sind einzuschlafen. Ich muß Sie warnen, denn bei der Benotung der Klausuren wird es keine Gnade für jemanden geben, der den folgenden Abschnitt aus dem *Verfassungsrecht des Großdeutschen Reiches* nicht auswendig weiß: ‹*Es gibt keine individuelle, dem Staat vorausgehende oder ihm außenstehende Freiheit, die der Staat respektieren muß.*› Merken Sie sich diese Worte, meine Herren, die Sie die zukünftigen Verwalter des Rechts in Deutschland sein werden. Das deutsche Volk wird in Ihre Hände und in die Hände derer entlassen, in deren Namen Sie das Recht auslegen werden. Diese Situation wird von Professor Huber als ‹Gesamtheitsprinzip› bezeichnet; ein Prinzip, das fordert, eine ‹Einheit der politischen Einstellung› solle sich auf alle menschlichen Aktivitäten und

Unternehmungen ‹als ein universelles, allumfassendes und alles durchdringendes Phänomen› erstrecken.»

Professor Habermann hielt inne, und seine blauen Augen, die sich zu zwei Schlitzen verengt hatten, streiften durch den Hörsaal.

«Ich muß Ihnen kaum erzählen», fügte er hinzu, «welche Folgen sich natürlich und in der Tat unausweichlich aus dem fraglichen Werk ergeben werden. Sie kennen diese Folgen. Auch glaube ich nicht, daß irgendeiner Ihrer Kommilitonen von welcher Fakultät auch immer ihnen entkommen kann, und sei es die mathematische oder die politisch-ökonomische. Der Autor formuliert es so: ‹Im Volk als einer politischen Einheit kann nur ein oberster Träger der politischen Macht wirksam sein. Das ist der Führer, von dem alle politische Macht und alle politische Autorität ausgeht.› Ja, ja, meine Herren», rief Professor Habermann.

Und er stimmte ins allgemeine Gelächter ein: «Sie haben sich keinen leichten Beruf ausgesucht, und der Staat wird alles in seiner Macht Stehende dazu beitragen, daß Sie Ihre Wahl bis zum Ende durchfechten. Der Staatssekretär im Reichsjustizministerium Dr. Roland Freisler hat selbst mit Nachdruck dazu Stellung genommen. ‹Entscheidend für die Übernahme oder ihre Ablehnung muß sein, ob der Antragsteller ein ganzer Kerl ist›, sagt er. Meine Herren, ich bin absolut derselben Meinung; der Ausdruck von Dr. Freisler deckt sich vollständig mit meinen Hoffnungen und Wünschen. ‹Ein ganzer Kerl!› Es gibt natürlich Diskussionsspielraum für das, was einen ‹ganzen Kerl› ausmacht, und ich bedauere, daß ich nicht mehr Zeit für eine eingehendere Analyse von Dr. Freislers Vorstellung von einem solchen ‹ganzen Kerl› habe.»

Die Studenten sahen auf ihre Uhren. Es war eine zweistündige Vorlesung, und die erste Stunde war noch nicht verstrichen. Zeitmangel war kaum die Erklärung dafür, warum der Professor nicht das Thema des Freislerschen «ganzen Kerls» verfolgte.

«Allerdings läßt sich sagen, daß nach den Worten des Justizstaatssekretärs ‹für jede Beförderung das tatsächliche Handeln eines Mannes im Weltkrieg, im Kampf der nationalsozialistischen Partei, im Wehrdienst oder in seiner Stellung als Familienvater der letzte Maßstab seines Verdienstes sein muß›. Dann fügt Dr. Freisler noch hinzu: ‹Aber bei gewisser Leistungs- und Eignungsgleichheit gebührt den Kinderreichen der Vorzug.› So die nationalpolitischen Überlegungen. Meine Herren, Sie verstehen, was das bedeutet: ‹bei gewisser Eignungs- und Leistungsgleichheit …›. Wenn also ein Richter einem anderen mit weniger Kindern etwas unterlegen ist, wird der leistungsschwächere wegen nationalpolitischer Überlegungen befördert!

Aber heutzutage ist es für unsere Führung nicht einfach, herauszufinden, wer ‹überlegen› und wer ‹minderwertig› ist. Dr. Freisler bietet jedoch einen wertvollen Beitrag zur Lösung des Problems an, indem er die Qualitäten aufzählt, die bei der Einschätzung der ‹effektiven Tätigkeit› eines Juristen zu beachten sind: erstens, die im Ersten Weltkrieg; zweitens, die im Kampf der nationalsozialistischen Bewegung; drittens, die im Wehrdienst; viertens und letztens, die im Familienstand. Es kann Ihrer Aufmerksamkeit nicht entgangen sein, daß die ‹effektive Tätigkeit› einer Person bei Gericht überhaupt keine Rolle spielt.»

Habermann schwenkte die von ihm zitierte Zeitschrift *Die Deutsche Justiz*, als wäre es eine Fahne. Die Seiten blätterten auf, und der Professor hielt sie einen Moment vor seine Augen, bevor er mit der Vorlesung fortfuhr.

«Nachdem Dr. Freisler die Bereitschaft der Studenten zu einer frühzeitigen Ehe zu einer der Grundvoraussetzungen des Rechtsberufs erklärt hat, fügt er folgendes hinzu: ‹Die neue Politik der Persönlichkeit muß viel von der alten, traditionellen Denkweise ersetzen; sie muß viele eingefleischte Angewohnheiten überwinden, *damit die neue Arbeit nicht gefährdet wird.*›»

An dieser Stelle wurde Habermann lauter. «Die Hervorhebung dieses letzten Satzes kommt von mir, aber die Worte sind von Staatssekretär Freisler, und ich sehe es als meine Pflicht an, Sie vor einem Mißverständnis zu warnen. Wir wissen natürlich alle, daß der Staatssekretär das genaue Gegenteil von dem meint, was er sagt. Aber die deutsche Sprache ist nicht leicht, und nicht alle ‹ganzen Kerle› besitzen das nötige Feingefühl, sich ihrer zu bedienen.» An dieser Stelle grinste Professor Habermann spitzbübisch.

Eine Handvoll Studenten lachte laut auf. Der junge Mann in der ersten Reihe zog gequält die Brauen zusammen und schüttelte unwillkürlich den Kopf. Passen Sie auf! schoß es ihm durch den Kopf. Um Himmels willen, übertreiben Sie es nicht. Das ging ein bißchen zu weit!

Habermann schien jedoch ein reines Gewissen zu haben. Er legte die Zeitschrift hin, zog eine zusammengefaltete Zeitung aus der Tasche und schlug sie auf.

«Ja», wiederholte er, «die deutsche Sprache ist nicht leicht, und viele unserer Jurastudenten stehen wohl mit ihr auf dem Kriegsfuß. Das juristische Prüfungsamt beobachtet diesen Kriegszustand mit wachsender Sorge, und wir tun gut daran, ihm ein wenig Aufmerksamkeit zu schenken. Dr. Palandt, der Präsident des juristischen Prüfungsamtes, gibt uns den folgenden Bericht vom Schlachtfeld: ‹Nicht selten wird der wichtigste Teil der von den juristischen Kandidaten eingereichten Hausarbeiten so unverständlich formuliert, daß sie selbst nach eingehender Beschäftigung keinen Sinn ergeben. Offensichtlich hat der Kandidat größte Schwierigkeiten, eine einfache, lesbare Arbeit zu schreiben. Es zeugt nicht von hohem intellektuellem Standard, wenn die Kandidaten Verben wie ‚behaupten', ‚begründen', ‚anführen', ‚einwenden' etc. unterschiedslos verwenden. Das mindestens hätten sie in den drei vorangegangenen Jahren lernen können. In den meisten Fällen versagen die Studenten völlig, wenn es um die Verwendung von Beweismaterial ihrer eigenen Zeugen geht. Sollen Studenten eine Entscheidung erläutern und rechtfertigen, so sind sie völlig hilflos. Diese Unfähigkeit zur Begründung oder Widerlegung eines Falles ist schlicht unverständlich.›»

Habermann, der viel Energie und Nachdruck in das Zitat gelegt hatte, ließ die Zeitung sinken.

«Wie wahr!» rief er. «Wie zutreffend! Aber auch hier würde ich gerne einem möglichen Mißverständnis zuvorkommen.» Er legte seine Hände ans Pult, lehnte sich nach vorn und sah dabei den jungen Mann in der ersten Reihe kritisch an.

«Man kann sich leicht vorstellen, daß ein Student, der die Begriffe ‹behaupten›, ‹begründen›, ‹anführen› und ‹einwenden› unterscheiden kann, dennoch die Gültigkeit der Entscheidungen nicht zu untermauern weiß, mit denen er konfrontiert wird. Mit anderen Worten, wir müssen uns von den alten und überkommenen Vorstellungen von der ‹Gültigkeit einer Entscheidung› freimachen. Meine Herren, ich kehre zu der These zurück, mit der diese Vorlesung begonnen hat: ‹Gerechtigkeit ist, was unserer Sache dient.›»

Man konnte Professor Habermann nicht nachsagen, daß es seiner Vorlesung an Abwechslung und Farbigkeit gefehlt habe. Ein oberflächlicher Zuhörer hätte dem gelehrten Juristen in der Tat vorwerfen können, er springe ohne Sinn und Verstand von einem Thema zum anderen. Aber an diesem Punkt hatte er die Vorlesung auf einmal wieder zu ihrer Hauptthese zurückgeführt. Vielleicht war es diese eigenartige Methode und Einstellung, diese Abwechslung und mangelnde Kontinuität, die seine Gleichgültigkeit gegenüber einer «Karriere» vor der Hitlerzeit erklärte. Jetzt, wo ihm eine Karriere offenstand, schien ihm nicht viel an ihr zu liegen. Früher oder später würde sein Verhalten den Behörden auffallen, und dann würden ihn weder sein hundertprozentig germanischer Charakter noch seine Beliebtheit bei seinen Studenten vor dem Abgrund retten, an dessen Rand er sein gefährliches Spiel trieb.

Die zweite Stunde der Vorlesung begann, und Habermann sprach über das Thema Jugendkriminalität. Er sprach langsam und mit Nachdruck. Was er sagte, schien ihm zu gefallen.

«Jedem muß klar sein, daß die anhaltende Arbeitslosigkeit während der schrecklichen Jahre des deutschen Niedergangs und die daraus resultierende Demoralisierung der Jugend zu einem erschreckenden Anstieg der Jugendkriminalität führen mußte. Für uns Juristen stand immer als Tatsache fest, daß nur eine kleine Minderheit der Kriminellen – und bei den Jugendkriminellen nur die allerkleinste Minderheit – die kriminelle Laufbahn aufgrund eines kriminellen Impulses einschlägt. Bekanntlich macht vielmehr Gelegenheit Diebe. Auch Verzweiflung bringt Diebe hervor. Aber vor allem führt schlechtes Vorbild zum Verbrechen. Man braucht sich daher nicht zu wundern, daß in den letzten Jahren der Republik die Jugendkriminalität anstieg. Indes haben wir es im nationalsozialistischen Deutschland unglücklicherweise mit einem seltsamen und höchst beunruhigenden Phänomen zu tun. Meine Herren, nicht nur hat die Jugendkriminalität nicht *abgenommen*; im Gegenteil, die Zahlen jugendlicher Krimineller sind in den letzten Jahren in bedrohliche Höhen gestiegen. Ich lege Ihnen hier einige Vergleichszahlen vor:

Verbrechen allgemeiner Natur

Berlin	1934: 948 Fälle;	1936: 1485 Fälle
Hamburg	1934: 566 Fälle;	1936: 979 Fälle
Köln	1934: 328 Fälle;	1936: 549 Fälle

Sittlichkeitsverbrechen

Berlin	1934: 22 Fälle;	1936: 72 Fälle
Hamburg	1934: 26 Fälle;	1936: 107 Fälle
Mannheim	1934: 10 Fälle;	1936: 48 Fälle

Gewaltverbrechen

Berlin	1934: 30 Fälle;	1936: 75 Fälle
Hamburg	1934: 21 Fälle;	1936: 47 Fälle
Breslau	1934: 1 Fall;	1936: 47 Fälle

Sie sehen also, meine Herren, die Zahl der Verurteilungen von Jugendkriminellen hat sich in den letzten Jahren in den Großstädten praktisch verdoppelt. Besonders beunruhigend ist allerdings die Tatsache, daß Gewaltverbrechen, Sittlichkeitsdelikte, Überfälle und Körperverletzungen im Durchschnitt um das Dreifache gestiegen sind. Sie werden nebenbei feststellen, meine Herren, daß sie in Breslau um das *Siebenundvierzigfache* gestiegen sind! In Verbindung mit diesem hochinteressanten Thema empfehle ich Ihnen einen Artikel, der in *Das Junge Deutschland* erschienen ist. Dort finden Sie die von mir vorgelegten Zahlen und außerdem noch in Dutzenden juristischer Fachzeitschriften.

Der genannte Artikel stellt allerdings fest, daß die Arbeitslosigkeit ‹in Deutschland ihre Bedeutung als Faktor der Gefährdung und Verwahrlosung verloren› hat.»

Professor Habermann schnitt wieder seine mongolische Grimasse und stellte nun eine Reihe rhetorischer Fragen in den Raum.

«Hätten wir nicht annehmen sollen, daß die Neuordnung unseres nationalen Lebens, die neue moralische Inspiration durch unseren Führer, die hohen Ideale unseres Führers und die bewundernswerten und durch und durch deutschen Mittel, die er anwendet, eine Säuberung des Landes ergeben hätten? Stattdessen Schmutz und Verwahrlosung, wohin man schaut, ein erschreckender Rückfall in die Kriminalität, eine Kriminalität von solcher Schamlosigkeit, wie man sie nicht einmal zum Ende der Republik toleriert hätte. Welche Antwort können wir auf dieses unwürdige Phänomen geben, meine Herren, für dieses Krebsgeschwür am Körper des deutschen Volkes?»

Der Professor hielt inne. Der Student in der ersten Reihe erwartete nun sicher, der Dozent würde die rhetorische Frage in seiner unglaublichen Kühnheit mit einer stereotypen Phrase der Nazipropaganda beantworten: «Ausländische Einflüsse!» Oder: «Der Schandfrieden von Versailles» – was in diesem Fall eine unwiderstehliche Parodie gewesen wäre. Der junge Mann bekam eine Gänsehaut. Das wird einen Skandal geben, dachte er. So oder so, es gibt einen Skandal. Entweder wird irgend jemand unseren schlauen Habermann denunzieren, oder es gibt solch einen Aufruhr samt Beifallsstampfen hier im Hörsaal, daß der Dekan kommt – dann wird man uns befragen, und wir müssen Rede und Antwort stehen. Großer Gott, was wird dann werden?

Habermann hatte seine zusammengekniffenen Augen

noch immer auf den Studenten gerichtet und schwieg. Im Hörsaal herrschte Totenstille. Gespannt und voller Erwartung dachten die jungen Leute, ihr Dozent würde nun eine leidenschaftliche Philippika gegen das Regime und seine Schergen anstimmen. Jeder von ihnen hatte in diesem Augenblick, der wie eine Ewigkeit wirkte, seine Entscheidung getroffen. Was werde ich tun? fragte sich jeder. Und fast jeder dachte: Es wäre eine Erleichterung. Wir alle *wissen*, was er sagen kann und was er sagen sollte. Aber es wäre eine Erleichterung, es ausgesprochen zu hören, es laut und deutlich im Hörsaal unserer alten Universität erschallen zu lassen, die Rettung unserer Ehre, die schon mit so vielen kriecherischen Lügen befleckt wurde.

Ein kurzes, lautes Klopfen an der Tür löste die Spannung. Zwei junge Männer in SA-Uniformen kamen herein. «Heil Hitler!» riefen sie, während die Studenten widerwillig zum deutschen Gruß aufstanden. Nach dieser kurzen Zeremonie marschierten die SA-Männer auf Habermanns Pult zu.

Der Professor senkte den Kopf zwischen die Schultern; er sah nun aus wie ein Stier vor einem roten Tuch. Was war geschehen? Hatten ihn diese Wächter des nationalsozialistischen Ordens von draußen gehört? Hatte sich einer seiner Studenten während seiner Vorlesung verdrückt und ihn angezeigt? Wenn ja, dann wehe ihm! Die anderen Studenten würden ihm eine Lektion erteilen, die er nie vergessen würde. Einer der SA-Männer trat ans Pult. Er blickte in den Hörsaal; Habermann, dem er den Rükken zudrehte, wurde vollkommen von ihm verdeckt. Der Student in der ersten Reihe war aufgesprungen. Sein gutaussehendes, zorniges Gesicht drehte er halb seinen Kommilitonen, halb mit drohendem Seitenblick dem SA-Mann zu, der sich nun räusperte und zu sprechen begann.

«Kameraden und Freunde», sagte er, «in dieser Schicksalsstunde unseres Vaterlands –»

Der Student dachte: Was? Schon wieder eine Schicksalsstunde? Kommen wir denn nie von dieser Schicksalsstunde los? Was will der Nazi jetzt schon wieder?

«In dieser Schicksalsstunde wende ich mich an euch, meine Parteigenossen, und auch an euch, die ihr dem Führer dient, ohne bereits zur Partei zu gehören –»

An dieser Stelle setzte sich der Student in der ersten Reihe geräuschvoll wieder hin.

Der SA-Mann fuhr fort: «Ich stehe vor euch», und seine Stimme hob sich, «als Vertreter und örtlicher Verwalter des Reichsernährungsministeriums, und als solcher –»

Der Student in der ersten Reihe klatschte, nicht nur einmal, sondern immer weiter, entschieden; es war ein wütender, vollkommen unstudentischer Applaus, denn normalerweise applaudierten Studenten nicht durch Klatschen.

Der SA-Mann hielt verwundert inne. Dann fuhr er fort und versuchte, den Applaus zu übertönen.

«Meine Herren», schrie er nun, «der Ernteeinsatz ruft –», doch die Studenten waren in den Applaus eingefallen. Der halbe Hörsaal klatschte. Auch Professor Habermann, der hinter dem SA-Mann kaum von den Studenten zu sehen war, applaudierte wie wild. Er hob die Hände, er schlug sie über dem Kopf zusammen. Er war tatsächlich so etwas wie ein Dirigent, der seine Studenten in einem außergewöhnlichen Konzert dirigierte. Immer schneller schlugen die Hände zusammen, und inzwischen gab es keinen Studenten mehr, der nicht in den wilden Applaus eingefallen war. Ihre Gesichter – und das war das erstaunlichste – waren todernst. Genauer gesagt war es ein Ausdruck von Wut und dickköpfigem Widerstand. Sie waren wild entschlossen, diesen uniformierten Eindringling, diesen Angestellten des Reichsernährungsministeriums nicht das Wort ergreifen zu lassen. Nein! *Er würde nicht sprechen*, selbst wenn das ganze Seminar morgen ins Konzentrationslager geschickt würde.

Der SA-Mann war angesichts dieses spontan organisierten Widerstands machtlos und rief, so laut er konnte: «Meine Herren, ich danke Ihnen für diesen Ausdruck Ihrer Zustimmung; ich weiß, unter Ihnen ist kein einziger, der sich in den kommenden Semesterferien nicht freiwillig für den Ernteeinsatz melden wird!»

Kein klares Wort konnte den Beifallssturm durchdringen, die Stimme des Boten wurde verschluckt. «Ostpreußen!» schrie er, als wären dies magische Silben, mit denen er den Aufruhr besänftigen konnte. «Ostpreußen! Parteigenossen, Sie werden in dieser Schicksalsstunde des Vaterlands nach Ostpreußen geschickt …»

Er war krebsrot angelaufen. Die hervorstehenden Adern auf seiner Stirn drohten zu platzen. Professor Habermann, der immer noch stakkatoartig die Hände über dem Kopf zusammenschlug, verlangsamte das Tempo. Auch bei den Studenten ließ der Rhythmus nach. Schließlich gab der Professor hinter dem Rücken des SA-Manns das Signal, den Applaus zu beenden. Von der plötzlichen Stille überwältigt, brüllte er grundlos und aus vollem Halse: «Unser organisches und inniges Verhältnis zum landwirtschaftlichen Geist Deutschlands …» Seine Stimme erfüllte den Hörsaal wie das Brüllen eines Raubtiers. Er brach abrupt ab und sah sich im Saal um, als hätte er den Verstand verloren. Hinter seinem braunen Hemd hatte sich Professor Habermanns Gesicht in seine schlauesten Falten gelegt. Die wäßrigen Augen lachten.

Der SA-Mann schwieg. Aber nun war es der Student in der ersten Reihe, der aufsprang und mit korrekter, fast eleganter Verbeugung zum Braunhemd und zu seinen Kommilitonen das Wort ergriff:

«Im Namen der Studentenschaft möchte ich dem Vertreter des Reichsernährungsministeriums für seine erhellenden Bemerkungen danken. Der Vertreter des Reichsernährungsministeriums braucht meine Versicherungen nicht; er kann anhand des Beifalls feststellen, wie *geschlossen* wir hinter ihm und hinter unserem Führer stehen. Wenn wir infolge unserer enthusiastischen, unserer unaufhaltsamen Demonstration» – die Studenten lachten – «einige entscheidende Bemerkungen überhört haben sollten, so kann das Reichsernährungsministerium sicher sein, daß wir seinen Befehlen gegenüber blind, stumm und taub in unserer Ergebenheit sind, und daß wir nicht einmal fragen, was in dieser oder jener Schicksalsstunde von uns erwartet wird.»

Er verbeugte sich nochmals und nahm wieder Platz. Der SA-Mann vermochte den Inhalt dieser ironischen Ansprache nicht zu begreifen; er reckte den Arm in die Höhe.

«Heil Hitler!» rief er.

«Heil Hitler!» rief sein Begleiter – sein einziger Beitrag zu dieser Szene. Die Studenten gaben keine Antwort. Professor Habermann führte die beiden Uniformierten zur Tür und entließ sie mit einer verbindlichen Verbeugung. Dann drehte er sich um, ging zum Pult und fuhr mit der Vorlesung fort, als sei überhaupt nichts geschehen.

«Wir sprachen gerade –», sagte er und maß die Studenten mit ruhigem Blick, wobei ein kaum vernehmbarer Schauder durch den Hörsaal ging, «– wenn ich mich recht erinnere, sprachen wir gerade von den Schwierigkeiten, die unserem neuen, autoritären Staat durch Sabotageakte von organisierten Gruppen und nicht etwa Individuen erwachsen können.»

Einmal mehr herrschte Totenstille im Hörsaal. Der junge Mann in der ersten Reihe starrte dem Dozenten gerade ins Gesicht. Seine braunen Augen waren vom Glanz der Bewunderung und der Liebe erfüllt. Aber auch seine Freunde, die jungen Leute neben und hinter ihm im steil ansteigenden Amphitheater hörten mit beinahe religiöser Hingabe zu. Sie alle wußten nur zu gut, daß sich ihr Professor nicht «recht erinnerte»; tatsächlich «erinnerte er sich falsch». Sein ursprüngliches Thema hatte rein gar nichts mit organisierten Sabotageakten zu tun. Aber sie waren Zeugen gewesen, Zeugen von und Teilnehmer an einem solchen Akt, und es lag etwas Großartiges darin, daß dieser Mann, ihr wortloser Anführer, es jetzt wagte, ihn zu definieren, ihn beim richtigen Namen zu nennen und ihn in der nüchternen Sprache des Hörsaals zu beschreiben.

«Für uns Kriminalrechtler des Dritten Reiches», sagte Habermann, «erscheint nichts gefährlicher für den Staat als der passive Widerstand der Massen oder sogar der passive Widerstand von kleinen, entschlossenen Gruppen.»

Er unterbrach sich, sah auf die Uhr und schloß beiläufig mit den Worten: «In Übereinstimmung mit den Anweisungen möchte ich diejenigen Herren bitten, sich zu erheben, die sich freiwillig für den Erntedienst in Ostpreußen melden wollen.»

Es gab weder ein Geräusch noch eine Bewegung im Hörsaal. Der junge Mann in der ersten Reihe sah sich nach hinten zum Rest der Studenten um, als hätte ihn plötzliche Panik befallen. Aber niemand rührte sich.

Nachdem er die Stille genüßlich zwei bis drei Sekunden lang ausgekostet hatte, machte Professor Habermann eine kurze Geste.

«Ich danke Ihnen, meine Herren», sagte er, und unmißverständlich klang in diesen einfachen Worten die unermeßliche Größe seines Stolzes, seines Triumphs und seines Dankes mit. Außer der schläfrigen Musik des Brunnens im Hof war nichts zu hören, als der Professor in kerzengerader, gespannter Haltung aus dem Hörsaal schritt.

R
Johan

KAPITEL 5: DEM ANDENKEN EINES HELDEN

Sogar in einer bombardierten Stadt geht das Leben weiter – so auch bei uns. Junge SS-Männer in ihren schneidigen Uniformen marschierten diszipliniert durch die Straßen. Niemand konnte vermuten, daß irgendwo etwas nicht stimmte – allerdings lag ein brenzliger Geruch in der Luft.

✦ ✦ ✦ ✦

AM 10. November 1938 erging an alle Verwaltungsämter unserer Stadt und an den örtlichen Gemeindevorsteher folgender Befehl:

STÄDTISCHE KRIMINALPOLIZEI
DIREKTION DER KRIMINALPOLIZEI
TAGES- UND NACHTDIENST

10. November 1938

Vorgehensweise in der Judenfrage:

Der städtische Polizeichef Inspektor Dr. Hansmann gab um 19.30 Uhr telefonisch durch:

«In Beantwortung der wiederholten Fragen, die dem

Hauptquartier der Gestapo telefonisch von der Kriminalpolizei zugingen, wird nun folgende Information per Telefon ausgegeben:

Es wird die Festnahme einflußreicher, wohlhabender männlicher Juden deutscher Staatsbürgerschaft angeordnet, die noch nicht in fortgeschrittenem Alter und augenscheinlich gesund sind.

Es ergeht bei absoluter Geheimhaltung durch die örtlichen Verwaltungen telefonisch die strikte Anordnung, den Besitz von Juden deutscher Staatsbürgerschaft dem Erdboden gleichzumachen. In diesen Fällen hat keine polizeiliche Einmischung stattzufinden. Das Niederbrennen von Häusern ist nur dort zuzulassen, wo nicht die Gefahr einer Ausbreitung des Feuers besteht. Daher sollte dies nicht im Stadtgebiet geschehen. Die Gesamtzahl der festzunehmenden Juden soll etwa 500 betragen.»

Am 9. und 10. November 1938 brach in unserer Stadt und in allen Städten des Reiches die Hölle aus. Flammen, Ruinen, Blut und Tränen – kleine Gruppen von johlenden, stehlenden, peitschenschwingenden Raufbolden – noch nicht einmal achtzehnjährige Jungen, die durch einen Befehl zu Unmenschen wurden. Die schlimmsten SA-Einheiten kamen in Lastwagen und steckten die Synagogen in Brand. Sie hatten Äxte und Spitzhacken dabei und befolgten den Befehl aufs Wort: Sie vergriffen sich am Besitz einheimischer Juden und machten ihn dem Erdboden gleich. Sprachlos und ohnmächtig schritten die Einwohner unserer Stadt durch dieses Inferno der Zerstörung. Die schwachen Stimmen der gepeinigten Opfer mischten sich mit den scharfen Befehlen aus den Kehlen der staatlichen Handlanger.

Kinder klaubten Spielzeug und Kleidungsstücke aus

den Ruinen der zerstörten Geschäfte. In einem Laden leuchtete eine goldfarbene Kindertrompete unter einem zerschmetterten Konzertflügel hervor. Ein kleiner Junge hatte nur Augen für das Spielzeug, er kroch auf allen vieren unter das kaputte Instrument und drückte es mit aller Macht weg, während er nach der Trompete griff. Dann umfasste seine Hand etwas Weiches, Kaltes. Der Junge hatte außer seinen Murmeln, Angelhaken, bunten Steinen und Tannenzapfen auch eine Streichholzschachtel in der Tasche. Er zündete ein Streichholz an und sah in das blutüberströmte Gesicht einer Frau, auf deren Körper er kniete. Auf seinen durchdringenden Schrei hin kamen Leute von draußen, um ihn zu retten. Zwei Uniformierte zerrten den halb bewußtlosen Jungen unter dem Flügel hervor. Einer von ihnen war noch sehr jung. Sein Gesicht war kreideweiß, als er die Tote sah.

«Schlimme Sache», sagte er vernehmlich, bevor er einen schützenden Arm um den Jungen legte.

Aber der andere, der ältere von beiden, lachte.

«Gute Arbeit», sagte er. «Gute, saubere Arbeit.»

Der junge SA-Mann gab den Jungen an die Frau zurück, die wohl seine Mutter war, und sagte zu seinem lachenden Kameraden: «Weißt du, über eines bin ich froh: daß der Ausländer, mit dem wir neulich abends gesprochen haben, dieser Engländer oder was auch immer er war, diese schlimme Sache hier nicht mit angesehen hat. Er hatte doch offenbar eine ganz gute Meinung von uns.»

Dann ging er in das Geschäft zurück und zog die Leiche in eine Ecke. Er bedeckte sie mit dem verkohlten Rest eines purpurfarbenen Vorhangs. Er stolperte, als er diesen Ort der Zerstörung verließ. Dann schwankte er die Straße hinunter, bog um die Ecke und lehnte sich an eine kahle Hauswand. Er mußte sich übergeben.

Am Morgen des 10. November hatten viele Juden aus unserer Stadt – in der Tat eine außerordentlich große Zahl – bereits ihre Wohnungen verlassen. In den Tagen vor dem 10. waren viele Juden aus dem Konzentrationslager entlassen worden, und viele flohen in die Berge. Mütter zerrten ihre Kinder vorwärts; sie waren mit grünen Rucksäcken bepackt, die an frohe Ferienausflüge erinnerten. Zwischen den schneebedeckten Felsen suchten alte Männer in Felsspalten Schutz vor dem Sturm, der gegen sie losgebrochen war. Viele Flüchtlinge hatten Pässe und ausländische Visa. Daheim in unserer Stadt benahmen sich die von der Regierung geschickten Soldaten wie eine Besatzungsarmee. Doch eine große Zahl derer, die auf der todbringenden schwarzen Liste standen, näherte sich schon der Grenze des Nachbarlands.

Die SA-Trupps waren wütend. Sie waren in Lastwagen gekommen und bestens für ihr Zerstörungswerk ausgerüstet. Aber kaum waren sie an den vorgesehenen Stellen vom Wagen gesprungen – natürlich in Zivil, da sie ja einen «spontanen Ausbruch des Volkszorns» verkörperten –, als die Alarmsirenen erschallten und die Polizei plötzlich eintraf. Sie stellte sich dem wilden Mob der jungen Männer in den Weg, sie löste ihn mit Gewalt auf und schützte entgegen der geheimen Anweisung das Eigentum jüdischer Bürger. Um so ärgerlicher war, daß viele der jüdischen «Untermenschen» gar nicht zu Hause waren. Die enttäuschten Männer, die sich schon auf eine fette Beute gefreut hatten, fühlten sich hinters Licht geführt und richteten ihre Wut gegen die Umstehenden, von denen sich viele befriedigt zeigten, daß «das Nest leer» und «der Vogel ausgeflogen» war.

Nur dort, wo die jungen Schläger große Gruppen bildeten, lieferten sie sich blutige Gefechte mit den Überfallkommandos. Wenn die Kommandos größer, gleich groß oder nur unbedeutend schwächer waren, verzichteten sie klugerweise auf den Kampf. Sie schluckten ihre Wut hinunter, schwangen sich wieder auf ihre Wagen, fuhren durch die Straßen und hofften anderswo auf besseres Jagdglück. Kamen sie aber an der nächsten Stelle an, wurden sie schon wieder von den Wagen der Überfallkommandos erwartet und blickten in die Mündungen von Revolvern. Daraufhin verlegten sie sich auf ein mehr oder weniger zivilisiertes Benehmen und legten Haftbefehle gegen die jüdischen Bewohner in der jeweiligen Straße vor. Die Polizisten nickten streng, und die SA-Männer sahen selbst wie Gefangene aus, während sie von den Polizisten die Treppen hinauf begleitet wurden. Aber auch hier mußten sie nicht selten unverrichteter Dinge wieder zu ihren Lastwagen zurückkehren. Die Opfer waren nicht mehr da.

Franz Deiglmeyer, der Gestapochef unserer Stadt, war ein Mann von Anfang Vierzig und seit über fünfzehn Jahren Mitglied der NSDAP. Schon bald nach der Machtergreifung war dieser erfahrene Polizeibeamte zur Gestapo versetzt worden, wo er aufgrund seiner Intelligenz, seiner Zuverlässigkeit und seines Fleißes bald Karriere gemacht hatte. Im Sommer 1938 war er Gestapochef geworden. Er befehligte die örtliche Gestapo und dazu das benachbarte Konzentrationslager. Die «politischen Ämter» des Kreises einschließlich der örtlichen SA und der SS hatten Anweisung, alle Informationen an ihn weiterzuleiten und seine Autorität zu respektieren.

Deiglmeyer war verheiratet und hatte vier Kinder im Alter von drei bis zwölf Jahren. Er liebte seine Familie und sein Vaterland. Er liebte auch seinen Beruf, der ihm Gelegenheit gab, seinem Land so gut wie möglich zu dienen und seine vier Kinder großzuziehen, damit sie als gute Patrioten und gute Deutsche aufwachsen konnten. Seit Hitler Deutschland regierte, hatte Franz Deiglmeyer über vieles nachdenken müssen. Viele Fragen gingen ihm durch den Kopf. Um ihn herum geschahen Dinge, die ihn insgeheim enttäuschten. Der unbedingte Gehorsam, den der Staat von ihm verlangte, stand in schmerzlichem Gegensatz zu seinem Gewissen als Mensch und als Christ. Seit 1919, als er zu Zeiten der Republik zweiundzwanzigjährig in den Polizeidienst eintrat, und 1933, als es mit der Republik vorbei war, hatte er treu dem Staat gedient. Auch wenn er unzufrieden mit ihm gewesen war, als der Staat in seinen Augen Autorität und den nötigen Glauben an sich selbst vermissen ließ, war er ihm treu geblieben. Er hatte sich Hitlers Bewegung angeschlossen, denn sie hatte versprochen, dem Staat sein verlorenes Prestige wiederzugeben.

Aber kaum hatte sich das neue Regime etabliert, gab es gewisse beunruhigende Zeichen. Eine Herrschaft der Ungerechtigkeit und des zügellosen Despotismus brach an; hatte es der alte Staat an Stolz und Selbstbewußtsein mangeln lassen, so verlangte der neue Staat seinen Bürgern ein Maß von Verehrung und Vergötterung ab, das an Blasphemie grenzte. Über die Judenfrage hatte sich Franz Deiglmeyer nicht viele Gedanken gemacht. Seine Partei weigerte sich, die Juden anzuerkennen. Nun gut, er konnte auch nicht viel Gutes über sie sagen. Er hielt es für vernünftig, ihren Einfluß und ihre Zahl im Land zu begrenzen. Wie genau das geschehen sollte, ohne schwerwiegendes Unrecht zu begehen, war ihm nicht ganz klar. Die Regierung wird schon einen Weg finden, dachte er, denn er war daran gewöhnt, sich in allen politischen Belangen auf seine Vorgesetzten zu verlassen.

Franz Deiglmeyer erledigte seine Pflichten fleißig, treu und zuverlässig. Er versuchte, die harten Strafen zu mildern, die er im Dienst verhängen mußte. Wurde er als Gestapobeamter angewiesen, einen Mitbürger zu verhaften, sei er ein Katholik, ein Demokrat oder ein Jude, tat er, was in seiner Macht stand, um dem Gefangenen sein Schicksal zu erleichtern. Bei Besuchserlaubnissen für die Verwandten zeigte er sich großzügig. Er erlaubte den Gefangenen auch, Lebensmittel- und Kleiderpakete mitzunehmen. Vor allem behandelte er sie mit der Wertschätzung und Höflichkeit, die «politischen Gefangenen» in allen zivilisierten Ländern zuteil wird. Er sah darin kein Amtsvergehen; im Gegenteil. Er tat seine Pflicht so, wie sein Gewissen es ihm vorschrieb.

Bis zu jenen Novembertagen des Jahres 1938 hatte er sich trotz gelegentlicher innerer Konflikte nie im Widerspruch zu Regierungsbefehlen befunden. Er wußte natürlich, daß manche seiner Handlungen nicht im Sinne der Regierung waren, doch hatte er sich immer strikt an die Vorschriften gehalten. Seine Vorgesetzten standen hinter ihm; sie hatten ihn befördert; sie hatten ihm Macht gegeben. Allerdings war ihm nicht klar gewesen, wieviel Macht zum Guten oder Bösen er hatte. Bis er die Befehle las, die «das Vorgehen gegen die Juden» am 10. November einleiteten …

Viele lange und bittere Stunden hindurch kämpfte Franz Deiglmeyer von der Geheimen Staatspolizei mit sich, bis er sich dazu entschloß, die erhaltenen Befehle praktisch zu widerrufen. Ich kann es nicht, sagte er sich. Das ist furchtbar und schrecklich. Ich kann dafür die Verantwortung nicht übernehmen. Ich kann es nicht, und ich will es auch nicht.

Er sprach mit niemandem darüber. Nicht einmal seine Frau, deren Leben aufs innigste mit dem seinen verbunden war, weihte er in den hoffnungslosen Plan ein, den er ganz allein ausführen wollte. Um meines Landes willen, dachte er, ja, besonders um Deutschlands willen muß ich versuchen, diese Greuel zu verhindern, um zu retten, was zu retten ist. Wenn zumindest in unserer Stadt und in unserer Region keine Blutorgien und Plünderungen im Namen des Staates stattfinden … Ja, so ging es ihm durch den Kopf, was ich plane, nennt man «Hochverrat» und «Spionage im Dienst der Feinde des Deutschen Reiches». Ich riskiere alles damit. Mein Leben und meine Ehre stehen auf dem Spiel, wenn ich das zu Ende bringe … Ihm klapperten die Zähne, als er an seine Frau und ihre Liebe für ihn dachte, an seine Kinder, und wie stolz sie auf ihn waren. Leben und Ehre, wiederholte er. Auch meine Ehre? Dann wurde es ihm klar. Es war seine Ehre, die er jetzt rettete und von all den Flecken reinigte, die die letzten Jahre auf ihr hinterlassen hatten. Was er nun tun würde, war seine Ehrensache, und er glaubte sicher, seine Liebsten würden ihn dafür lieben, wenn sie es wüßten – selbst wenn man ihn denunzierte und er seinen «Hochverrat» mit dem Leben bezahlen sollte. Seine Frau und seine Kinder kannten den Unterschied zwischen Recht und Unrecht. Was er nun vorhatte, war recht, auch wenn die Folgen für ihn und seine Familie sehr schlimm werden konnten.

Gestapochef Franz Deiglmeyer zog Zivilkleidung an, schob seinen Hut tief in die Stirn und schlich zur Telefonzelle am Marktplatz. Er zog den Zettel mit den Namen und Adressen der jüdischen Bürger aus der Tasche, die nach Informationen des örtlichen SA-Sturmbannführers am nächsten Tag verhaftet werden sollten und deren Besitz dem Erdboden gleichgemacht werden sollte. Er rief jeden einzelnen von ihnen an. Er nannte seinen eigenen Namen, weil er wußte, dies würde gleichzeitig Furcht und Gewißheit verbreiten. Er gab Warnungen und Anweisungen aus.

«Haben Sie einen Paß?» fragte er. «Nein? Melden Sie sich heute nachmittag bei der Gestapo, Raum sechs. Ich gebe Ihnen einen Paß.»

Er mußte viele Anrufe erledigen, und er wechselte ein Dutzend Mal die Telefonzelle, um keine Aufmerksamkeit zu erregen. Gegen Mittag ging er in sein Büro, stellte Pässe aus und schrieb Freilassungspapiere für die jüdischen Gefangenen im Konzentrationslager.

«Man wird sie umbringen», murmelte er bei sich. «Man wird alle Juden umbringen, um Platz für neue Gefangene zu schaffen. Aber ich werde sie freilassen. Dann gehen sie eben. Laßt sie gehen, wohin sie wollen; ein Verräter hat sie freigelassen. Und dieser Verräter hat noch mehr vor. Er wird versuchen, ihr Eigentum zu retten, damit sie es später zurückfordern können, wenn ...»

Er verfolgte diesen Gedankengang nicht weiter. Werde ich dafür wirklich mit meinem Leben zahlen müssen? Aber ich rette doch Menschenleben, Menschen, die nichts getan haben, die kein Verbrechen und keine Sünde begangen haben. Ich bewahre unschuldige Menschen vor der Hölle. Werde ich dafür sterben müssen?

Als er an jenem Morgen bei Dr. Wolf anrief, ging niemand an den Apparat. Aber ich muß ihn warnen, dachte der Gestapochef. Er muß gewarnt werden, er steht auf der Liste.

Dr. Wolf öffnete selbst die Tür – natürlich darf er kein Dienstmädchen haben, erinnerte sich Franz Deiglmeyer, er ist ja Jude. Der Arzt schrak zurück, als er den gefürchteten Gestapobeamten sah, den er trotz seines Zivils erkannte.

«Verlassen Sie die Stadt», sagte der abrupt. «Heute noch. Hier ist Ihr Paß, schon gestempelt. Machen Sie sich sofort auf den Weg.»

Jeder wußte, wie sehr Dr. Wolf an seiner Geburtsstadt hing. Er hätte ganz sicher schon lange Mittel und Wege zur Auswanderung gefunden, wenn er denn gewollt hätte. Nun schüttelte er ungläubig den Kopf.

«Warum?» fragte er. «Warum muß ich gehen? Ich habe mich keines Verbrechens schuldig gemacht, und laut Gesetz kann man gegen einen unschuldigen Juden nichts unternehmen.»

Es war ein seltsames Bild: Der Jude gab seinem unerschütterlichen Glauben in die Ehrbarkeit des nationalsozialistischen Staates Ausdruck, während der Gestapobeamte ihn von der Notwendigkeit des völligen Mißtrauens und der Flucht überzeugen wollte.

«Ich *bitte* Sie», sagte der Beamte und drehte nervös den Hut in der Hand herum. «Ich bitte Sie inständig: Retten Sie sich!»

«Ich bleibe, wo ich bin», antwortete der Jude. «Und ich nehme mir die Freiheit, *Sie* zu bitten, mich zu verlassen. Ich erkenne Ihre guten Absichten an und danke Ihnen dafür, auch wenn es mir seltsam vorkommt.»

«Hier ist Ihr Paß», sagte der Gestapobeamte und ging zur Tür. «Sollten Sie sich doch noch entschließen zu gehen …»

Und damit war er fort. Der Arzt blieb mitten im Zimmer stehen und schüttelte den Kopf.

Für Gestapochef Deiglmeyer verlief der Tag wie eine Folge von Träumen. In einer Minute war es, als trüge ihn ein mächtiger Wind, und alle seine Handlungen folgten leichter und schneller als je zuvor in seinen wachen Stunden. In der nächsten kam es ihm vor, als wären seine Glieder schwer wie Blei und als koste es ihn übermenschliche Kraft, auch nur den Telefonhörer abzunehmen.

«Hier spricht die Gestapo», sagte er angespannt.

«Schicken Sie bitte sofort zwei Überfallkommandos in die Marktstraße 14. Sie sollen Plünderungen verhindern. Die Männer sollen von der Waffe Gebrauch machen, wenn nötig. Ja, ja, hier spricht Gestapochef Deiglmeyer. Rufen Sie mich in fünf Minuten zur Bestätigung zurück.»

Der 10. November ging vorbei, der 11. folgte; es war nichts Entscheidendes vorgefallen. Der Schaden durch die «Aktionen» in unserer Stadt war gering im Vergleich zu dem, was «sie» geplant hatten. Sicherlich, die Synagoge stand nicht mehr. Manche Geschäfte und Fabriken lagen ebenfalls in Trümmern. Den Überfallkommandos war es nicht immer gelungen, rechtzeitig vor Ort zu sein; man hatte nicht alles verhindern können. Aber die *Menschen*, dachte der Gestapobeamte, die *Menschen* waren gerettet. Wenn auch nicht alle.

Man hatte zum Beispiel Dr. Wolf verhaftet. Ohne Hut und Mantel und vollkommen verstört war er durch die Straßen zum Steinbruch vor der Stadt geschleift worden. In jenen Tagen war es bitter kalt, und es gab keine Unterkunft für die Gefangenen, deren Los es war, tagsüber im Steinbruch zu arbeiten und nachts dort zu schlafen. Die Aufseher in ihren warmen Mänteln und mit Schnapsflaschen in den Taschen achteten darauf, daß kein Gefangener einen Mantel bekam oder sich dem prasselnden Feuer näherte, das zu ihrer Behaglichkeit brannte. In der ersten Nacht erfroren Dr. Wolf beide Beine, und er war vor Schmerz und Verzweiflung fast rasend. In den Nächten darauf erfroren ihm die Arme, dann die Ohren. Aber die Aufseher trieben ihn immer wieder zur Arbeit. Schließlich packten sie den Gelähmten, lehnten ihn an eine Mauer des Steinbruchs und spuckten ihm ins Gesicht. Er brach zusammen und ertrug bewegungslos die nicht enden wollenden Schläge seiner Peiniger. Schließlich wurde er bewußtlos und vor

Fieber zitternd ins Krankenhaus gebracht, wo ihm die Ärzte beide Arme und beide Beine abnehmen mußten. Er erlangte einmal das Bewußtsein wieder; der unerträgliche Schmerz muß ihn geweckt haben. Doch die Blutvergiftung vollendete rasch ihr Werk. Dr. Wolf starb – der erbärmliche Rest seines Körpers hörte auf zu zucken.

Franz Deiglmeyer, der ihn hatte retten wollen, erfuhr nichts von seinem Ende. Am 12. November wurde er wegen eines kleinen Versehens, für das einer seiner Mitarbeiter verantwortlich war, ins Amt Nr. 10 einbestellt. Aber der Gestapochef wußte, daß sich Amt Nr. 10 nicht mit so geringfügigen Fällen wie diesem abgab. Amt Nr. 10 war ausschließlich für Hochverrats- und Spionagefälle zuständig. Deiglmeyer machte sich auf zur Flucht. Der Abschied von seiner Familie war kurz und bündig.

«Nicht weinen», bat er, während seine Augen feucht wurden. «Eines Tages komme ich wieder, ich komme ganz bestimmt wieder.»

Auch die Kinder schluchzten, weil ihre Mutter so traurig war. Nur das älteste Kind, ein zwölfjähriges Mädchen, wußte, was vor sich ging.

«Denk nicht schlecht von mir», sagte der Vater dem weinenden Kind.

«Niemals!» antwortete sie. «Ich weiß, du hast nichts Böses getan.»

Tag für Tag und Nacht für Nacht folgte der Flüchtling den Eisenbahnschienen über die Berge. Dann ging er die vereisten Landstraßen entlang und wanderte schließlich über zugefrorene Seen, bis er zu einem der unbewachten Grenzposten kam, den er gesucht hatte. Er war sich ganz sicher, daß das kleine Land, in das er floh, ihn als «politischen Flüchtling» nicht an seine Heimat ausliefern würde, wo ihn ein schneller und schrecklicher Tod erwartete. Eines Nachts griff man ihn unter einer Brücke auf, und da er keine Papiere hatte und deswegen verdächtig war, wurde er verhaftet.

Vor mir liegen die Briefe, die er schrieb, und diejenigen, die um seinetwillen geschrieben wurden. Sie erzählen den Rest seiner Geschichte – die Geschichte eines verlorenen Helden.

Viele von denen, die ihm ihr Leben verdankten, hatten in dem Land Zuflucht gefunden, in dem ihr Retter nun festgehalten wurde. Sie hörten von seinem Los und bewiesen, daß sie weder vergeßlich noch undankbar waren. Sie taten alles, was in ihrer Macht stand, um ihn zu retten. Sie wandten sich an das Jüdische Flüchtlingskomitee, das ihr Bittgesuch an die Regierung weiterleitete. Der Fall ging schleppend voran; es gab noch Hoffnung.

Eine Frau, die ohne Franz Deiglmeyer nicht überlebt hätte, schreibt einem Mann, der auch noch unter den Lebenden ist, weil sich derselbe Franz Deiglmeyer für ihn geopfert hat:

Lieber Rudolf,

in den letzten Tagen habe ich nichts Neues von *ihm* gehört, und Du kannst Dir denken, wie sehr ich mich um diesen Engel sorge – ich finde kein anderes Wort für ihn. Zuletzt hörte ich, daß es nicht gut um ihn steht. Ein gewisser Herr X. hat eine Frau Y. hier besucht, um die wirklichen Tatsachen herauszufinden, und ob er tatsächlich diese wunderbaren Dinge getan hat. Leider befürchtete Frau Y., Herr X. könnte ein Spitzel sein, und wollte ihm nichts sagen. Herr Z. hat ihn zweimal im Gefängnis besucht. Er weinte, aber er glaubt immer noch nicht, daß man ihn nach Deutschland ausliefern wird, wo ihm die Todesstrafe droht.

Mein lieber Rudolf, ich brauche Dir nicht zu sagen, was

ich von Dir will. Dieser Mensch hat auch Dein Leben gerettet. Jetzt müssen wir ihm helfen. Es *muß* uns gelingen. Er wird verzweifeln – was weiß er schon vom jüdischen Leid? Wir sind daran gewöhnt, es gehört zu unserer Geschichte. Aber er ist aus dem sicheren Leben eines deutschen Beamten gerissen worden; er ist fern von seiner Familie, das Exil wird ihn hart ankommen. Wenn hundert Menschen nur eine Mark im Monat gäben, müßte sich Franz D. keine Sorgen mehr machen. Es muß sein. Er hat uns alle gerettet.

Wenn es Dir irgend möglich ist, dann steh von Deinem Krankenlager auf und tu etwas für ihn. Es wird ihm eine große moralische Stütze sein, wenn er weiß, daß er sein Opfer nicht umsonst gebracht hat. Allein seine Flucht hat Hunderte gerettet, die man wegen alter Anschuldigungen verhaftet hätte; weil er nicht da war, gab es keine Verhaftungen. Lieber Rudolf, ich bitte Dich von ganzem Herzen, tu etwas für den armen Franz D. Eines Tages mache ich es wieder gut. Aber die Ungewißheit über sein Schicksal läßt mir keine Ruhe. Ich schulde ihm mein Leben, das Leben meines Mannes, einfach alles. Ich will nicht, ich kann nicht undankbar sein. Ich kann nicht vergessen, was dieser Mann in der Stunde unserer größten Not und unserer tiefsten Verzweiflung für uns getan hat, und ich will es der ganzen Welt erzählen. Und Du darfst das auch, in Deinem Namen wie in meinem. Auch F. schuldet ihm sein Leben. Ich habe F.s Botenjungen am Bahnhof getroffen und ihm die Nachricht mitgegeben. Also wird auch F. bezeugen, was Franz D. getan hat. Er hat es aus schlichter Anständigkeit getan, weil er das Unrecht nicht mit ansehen konnte. Er ist kein Verräter. Er ist ein Engel, und man muß ihm helfen.

Wir müssen Eingaben an die Polizei richten. Einen solchen Menschen darf man nicht im Gefängnis leiden lassen, einen Mann, der sein Leben aufs Spiel gesetzt hat, um Verfolgten zu helfen. Du weißt ja auch, daß er Hunderte von Wohnungen vor der Zerstörung bewahrt hat, als er uns rechtzeitig vor den Angriffen warnte, so daß wir das Überfallkommando rufen konnten. In manchen Fällen hat er selbst Kommandos losgeschickt. Wo immer sie auftauchten, waren die Schlägertrupps machtlos, denn die Behörden wollten nicht mit hineingezogen werden. Die Villa von N. wurde verschont, obwohl sie in der Stadt erzählt haben, sie wäre niedergebrannt, denn das war ja ihr Plan gewesen. Bitte, bitte, lieber Rudolf, steh auf und rette diesen Mann. Beiliegend findest Du einen Wechsel. Eines Tages, wenn es Dir besser geht als mir, kannst Du's mir zurückgeben. Nimm's mir nicht übel, es ist gut gemeint. Ich nehme an, Du hast nichts übrig. Schreib mir gleich zurück, und ich hoffe, Du wirst gute Nachrichten für mich haben. Ich hoffe, ansonsten geht es Dir gut. Ich schreibe Dir bald von uns, aber im Moment sorge ich mich zu sehr um Franz D.

Herzliche Grüße
Deine
S. L.

Wir drucken diesen langen Brief Wort für Wort ab, mit all seinen inständigen Wiederholungen, seiner aufrichtigen Besorgnis und seiner ehrlichen Dankbarkeit. Uns liegen viele Briefe vor, die alle ähnlich klingen, mit der gleichen Dankbarkeit, der gleichen Verzweiflung und der gleichen Verwirrung.

Franz Deiglmeyer selbst schreibt aus dem Gefängnis. Kein Wort der Beschwerde, er bittet nicht einmal um Hilfe. Nur an einer Stelle fragt er: «Was habe ich getan, daß ich so leiden muß?» Er hat Hunderte von Menschen gerettet, und er fragt, was er getan hat!

Das Jüdische Flüchtlingskomitee erhielt immer neue entmutigende Nachrichten über den deutschen Staatsbürger Franz Deiglmeyer. Zunächst äußerte die Regierung des freien, demokratisch regierten Landes ihre Verwunderung darüber, daß ein «jüdisches Komitee» die Verteidigung in einem «arischen Fall» übernommen hatte. «Aus höchsten Kreisen» verlautete, daß es ratsam sei, den Fall einem «arischen Anwalt» zu übertragen, da dies «Unannehmlichkeiten mit den deutschen Behörden» ersparen könnte. Schließlich bekam man ein Schreiben vom deutschen Konsulat, daß «gegen den Kriminalinspektor Franz Deiglmeyer nichts in Deutschland vorliegt». Es wurde entschieden, Franz Deiglmeyer freizulassen, damit er in sein Heimatland zurückkehren könne. Dies lehnte er jedoch ab. Niemals werde er freiwillig zurückkehren.

«Die Nichteingeweihten werden mich vielleicht nicht verstehen, zumal doch angeblich gegen mich ‹nichts vorliegt›», schrieb er, «aber zu Ihnen, lieber Herr D., kann ich offen sprechen. Ich kann Ihnen versichern, daß hinter dem freundlichen Versprechen des Konsulats bösartige Befehle und Erlasse der Gestapo und der SS-Führung stehen – unangreifbare Mächte, gegen die kein Protest möglich ist … Bevor ich zu dem Entschluß kam, unter keinen Umständen freiwillig zurückzukehren, habe ich lange mit mir gekämpft. Mir wurde klar, daß ich mich von meiner geliebten Frau und meinen geliebten Kindern trennen würde, und das vielleicht für den Rest meines Lebens. Aber es muß sein. Obwohl die Zukunft düster aussieht, verliere ich nicht den Mut. Ich halte mich an meinen Glauben, denn nur so kann ich weiterleben. Also Kopf hoch, Brust raus, vorwärts marsch …»

Die Tage vergingen. Die Forderung des deutschen Konsulats, den deutschen Beamten seinen Heimatbehörden zu überstellen, wurde immer nachdrücklicher. Die Regierung des demokratischen Landes, das noch keinem politischen Flüchtling Asyl verweigert hatte, glaubte das Märchen von einem «völlig unpolitischen Fall» und einem einfachen Mißverständnis. Sie wies die Gesuche und flehentlichen Bitten derjenigen ab, die der «Engel» gerettet hatte und die ihn ihrerseits vor dem sicheren Tod retten wollten.

Franz Deiglmeyer wurde an die Nazibehörden ausgeliefert. Sein letzter Brief, um halb fünf Uhr morgens im Gefängnis geschrieben, ist ein Zeugnis, das unter Tränen entstand. Die Handschrift ist zittrig, aber die Worte verraten die innere Ruhe und Selbstbeherrschung des verlorenen Helden. «Es ist halb fünf Uhr morgens», schreibt er. «Ich will Ihnen in aller Eile mitteilen, daß das Schlimmste eingetreten ist. Sie kommen mich holen. Schon in ein paar Stunden werde ich an der Grenze den deutschen Behörden ausgeliefert. Was dann passieren wird, weiß ich nicht. Man hat es mir hier so angenehm wie möglich gemacht, aber ich habe im Geiste sehr gelitten. Noch immer bin ich im Innersten aufgewühlt. Von Ihnen, Ihrer Familie und all denen, die mir so viel Freundlichkeit erwiesen haben, nehme ich nun Abschied; ich wünsche Ihnen Glück für die Zukunft. Ich setze mein Vertrauen in Gott, der mich bis jetzt beschützt hat. Ihr ergebener Franz Deiglmeyer»

KAPITEL 6: EIN LANDMANN FLIEHT IN DIE STADT

Eines der hübschesten Plätzchen in unserer Stadt war die Alte Rabenschänke. Sie lag gleich am Marktplatz, und wer dort mit guten Freunden bei einem großen Glas Bier saß, konnte gar nicht anders, als angenehmen Gedanken nachzugehen und weitschweifige, sorglose Gespräche zu führen.

✦ ✦ ✦ ✦

DER ABENDZUG, der ungefähr um sieben Uhr in unserer Stadt ankam, machte jeden Tag um kurz nach drei am kleinen Bahnhof Holzhausen halt. Meist stieg dort kein einziger Passagier ein oder aus. In diesem Fall gab es nur einen kurzen Höflichkeitshalt, dann ging es mit schrillem Pfeifen weiter. Die Post aus dem Dorf und das Frachtgut kamen aus einem benachbarten Depot, und der Bahnhof Holzhausen diente eigentlich nur der Bequemlichkeit gelegentlicher Fahrgäste, der Bauern nahe gelegener Höfe oder der des Pfarrers.

Der Passagier, der zwanzig Minuten vor Einfahrt des Zuges zwischen den Gleisen wartete, war ein braungebrannter, äußerst schlanker Bursche. Er sah seltsam aus, denn offensichtlich hatte er sämtliche Kleidungsstücke angezogen, die er besaß. Er trug einen dicken Wollpullover über seinem Flickenhemd. Darüber hatte er ein dunkelblaues Jackett gezogen und darüber wieder ein riesiges Regencape, obwohl es weder kalt noch regnerisch war. Er hatte einen prallvollen Rucksack geschultert und trug einen kleinen, zerschlissenen Kunststoffkoffer. In seiner freien Hand hielt er mehrere in Zeitungspapier verpackte Bündel.

Auf einem der typischen Bauernleiterwagen war er allein zum Bahnhof gefahren. Zu Hause gab es so viel Arbeit, daß niemand ihn hatte zur Bahn bringen können. Am Bahnhof war er vom Wagen gesprungen und hatte sein Gepäck abgeladen. Dann hatte er gewendet, der alten Mähre die Zügel übergeworfen, ihr auf die Flanke geklopft und sie mit dem Wagen heimwärts geschickt. Er wußte, Liese würde den Weg nach Hause finden, ob er nun die Zügel hielt oder nicht.

«Nach Hause!» Dem jungen Mann wurde es schwer ums Herz, als ihm diese Worte durch den Kopf gingen, denn dies war kein gewöhnlicher Ausflug, sondern eine lange, lange Reise. Er verließ sein Zuhause, er machte sich auf Wanderschaft, er zog in die Stadt, und obwohl sie nur vier Stunden entfernt war, war sie ihm völlig fremd. Nur als kleiner Bub war er einmal dort gewesen. Sein ganzes Leben hatte er im Dorf verbracht. So weit er zurückdenken konnte, waren seine Vorfahren Bauern gewesen, und der junge Mann hatte nie etwas anderes sein wollen. Bauer zu sein war das Natürlichste und das Selbstverständlichste auf der Welt.

Dann war Deutschland zum «Dritten Reich» geworden, und seitdem war alles anders. Zunächst war es nur anders, und jeder Bauer hoffte, daß es sich zum Beßren wenden würde. Aber dieser Hoffnung folgte eine bittere und verständnislose Enttäuschung. Es wurde so schlimm, daß Bauern, junge Burschen und Mädel nach und nach ihrer angestammten Heimat den Rücken kehrten und vom Land in die Stadt flohen, wo man immerhin sein karges Brot verdienen konnte. Zu Hause konnte man so nicht weiterleben.

Dem jungen Landmann war der Abschied schwergefallen. Nicht, daß man viele Worte darüber verloren hätte. Als sie einmal zu der Entscheidung gelangt waren, «daß es so nicht weitergehen kann», hatten sie das Unausweichliche akzeptiert. Sein Vater arbeitete im Gemüsegarten und sein Bruder war im Kuhstall beschäftigt, als er fortging. Nur seine Mutter war bis zum Gatter mitgekommen und hatte dem fortfahrenden Wagen hinterhergewinkt. Sie hatte ihm auch etwas nachgerufen, aber er hatte es nicht verstanden, weil Nero in diesem Moment fürchterlich zu bellen angefangen hatte. Als hätte ich etwas gestohlen, dachte der junge Mann. Als würde ich davonlaufen.

Als nun der Nachmittagszug in den Bahnhof schnaufte, dachte er wieder daran. Als ob ich davonlaufen würde, dachte er. Und der arme alte Nero hatte recht, denn ich laufe wirklich davon. Es gibt dafür heutzutage ein Wort. Die da oben nennen es «Landflucht». In ihren Verlautbarungen und Zeitungen ist ständig davon die Rede.

Im kleinen Dritter-Klasse-Abteil saßen vier Frauen. In stummer Feindseligkeit rückten sie zusammen, um ihm Platz zu machen. Keine erwiderte sein freundliches «Grüß Gott». Ihre Gesichter waren wie Holzschnitte mit tiefen Furchen in der Stirn und über den schmalen Lippen. Drei von ihnen hielten Körbe auf dem Schoß, die vierte hatte die Arme verschränkt. Niemand sprach ein Wort.

Schon nach kurzer Zeit langweilte sich der junge Landmann. Es war sinnlos, aus dem Fenster in die Landschaft zu starren, die er wie seine Westentasche kannte. Er packte seine Sachen aus, um sich zu beschäftigen, und legte sie neben sich auf die Holzbank. Meine Andenken, sagte er sich liebevoll; es ist wirklich viel zu früh, sie schon auszupacken. Aber so hatte er es schon als kleiner Junge gemacht. Wenn er frühmorgens aufs Feld ging, nahm er seinen Mittagsproviant mit; sobald das Haus hinter ihm lag, legte er sich unter einen Baum, packte seinen Proviant aus und setzte auf diese Weise sein Frühstück fort, bevor er auch nur einen Handschlag getan hatte.

Ich bin jetzt genauso dumm wie damals, dachte er und sah zärtlich seine Andenken an zu Hause an. Da war die kleine Vase mit dem Goldrand und den Edelweißverzierungen, die ihm seine Mutter geschenkt hatte, als ihm mit neun Jahren die Hand in die Dreschmaschine geraten war und er nicht geweint hatte. Das Gesangbuch seines Großvaters, das er so gut wie nie aufschlug, das Farbfoto vom Weberhof – ihres Hofs –, über das der Künstler einen vergißmeinnichtblauen Himmel und eine ingwerfarbene Sonne gemalt hatte. Dieses herzförmige Bild hatte er besonders gern. Genauso sah er aus, sagte er sich, und es schien ihm, als sei er schon Jahre fort und wüßte nicht mehr, ob der Hof noch war wie früher.

Schließlich richtete er seine Aufmerksamkeit auf einen winzigen, in Bronze gegossenen Schuh, auf dem sein Name stand: Xaver Weber. Er las die Worte aufmerksam und hielt das winzige Andenken ein paar Sekunden hoch, bevor er es auf die Holzbank neben seine übrigen Habseligkeiten stellte. Er lächelte ungläubig bei dem Gedanken, daß er, Xaver Weber, einmal so klein gewesen war, daß ihm dieser Schuh gepaßt hatte.

Als er all seine Andenken betrachtet hatte, ohne sich im mindesten an seinen Mitreisenden zu stören, fing er an, die zerknüllte Zeitung aufzufalten und zu glätten, die er zum Einpacken genommen hatte. Der junge Xaver war kein Zeitungsleser. Zu Hause studierte sein Vater die verschiedenen Regierungsverlautbarungen und -erlasse, um den anderen Familienmitgliedern zu sagen, was zu tun sei. Aber jetzt, wo er nicht wußte, was er mit sich anfangen sollte, begann er selbst zu lesen.

«Es ist heute für niemand mehr ein Geheimnis, daß unser Volk einen heroischen Kampf um seinen natürlichen Lebensraum führt», las er. Der junge Mann schluckte. Was ist das? Was ist das? dachte er. Nun, es gibt zuwenig Arbeiter auf dem Land, und darum ist die Regierung gegen die «Landflucht». Aber wie kann unser Volk dann einen heldenhaften Kampf um Lebensraum führen, wenn es nicht genug Leute gibt, um den Boden zu bestellen, den wir jetzt schon haben? Er schüttelte den Kopf und las weiter:

«Die gewaltige wirtschaftliche Entfaltung und die wehrpolitische Sicherung stellen die Hauptfrontabschnitte in diesem Kampfe dar. Diese gewaltige Aufgabe verlangt den Einsatz der ganzen Nation. Es mußten daher alle Arbeitskräfte, die überhaupt nur freizustellen waren, für das vordringlich notwendige Werk eingespannt werden. Diese Erscheinung hat in weiten Kreisen des deutschen Volkes die irrtümliche Meinung aufkommen lassen, als habe Deutschland nun endgültig den Weg zum reinen Industriestaat beschritten und wäre im Begriff, Landwirtschaft und Bauerntum dem englischen Schicksal auszuliefern. Einer solchen Ansicht muß mit aller Entschiedenheit entgegengetreten werden. Wenn der Führer im Jahre 1933 vor Führern der deutschen Landwirtschaft erklärte, das Deutsche Reich müsse ein Bauernreich sein oder es werde untergehen, so hat dieser Satz auch heute noch seine volle

Gültigkeit und muß für alle Zukunft einer der wichtigsten politischen Grundsätze unseres Volkes bleiben.»

Xaver senkte die Zeitung. Das schwächer werdende Licht machte das Lesen schwer; außerdem wollte er seine Gedanken ordnen, die von der Nazizeitung verwirrt worden waren. Er sah die Frauen im Abteil an; die ihm gegenübersitzende erinnerte ihn an seine Mutter. Er lehnte sich vor, zeigte auf die Zeitung und sagte:

«Könnten Sie mir das bitte erklären? Hier steht, der Führer habe 1933 gesagt, daß Deutschland ein Bauernreich sein müsse oder es werde untergehen. Aber Deutschland ist *kein* Reich von Bauern geworden, weil die Industrie wichtiger geworden ist und die Landwirtschaft für unsere Wiederbewaffnung bezahlen muß. Können Sie mir erklären, wie das, was der Führer 1933 gesagt hat, heute noch zutreffen kann? Heißt das, Deutschland wird untergehen?»

Die Frau antwortete: «Davon verstehe ich nichts. Aber der Führer liebt die Bauern, und es wird schon alles gut.»

Entmutigt nahm der junge Mann eine andere Seite und glättete sie. Die Beleuchtung war eingeschaltet worden, und plötzlich war die Landschaft in der Dunkelheit versunken. Diese Zeitung hieß *Der Deutsche Lebensraum*, und Xaver war sich sicher, daß er nun die genauesten und offiziellsten Informationen bekommen würde.

Er las: «Die Zahl für den Absatz, die Verwaltung und den unproduktiven Verbrauch in Deutschland liegt bei 38,5 Milliarden Reichsmark und damit um 6,1 Milliarden höher als der Nettogoldwert der gesamten deutschen Produktion, die 32,4 Milliarden beträgt. Die Hauptverantwortung für diese Differenz liegt bei der Landwirtschaft, die ihren rechtmäßigen, wachsenden Anteil am Volkseinkommen nicht tragen will.»

Nicht tragen will? dachte Xaver. Das klingt, als hätten wir uns freiwillig geweigert, uns an der Steigerung des Volkseinkommens zu beteiligen. Haben wir das getan? Ich kann mich wirklich nicht daran erinnern.

Er las weiter:

«Die deutsche Landwirtschaft ist seit 1933 Landvererbungsgesetzen und den Einschränkungen des Reichsernährungsministeriums unterworfen, die alles in allem das harte System einer Kriegswirtschaft darstellen. Die Zwangsform, auf die sie seit jenem Jahr beschränkt ist, hat es ihr verboten, an der Expansion teilzuhaben, die andere, wirtschaftlich freie Bereiche erfahren haben. Während ihre Produktivität in der Tat von Jahr zu Jahr gestiegen ist, ist ihr Teil am Volkseinkommen gleich geblieben oder sogar leicht gesunken. Das bedeutet ein jährliches Opfer von vier bis fünf Milliarden Reichsmark oder eine Gesamtsumme von zwanzig Milliarden seit 1933. Aus vielerlei Gründen tragen die kleineren Höfe eher die Hauptlast als die großen Güter. Dieses Opfer, durch das zahllose Bauern und noch größere Zahlen von Landfrauen (denen es durch die steigende Landflucht an Arbeitskräften fehlt) an den Rand des körperlichen und geistigen Zusammenbruchs gebracht wurden, ist vom Führer selbst als großartig bezeichnet worden.»

Der junge Landmann dachte: Das stimmt. Großartig ist das richtige Wort. Aber warum reden sie in der Regierungspresse davon? Man könnte meinen, das wäre heimlich von einem dieser Bauern am Rand des «körperlichen und geistigen Zusammenbruchs» hineingesetzt worden. Und warum *müssen* wir mitten im Frieden das «harte System einer Kriegswirtschaft» haben? Und warum müssen die kleinen Höfe «aus einer Vielzahl von Gründen» härter getroffen werden als die großen Güter?

Im Grunde wußte der Bauernbursche jedoch, warum das so war. Die Ausfuhrprämien für Weizen und Roggen hatten den großen Betrieben ansehnliche Profite verschafft; als die Exporte zurückgingen, hatten sie weiter große Profite gemacht, denn die Einfuhr von Futtermitteln war verboten, was dazu führte, daß die Futterpreise in den Himmel stiegen. Es war immer der kleine Bauer, der zu leiden hatte. Die großen Betriebe spezialisierten sich auf den Getreideanbau, kleine Höfe verlegten sich fast ausschließlich auf die Viehzucht. Wie sollte der kleine Bauer sein Vieh füttern, wenn er das Futter nicht bezahlen konnte? Und wie sollte er es als Viehzüchter mit den großen Betrieben aufnehmen, wenn die Großbauern ihr überschüssiges Getreide zum Einkaufspreis an ihr Vieh verfüttern konnten?

Unser Viehhandel ist doch die ganzen letzten Jahre zurückgegangen, dachte Xaver bekümmert, und genauso schnell ist er für die Großbauern angewachsen. Aber warum läßt der Staat das alles zu, wenn er die Macht hat, uns kleine Leute gerecht zu behandeln?

Der Zug hielt an. Drei der Frauen aus Xavers Abteil stiegen aus. Die Frau gegenüber, die ein wenig seiner Mutter ähnelte, blieb sitzen. Er hatte jetzt den Eindruck, als wolle sie sich schon die ganze Zeit mit ihm unterhalten, sei aber durch die Anwesenheit der anderen Frauen zurückgehalten worden.

«Ich muß zur Bank», sagte sie plötzlich. «Mein Mann schickt mich in die Stadt, weil er selber nicht wegkann. Es ist wegen der Hypothek. Sie wollen uns den Hof wegnehmen. Aber dem Gesetz nach ist es ein ‹Erbhof›, und damit soll er für alle Zeit in unserer Familie bleiben. Sie können ihn uns doch nicht wegnehmen, nicht wahr? Oder vielleicht ...»

Der junge Mann wußte nicht, was er antworten sollte. Er sagte nur:

«Sehen Sie, wenn Sie viele Schulden haben … wir haben viele Schulden. Das kommt alles von den großen Opfern, die wir bringen mußten. Zwanzig Milliarden Reichsmark – das haben die Bauern gezahlt. Ich habe gerade darüber gelesen.»

Die Frau nickte. «Wir haben alle Schulden», sagte sie. «Und unsere Knechte und Mägde sind wegen des niedrigen Lohns in die Stadt gegangen. Aber wir haben immer den gesetzlichen Lohn gezahlt, darum haben wir Schulden. Unsere Leute bekamen früher vierzehn Pfennig die Stunde, jetzt kriegen sie nur sieben. Das ist sicher nicht viel. Aber das ist die Vorschrift, und es ist uns nicht leichtgefallen, auch nur sieben Pfennige zu zahlen.»

Xaver packte seine Andenken wieder ein. Jetzt, wo die Frau eine Unterhaltung angefangen hatte, waren sie ihm peinlich.

«Wir haben auch keine Landarbeiter mehr», sagte er. «Und ich gehe in die Stadt, weil es zu Hause nicht mehr genug zu essen gibt. Wenn sie uns nur unsere Milch und unser Gemüse ließen! Aber wir müssen alles ans Reichsernährungsministerium abgeben, und jeden Tag werden die Kontrollen strenger.»

Die Frau starrte angestrengt aus dem Fenster, als ob sie in der Dunkelheit etwas Interessantes erkennen könne.

«Das ist es also», sagte sie, ohne Xaver anzusehen. «Sie sind also auch auf der ‹Landflucht›? Ich mache Ihnen keinen Vorwurf. Wenn sie uns den Hof wegnehmen, dann müssen wir auch weg. Wir haben noch Glück, daß sie ihn uns nicht schon längst weggenommen haben. Mein Mann sagt, das Kriegsministerium habe seit 1933 eine Million Hektar Ackerland requiriert. Da bauen sie Kasernen und

Festungen und Flughäfen und Heerstraßen. Wir haben Glück, meint mein Mann, daß unsere Gegend für die Wehrmacht nicht attraktiv ist.»

Xaver hörte nicht zu; sein ärgster Feind, das Reichsernährungsministerium, ging ihm nicht mehr aus dem Kopf.

«Ja, sicher», sagte er. «Das Land braucht seine Festungen und Heerstraßen. Das sieht jeder ein. Aber die Maßnahmen des Reichsernährungsministeriums kann ich nicht begreifen. Würden Sie nicht auch glauben, man hätte das Ministerium eingerichtet, um sicherzustellen, daß wir alle genug zu essen haben? Nun, alle Städter, die zu uns ins Dorf kommen, klagen, daß sie nicht genug zu essen haben. Auch wir können uns nicht richtig satt essen. Sagen Sie», fragte er auf einmal, «wie viele Kühe haben Sie denn? Haben Sie genug Butter und Milch?»

Die Frau antwortete, sie hätten zwanzig Stück, aber bei weitem nicht genug Butter und Milch.

«Und die Milch, die uns bleibt, ist natürlich schon entrahmt», sagte sie. «Alles muß ans Reichsernährungsministerium abgeliefert werden, und dann geben sie uns pro Familie zwei Pfund Butter für die ganze Woche zurück. Nicht unsere eigene, sondern die aus der Stadt. Und oft ist die schon ranzig, weil die Verteilung so langsam erfolgt. Wenn wir bloß zwei Pfund von unserer eigenen Butter behalten dürften. Aber nein! Sie muß alt und ranzig sein, bevor wir sie bekommen.»

Xaver nickte. «Uns geht es ähnlich. Wir haben Kühe genug, und auch noch gute, aber so ist das eben.»

Nach einer Pause sagte die Frau: «Es ist überall das gleiche, aber das ist doch kein Trost. Mein Mann sagt, auch die Bauern unten in Österreich wüßten, woher der Wind weht. Gleich im ersten Jahr nach dem Anschluß ans Reich sind 22 Prozent der Bauern und Landarbeiter in die Stadt abgewandert. Es ist überall dasselbe. Freuen Sie sich auf die Stadt?»

Xavers Antwort war: «Wir sind gleich da.» Er freute sich nicht aufs Stadtleben. Er hatte Angst davor, und der Gedanke an die lauten Straßen, in denen er sich bald zurechtfinden mußte, weckten den Wunsch in ihm, daß er nie seine Heimat hätte verlassen müssen, wo alles so friedlich und überschaubar war.

«Mein Bruder lebt noch daheim», sagte er neidisch. «Er ist der ältere, und er wird nach dem neuen Gesetz den Hof erben. Aber ich habe einen Vetter in der Stadt. Er ist schon fünf Monate da. Er heißt Kaspar. Ich hoffe, er wird am Bahnhof sein.»

Die Frau meinte: «In der Stadt kann man nie sicher sein, daß jemand pünktlich ist. Sie hetzen immer nur hin und her. Ich besuche meine Schwester. Aber ich muß gleich morgens zur Bank.»

Der Zug fuhr in den Bahnhof ein. Xaver fühlte einen Stich, als er sich von der Frau verabschiedete. Sie war seine letzte Verbindung nach Hause, obwohl sie aus einem anderen Dorf kam und noch nicht einmal wußte, wie der Weberhof aussah.

«Viel Glück», sagte er. «Ich bin sicher, man nimmt Ihnen den Hof nicht weg.»

Dann stand er allein auf dem Bahnsteig und sah sich um. Eine Menge Leute kamen und gingen, aber Kaspar war nicht unter ihnen.

«Wenn ich nicht am Bahnhof bin, dann geh direkt in die Alte Rabenschänke am Marktplatz», hatte sein Vetter geschrieben.

Xaver hatte seinen schweren Rucksack auf dem Rücken, all seine Kleider angezogen, den Koffer in der Rechten und all seine Andenken in der Linken, und er spürte den Schweiß auf seiner Stirn. Die kleine Vase mit den Edelweißverzierungen rutschte aus der Zeitungsverpackung und zerbrach auf dem Bahnsteig. Xaver knirschte mit den Zähnen. «Das fängt ja gut an», murmelte er. Dann machte er sich auf den Weg in die Alte Rabenschänke.

Er mußte die lange, breite Straße hinuntergehen, die vom Bahnhof zur Stadtmitte führte. Vor dem Reichshof-Hotel machte er eine Pause, um zu verschnaufen. Es erschien ihm als Inbegriff von großstädtischem Glanz und Luxus. Der Portier sah ihn, lächelte breit und winkte ein paar uniformierten jungen Männern, die in Gelächter ausbrachen, sobald sie seine ländliche Kleidung sahen.

Xaver eilte weiter.

Als ob ich ein Tier aus dem Zoo wäre, dachte er. Er lief weiter, als hätte er gerade etwas verbrochen. Die Landflucht! dachte er. Aber ich bin ja gleich in der Wirtschaft.

In der Alten Rabenschänke fand er Kaspar an einem langen Tisch zusammen mit einigen Arbeitern. Xaver konnte ihn nur mit Mühe erkennen, so blaß und städtisch war Kaspar geworden. Xaver war von den fremden Arbeitern eingeschüchtert und grüßte ihn schon von weitem mit «Heil Hitler!». Die Gruppe sah ihn mißtrauisch an und murmelte ein «Grüß Gott!». Xaver hängte sein Regencape und sein Jackett auf und setzte sich.

Er begann zu erzählen, wie unerträglich das Leben zu Hause geworden war, und während er sprach, bemerkte er wachsende Sympathie bei seinen Zuhörern.

Xaver fand bald heraus, daß sich nicht nur Kaspars Aussehen, sondern auch seine ganze Einstellung und Redeweise geändert hatten. Er war zum Beispiel gesprächiger als im Dorf.

«Möchtest du unserem Verein beitreten?» fragte er.

Der junge Mann wollte wissen, um was für einen Verein es sich handelte, bevor er sich entschied.

«Ach, das ist schon der richtige für dich», meinte Kaspar. «Der Name erklärt sich von selbst: die Deklassierten.»

Der Landmann riß erstaunt die Augen auf, und die Arbeiter lachten.

«Ja, ja», sagte Kaspar, «keiner hier am Tisch war ursprünglich Arbeiter in der Stadt. Wir sind keine Proletarier. Wir sind Bauern, Söhne von Regierungsbeamten, Handwerker, oder wir gehören zur Klasse der ‹überzähligen Handelsleute›. Verstehst du? Aber jetzt sind wir Arbeiter, wir sind die Deklassierten.»

«Ich kenne dieses Wort nicht», sagte Xaver. «Es klingt fremd und gefällt mir nicht. Es enthält doch eine Beleidigung, oder?»

«Keineswegs», sagte Kaspar und schüttelte lebhaft den Kopf. «Das ist gar keine Beleidigung. Im Gegenteil: Wir sind auf unseren neuen Namen stolz. Und doch vergessen wir nicht, daß wir gezwungen sind, ihn anzunehmen. So etwas sollte niemand je vergessen.»

Die anderen nickten. Sie schienen nicht sehr gesprächig. Kaspar war ihr Sprecher, er und ein älterer Mann mit intelligentem Gesicht, der jetzt das Wort ergriff.

«Früher war ich Goldschmied», sagte er. «Ich bin auch auf den Vereinsnamen gekommen. Ich hatte meine eigene kleine Werkstatt, und es gab keinen besseren Kunsthandwerker in der ganzen Stadt, wenn ich so sagen darf. Jetzt arbeite ich am Fließband, meine Werkstatt ist geschlossen.»

Kaspar sagte: «Siehst du? Dieser Handwerksmeister war dazu gezwungen.»

Xaver dachte eine Weile nach. Dann sagte er: «Mich hat keiner gezwungen – außer vielleicht das Schicksal.»

Alle lachten.

«Schicksal?» sagte einer. «Es ist immer das Schicksal. Warum bist du in die Stadt gekommen? Vielleicht konntest du dich im Dorf nicht satt essen. Und wer ist dafür verantwortlich? Das Schicksal oder das Reichsernährungsministerium?»

Xaver sagte: «Ich melde mich morgen früh beim Arbeitsamt. Ich habe gehört, daß hier Arbeiter gebraucht werden. Sie werden mich doch in der Fabrik einstellen, oder?»

Kaspar zuckte die Achseln. «Hoffentlich», sagte er. «Aber ich wette, dir bleiben nur zwei Möglichkeiten. Entweder du arbeitest im Bergbau oder am Westwall. Was ist dir lieber?»

Der junge Mann bezweifelte Kaspars Vorhersage; und er betonte, daß ihm beides nicht gefallen würde.

«Das wäre ja wie Gefängnis!» rief er aus. «Wofür sollten sie mich verurteilen? Die wissen doch genausogut wie ich, wie es auf dem Land aussieht, und man kann einen Menschen doch nicht zwingen, so zu leben.»

Xaver sah in die Runde. «Und außerdem sind überall Spitzel», sagte er. «Wollt ihr wissen, warum ich wirklich aus dem Dorf weg bin – ich meine, was den letzten Ausschlag gegeben hat?»

Die Arbeiter nickten.

«Wir sollen unseren Hühnern kein ordentliches Futter mehr geben. Dir muß ich das ja nicht erzählen, Kaspar. Inspektoren vom Reichsernährungsministerium kommen ständig vorbei, um zu kontrollieren, daß die Hühner nur minderwertige Reste bekommen; anschließend wundern sie sich, wenn die armen Viecher keine Eier legen. Na, ihr könnt euch das ja vorstellen – wir haben versucht, sie halbwegs anständig zu füttern, auch wenn es nicht viel für sie gab. Natürlich waren wir verdammt vorsichtig. Wir haben immer einen Eimer mit minderwertigem Fraß bereitgestellt, für den Fall, daß die Inspektoren vorbeikommen.

Bis vor ein paar Tagen ging alles gut. Aber unsere Hühner müssen für den Spitzel zu gut ausgesehen haben. Vielleicht hat uns auch jemand angeschwärzt. Heutzutage weiß man ja nie. Auf alle Fälle kam letzte Woche einer aus der Stadt und erzählte uns, seine Frau sei so krank, daß sie ohne gute, kräftige Kost nicht überleben würde. Etwas von der Qualität könne man in der Stadt nicht bekommen. Auf Knien bat er mich, ihm ein Huhn zu verkaufen, nur ein einziges. Ich könne doch seine Frau nicht einfach sterben lassen? Wir benötigten unsere Hühner selbst, dürften sie außerdem nicht so einfach verkaufen, erklärte ich ihm. Auch würde es auffallen, wenn wir weniger Eier als sonst ablieferten.

Er bettelte immer weiter, und am Ende hat er mich überredet. Ich habe ihm eine Henne verkauft, eine unserer besten. Ich hatte sie heimlich mit Gerste gefüttert, um sie fett zu halten. Der Mann wußte gar nicht, wie er mir danken sollte. «Das wird ihr das Leben retten», rief er. Der Mistkerl! Ihr ahnt nicht, wofür er die Henne haben wollte und was er mit ihr gemacht hat. Nachdem er sie geschlachtet hatte, hat er ihren Mageninhalt auf Gerstenkörner untersucht, der dreckige Spitzel. Das Reichsernährungsministerium hatte ihn geschickt, um herauszufinden, ob wir unsere Hühner nicht doch mit Korn füttern.

Ein paar Tage später bekamen wir Post vom Ministerium. Sie hatten Gerstenkörner in der Henne gefunden. Ich stand unter Verdacht; weitere Maßnahmen würden ergriffen. Ich war so wütend, ich hätte den Spitzel in der Luft zerreißen können. Statt dessen habe ich den Brief zerrissen und am gleichen Abend entschieden, nicht länger zu bleiben. Ich muß mir eine solche Behandlung nicht gefallen lassen – als ob das Leben auf dem Hof nicht schon elend genug wäre. ‹Man werde weitere Maßnahmen ergreifen.› Denen werde ich weitere Maßnahmen zeigen, sagte ich mir. Ich gehe in die Stadt, ja, das mach ich. Wenigstens sitzt mir dort nicht dauernd das Reichsernährungsministerium im Nacken, und ich kann mich um ein ehrliches Auskommen bemühen.»

Aufmerksam hatten die Deklassierten zugehört.

«Ich werd dir was sagen», sagte sein Vetter Kaspar schließlich. «Es ist gut, daß du aus dem Dorf weg bist, und wir freuen uns, dich hier zu haben. Aber schlag dir besser diese Flausen aus dem Kopf – wenn du ihn nicht verlieren willst. Laß sie wenigstens nicht den Betriebsrat oder den Fabrikdirektor hören. Ein ehrliches Auskommen, sagst du? Hör zu: Das wichtigste ist, daß du genug bekommst, um am Leben zu bleiben. Wir haben jetzt seit Wochen nichts als Enteneier gesehen. Mir ist die ganze Zeit das Wasser im Mund zusammengelaufen, als du von der fetten Henne erzählt hast.

Ein paar von uns hier haben Ziegen gehalten, damit wir wenigstens ein bißchen Ziegenmilch oder Ziegenkäse hatten. Dann brach die Maul- und Klauenseuche aus. Es gibt nicht genug Tierärzte, und sie hatten auch nicht die richtigen Medikamente. Sie konnten nicht einmal eine Quarantäne verhängen, um die Ausbreitung der Seuche zu verhindern. Alle Ziegen sind gestorben. Und als sei das noch nicht genug, bekamen wir eine ‹Warnung›. Hör dir das an, es kommt vom Reichsernährungsministerium: ‹Das Schlachten von Ziegen bedeutet ein Defizit in der nationalen Nahrungsversorgung. Die Gesamtzahl an Ziegen ist um 122 000 Stück zurückgegangen.› Und dann bestehen diese Idioten darauf, daß es nicht an der Maul-

und Klauenseuche oder am Futtermangel liegt. Weißt du, woran sonst? Dreimal darfst du raten. Laut Reichsernährungsministerium ist *unser hohes Einkommen* schuld! Das und die Tatsache, daß wir Arbeit haben – deswegen seien wir übermütig geworden und hätten alle Ziegen geschlachtet. Was sagst du nun? Es stimmt natürlich, daß das Halten von Ziegen Arbeit macht. Aber das Ministerium will nichts davon wissen. Auch wenn wir Fabrikarbeiter keine Ziegen halten wollen, sagt man uns, wir müßten das als ‹Dienst an der Volksgesamtheit› leisten und für unsere nationale ‹Fettversorgung› tun. Manchmal muß man die da oben für vollkommen verrückt halten. Du weißt so gut wie ich, daß man die Arbeiter zu vielerlei merkwürdigen Dingen zwingen kann, aber wie, zum Teufel, kannst du sie zwingen, Ziegen zu halten? Das ist schlicht sinnlos.»

Der Junge vom Lande starrte ihn mit offenem Munde an. Es war ihm also doch nicht gelungen, dem Reichsernährungsministerium zu entkommen, indem er in die Stadt gegangen war!

«Das sind ja schöne Aussichten», erklärte er. «Aber eines kann man mir doch nicht nehmen. Wenigstens abends und sonntags kann ich mich wie ein normaler Mensch ausruhen. Ich muß dir ja nicht erzählen, wie das zu Hause …»

Kaspar unterbrach ihn. «Nicht so voreilig. Hör dir an, was am letzten Sonntag passiert ist. Am Samstag bekamen wir den Befehl, alle am Sonntagmorgen in der Fabrik zu sein. Na schön, daran sind wir gewöhnt, weil sonntagmorgens manchmal einer von den Großkopferten eine Rede hält oder weil es irgendeine politische Feier gibt. Also haben wir unsere Sonntagsanzüge angezogen und sind brav in die Fabrik gegangen. Was glaubst du, was sie von uns wollten? Wir sollten die Fabrik putzen! Die Lagerräume ausfegen, das herumliegende Papier, die Lappen und die zerrissenen Säcke als Beitrag zum Vierjahresplan aufsammeln. Und das am Sonntag! Aber diesmal haben wir ihnen eins ausgewischt. Wir haben uns geweigert und dazu ein ordentliches, patriotisches Argument genutzt. Es könne nicht im Interesse des Vierjahresplans sein, daß wir unsere Sonntagsanzüge versauten, denn dann müßten wir neue kaufen. Wie aber sollen wir uns welche leisten, wenn der Preiskommissar so hohe Preise ansetze? Niemand konnte uns antworten. Jedenfalls haben wir uns alle geweigert, und niemand hat geputzt.»

Xaver war im Lauf der Unterhaltung immer nachdenklicher geworden und sagte: «Und sie haben euch gehen lassen?»

Der Arbeiter, der früher Goldschmied gewesen war und dem Verein seinen seltsamen Namen gegeben hatte, wandte sich an den Neuankömmling.

«Hör mal zu», sagte er. «Ich glaube nicht, daß du in die Fabrik kannst. Kaspar hat recht, wahrscheinlich schikken sie dich zum nächsten Arbeitseinsatz. Aber solange du hier im Verein bist, kannst du etwas lernen. Drüben am Westwall oder auch überall sonst kann das nützlich sein. Du willst wissen, ob sie uns danach haben gehen lassen. Ja, das haben sie. Aber erst mußten wir uns eine schöne Rede über die ‹Steigerung der Produktion› anhören. Weißt du, seit sie sich ausgedacht haben, daß man nicht mehr den Arbeitsplatz wechseln oder nicht mehr verdienen darf, als in der Lohnliste steht, tja, komischerweise ist seitdem die Produktion in allen Fabriken zurückgegangen, und die da oben machen sich große Sorgen. Erst gestern stand was darüber in der Zeitung. Hör zu:

‹Was unglücklicherweise nicht eingedämmt werden

kann, ist der Produktionsrückgang bei den einzelnen Mitgliedern der Arbeitsfront, die ihre Arbeitsplätze nicht wechseln dürfen und die länger für weniger Geld als anderswo arbeiten müssen.› Diesmal haben die Großen recht. Den Rückgang kann man nicht so einfach aufhalten.»

«Arbeitet ihr absichtlich langsamer?» fragte der junge Mann.

«Überhaupt nicht», lachte sein Vetter Kaspar. «Wir können gar nicht schneller arbeiten. Laß dir von keinem erzählen, wir könnten das. Bei dem Lohn und dem Essen können wir einfach nicht schneller. Verstehst du?»

Der Landmann nickte.

«Ich geb dir einen guten Rat», sagte der frühere Goldschmied, der wirklich zu krank aussah, um ein schneller Arbeiter zu sein. «Wenn du die Zeitung aufschlägst, dann lies zuerst den Wirtschaftsteil! Nicht den Leitartikel und das ganze andere Geschwafel. Der Wirtschaftsteil, das ist das wichtigste. Da kannst du dir ein Bild von dem machen, was wirklich vorgeht. Hast du schon einmal über folgendes nachgedacht: Tatsächlich gibt es zuwenig Lebensmittel und zuwenig Kleidung, aber dafür haben wir ja genug Kohle, und die können wir auch exportieren. Hast du dich dann nicht gewundert, als es auf einmal sogar schwierig wurde, Kohle zu bekommen? Wahrscheinlich hast du dir gesagt, daß die ‹Verteilung› immer schwieriger werde und wir schon gar nicht mehr wissen, was es mit dieser idiotischen Planwirtschaft auf sich hat. Aber das ist auch keine Erklärung.

Ich sag dir was – aber sag's nicht weiter –: Sogar die Kohle ist knapp; der einzige Rohstoff, den wir im Überfluß zu haben glaubten. Sie haben einen eigenen Kommissar für die deutsche Kohlewirtschaft eingesetzt, und wenn sie einen von diesen Kommissaren holen, so ist es, als ob sie einen

Arzt zu einem Sterbenden rufen – ein verdammt schlechtes Zeichen. Sie haben herausgefunden, daß die Knappheit nicht an der Verteilung lag, sondern am total verrückten Überverbrauch und am Produktionsrückgang. Ja, junger Freund, trotz der Dreiviertelstunde, die die Kumpel länger arbeiten, gibt es einen Rückgang. Und weißt du, was das bedeutet? Im Ruhrgebiet haben sie dieses Jahr im ersten Quartal 63,3 Millionen Tonnen produziert, wo sie im gleichen Quartal des Vorjahres 64 Millionen hatten, obwohl jeder Arbeiter jetzt eine Dreiviertelstunde länger arbeitet. Komisch, nicht? Du kannst es selbst ausrechnen. Sagen wir, in diesem Gebiet arbeiten 312 000 Mann. Jeder arbeitet eine Dreiviertelstunde mehr am Tag. Das heißt, du bekommst in jedem Monat mit 26 Arbeitstagen etwa sechs Millionen Arbeitsstunden mehr heraus. Und was ist das Ergebnis? Produktionsrückgang!»

Der alte Mann machte eine Pause, um seinen Worten Nachdruck zu verleihen. «Natürlich könntest du sagen, sie haben wahrscheinlich eine Menge Bergleute abgezogen, um sie anderswo einzusetzen. Das stimmt aber nicht. Nur sehr wenige Bergleute sind abgezogen worden, weil der Bergbau zu wichtig ist. Tatsächlich würde der Rückgang beim Kohleabbau nicht so viel ausmachen, wenn der Verbrauch nicht so stark angestiegen wäre – und das liegt an der sogenannten ‹wirtschaftlichen Unabhängigkeit›, also an der Annahme, wir könnten alles alleine herstellen. Kannst du dir vorstellen, wieviel Kohle sie zur Herstellung von künstlicher Zellulose, Kunststoff, Erz und Aluminium brauchen? Und was kommt dabei heraus? Wir sind schon so weit, daß wir Kohle importieren müssen! Kohle, unser einziger großer Rohstoff! In diesem Jahr haben wir 5,7 Millionen Tonnen importiert, eine halbe Million Tonnen mehr als letztes Jahr, und schon da haben wir zuviel importiert. Aber unsere Exporte – unsere einzige Möglichkeit, Devisen zu bekommen – sind um mehr als zehn Millionen Tonnen zurückgegangen! Von 59,6 Millionen auf 49,6 Millionen Tonnen. Das ist aus unserem großen Devisenbringer geworden!»

Xaver brummte der Kopf vor lauter Zahlen.

«Worauf wollen Sie hinaus?» fragte er. «Ich meine, was wollen Sie mir damit sagen?»

«Ich will gar nichts damit sagen», lautete die Antwort. «Ich wollte dir nur zeigen, wie die Dinge vor sich gehen. Sie gehen bergab, verstehst du? Sie gehen schnell bergab. Und das sollten wir wissen, bevor wir in einen Krieg hineingezogen werden. Wir sind schon so weit, daß Generäle in unseren Fabriken auftauchen, um uns auf den Krieg einzustellen. Wir müssen für uns selber denken. Unsere Gedanken müssen unsere eigenen sein und uns nicht von denen da oben eingetrichtert werden.»

Kaspar wandte sich seinem Vetter zu. «Wie denkst du jetzt darüber? Würdest du lieber wieder zurück ins Dorf, oder willst du hierbleiben, nach allem, was wir dir erzählt haben?»

Der junge Mann gab keine Antwort. In ihm arbeitete es. Unsere Gedanken müssen unsere eigenen sein, wiederholte er innerlich, sie dürfen uns nicht von denen da oben eingetrichtert werden. Das Schicksal spricht aus unserer Bauernschaft – das kommt von denen da oben. Der Bauernhof ist die Heimat von Leib und Seele, auch das kommt von denen da oben. Aber es geht rasch bergab – das ist unser eigener Gedanke. Und sogar die Kohle wird knapp – der einzige Rohstoff, von dem wir genügend zu haben glaubten – unsere verrückte wirtschaftliche Unabhängigkeit – künstliche Zellulose- und Aluminiumproduktion, die soviel Kohle verbraucht – und die Arbeiter, die nicht soviel produzieren können (oder wollen?) wie früher – auch das sind unsere eigenen Gedanken – und ich dachte, in der Stadt wäre es besser.

Laut sagte er dann: «Was meinen Sie? Soll ich mich morgen beim Arbeitsamt melden?»

Kaspar fragte den alten Arbeiter um Rat.

«Guter Rat ist ein seltenes Gut», sagte der. «Oder vielleicht gibt es in diesem Fall einfach keinen guten Rat. Es ist so gut wie sicher, daß sie dich nicht dorthin lassen, wo du hinwillst, und dich hinschicken, wo du nicht hin möchtest. Höchstwahrscheinlich an den Westwall.»

«Ich will ganz offen sein», sagte der junge Mann. «Ich verstehe das alles einfach nicht. Wir haben zuwenig Arbeiter auf dem Land, aber diesen Sommer haben sie jede Menge von uns zur Arbeit an den Festungsanlagen oder in den Fabriken abgeholt. Und dann schicken sie gleichzeitig Arbeiter aus der Fabrik zum Ernteeinsatz. Überall nur Leute, die die Arbeit nicht kennen. Sie hätten die Erntehelfer sehen sollen, die bei uns im Dorf waren – die konnten einen Spaten nicht von einem Eimer unterscheiden! Die haben uns mehr Arbeit gemacht, als ihre ganze Hilfe wert war. Und wir konnten ihnen kaum etwas zu essen geben, weil die Verteilung nicht mit dem Wechsel Schritt halten konnte. Kann mir hier irgendeiner erklären, was das alles bedeutet?»

Keiner gab eine Antwort, und Kaspar nickte seinem Vetter wohlwollend zu.

«Es soll ja gar nichts bedeuten», sagte er kurz. «Es ist wirklich absolut ohne Bedeutung. Aber du mußt dir merken, daß es da oben alle möglichen Herren gibt, und jeder von ihnen hat seine Macht. Und sollte er zuwenig Arbeiter für sein bestimmtes Unternehmen haben, schickt er eine Anfrage an das nächste Arbeitsamt, in die nächste Fabrik, ins benachbarte Bergwerk oder ins nächste Dorf. Aber natürlich werden die angeforderten Männer auch dort gebraucht, also schickt der Verantwortliche seine Anfrage woandershin, und alles dreht sich im Kreis. Es *soll* also gar nichts bedeuten.»

Er lachte. «So oder so, heute nacht bleibst du bei mir», fügte er hinzu, als er sah, wie sein Vetter nach seinem Bündel griff. «Morgen sehen wir dann weiter.»

Xaver nickte dankbar. Dann sagte er: «Ich muß mich so oder so melden. Arbeit schändet ja nicht, und ich möchte wissen, zu welcher Sklavenarbeit sie mich schicken werden. Von daheim bin ich jetzt weg, ich kann nicht nur herumsitzen. Hungern will ich auch nicht. Was soll ich sonst anfangen? Ich melde mich, soviel steht fest.»

Aber für den jungen Landmann stand gar nichts fest, und er meldete sich nicht beim Arbeitsamt, denn das Schicksal kam dazwischen und verbaute ihm seine wunderbaren Absichten.

Früh am nächsten Morgen kam ein Gestapobeamter in Kaspars Wohnung und fragte, ob sein Vetter da sei. Aus dem Dorf war gemeldet worden, er werde wohl bei ihm wohnen. Ob er denn nun da sei?

«Mitkommen», sagte der Beamte.

«Warum?»

Das werde er schon früh genug erfahren.

Im Büro der Geheimpolizei wurde dem jungen Mann ein Schreiben vorgelegt, das er unterzeichnen sollte. Dort stand: «Ich gestehe hiermit, daß ich wissentlich und absichtlich das Gesetz gebrochen und Gerste an meine Hühner verfüttert habe. Ich gestehe weiterhin, daß ich wissentlich und absichtlich gegen die Interessen des nationalen Ganzen und das Wiederaufbauprogramm des Nationalsozialismus verstoßen habe.»

Der junge Landmann war sehr blaß geworden. Sein Gesicht war gelblich. Seine Augen hatten sich zu Schlitzen zusammengezogen, so daß man kaum die Wut in ihnen erkennen konnte. Er unterschrieb.

«Das stimmt», murmelte er. «Absichtlich und wissentlich gegen das nationale Ganze – und jetzt könnt ihr mit mir machen, was ihr wollt.»

KAPITEL 7: LEIDENSGENOSSEN

In unserer Stadt gingen die Leute immer noch in die Kirche, sooft sie wollten. Daran konnte man erkennen, daß Religionsfreiheit herrschte.

✦ ✦ ✦ ✦

DIE ZELLE, in die sie unseren jungen Landmann steckten, war ein ziemlich großer Raum, der nach Keller roch. Fahles Licht stahl sich durch zwei vergitterte Fenster nach unten. Das Warten, das Verhör und der Marsch in Handschellen durch die Straßen lagen glücklicherweise hinter ihm. Jetzt war es fünf Uhr nachmittags. Aber obwohl es noch nicht spät war, hatten sich die beiden anderen Insassen seiner Zelle schon auf ihren schmalen hölzernen Bettstellen ausgestreckt. Als der Neuankömmling eintrat, stützten sich die beiden Männer auf ihre Ellenbogen und blinzelten ihren Leidensgenossen neugierig an. Einer von ihnen sprang auf, um dem Wärter zu helfen, der das Zeug des neuen Häftlings mitschleifte – eine Matratze und eine dicke, rauhe Decke, die wohl aus Papierersatz bestand. Die wird so schwer wie Blei auf mir liegen, mich aber nicht warm halten, dachte Xaver, als er die Matratze aufs Bett legte und die Decke darauf ausbreitete.

Der Wärter verschwand. Der Häftling, der aufgesprungen war, bot dem jungen Mann einen Kanten Brot an, aber er war nicht hungrig.

«Warum sind Sie hier?» fragte er den freundlichen Häftling.

«Weil ich ein gottverdammter Narr bin», kam die Antwort. «Geschieht mir ganz recht. Warum kann ich auch nicht den Mund halten?»

Dann erzählte er seine Geschichte. Am Abend zuvor war er in eine Wirtschaft gegangen und hatte sich mit ein paar Freunden, jungen Männern und Frauen, ein Glas Bier genehmigt. Das Ergebnis dieser Maßlosigkeit war ein plötzlicher und unpassender Heiterkeitsausbruch, bei dem er eine Menge fauler Witze über den Führer gemacht hatte. Zu allem Überfluß hatte er versprochen, für jedes Kind, das der Führer der Welt schenken werde, werde er selbst sechs weitere zeugen und so den Kampf um deutschen Lebensraum unterstützen. Lachend hatte er hinzugefügt, er werde wohl kinderlos sterben müssen, da sein Vorbild, der Führer, unglücklicherweise bestimmt keine Kinder hervorbringen werde. Alle hatten ihm zugestimmt und mitgelacht – alle bis auf einen Gestapomann, der in einer Ecke gesessen und seine Bemerkungen mitstenographiert hatte.

«Mehr muß ich gar nicht erzählen», schloß er. «Da bin ich, und es geschieht mir recht.»

Darauf nannte er seinen Namen, Fritz Breuninger, von Beruf Geschäftsmann. Es brach ihm das Herz, daß er gerade zu dieser Zeit aus seinem Geschäft gerissen wurde, weil es in letzter Zeit so glänzend gelaufen war. Er fragte den Landmann, was *ihn* denn ins Gefängnis gebracht habe.

Xaver erzählte seine Geschichte und versicherte nachdrücklich, daß es ihm seiner Ansicht nach gar nicht recht geschehen sei. Ganz im Gegenteil, es sei eine himmelschreiende Ungerechtigkeit. Auch war er erstaunt, wie sein Gegenüber sich in sein Schicksal füge.

«Sie haben doch nichts als die Wahrheit gesagt, auch

wenn Sie nur einen Witz gemacht haben. Und überhaupt, man kann Sie doch nicht für einen Witz ins Gefängnis stecken. Das ist doch keine Gerechtigkeit, das ist ein mieser Trick», sagte er.

Fritz Breuninger machte eine erschrockene Geste und legte den Finger auf die Lippen.

«Um Gottes willen, Mann», flüsterte er. «Die Wände haben Ohren.»

Ein unwilliges, langgezogenes «Pssst» kam vom dritten Mann herüber. Er wollte schlafen. Aber Fritz Breuninger und der Bauernbursche unterhielten sich flüsternd weiter.

«Was für ein Geschäft hatten Sie?» fragte Xaver. «Es war doch kein Laden, oder?» Er konnte sich nicht vorstellen, daß es einem Ladenbesitzer in diesen Zeiten gutgehen konnte.

«Gott bewahre!» wisperte der andere. «Wissen Sie, was ich gemacht habe? Ich habe diese großen Schilder hergestellt, die auf der Landstraße an jeder Ortseinfahrt aufgestellt werden: ‹Dieses Dorf ist judenfrei›. Jedes Schild hat mich zwei Mark gekostet. Aber ich habe es schlau angestellt. Ich bin ins Büro des Feldmeisters gegangen, das ist eines dieser neuen Ämter. Dort habe ich ein Schreiben bekommen, daß meine Schilder ein wichtiger Beitrag zur Sache des Nationalsozialismus sind. Mehr brauchte ich nicht. Ich bin auf mein Motorrad gesprungen und von Dorf zu Dorf gefahren. Dann habe ich dort den Bürgermeister aufgetrieben und gesagt: ‹Ich habe Ihnen die neuen Schilder mitgebracht, die die Partei an der Ein- und Ausfahrt jedes Dorfes aufgestellt haben will. Sie werden zwei Schilder brauchen, vierzehn Mark das Stück.› Nicht schlecht, was?»

Dem jungen Mann blieb die Spucke weg. «Aber das mußten sie doch nicht, oder?»

«Das glauben Sie», kicherte Fritz Breuninger. «Aber wenn ich den Landeiern mein Schreiben von der Feldmeisterei vorgelegt habe, haben sie sich's überlegt, und nur darauf kommt es an. Und wenn einer von ihnen störrisch war und keine Schilder kaufen wollte, dann mußte ich nur höflich und bedauernd nach dem Büro des Ortsgruppenleiters fragen. Das hat schon gereicht. Der Bürgermeister hat sofort eingelenkt, und ich bin meine Schilder losgeworden. Manchmal führten vier oder fünf Straßen ins Dorf, und das waren dann sechsundfünfzig oder siebzig Mark, also achtundvierzig oder sechzig Mark Gewinn für mich. Da frage ich Sie – wo hätte ich denn ein besseres Geschäft machen können? Und ich muß hingehen und wie ein Esel das Maul aufreißen und alles verderben.»

Der junge Landmann erinnerte sich noch genau an die beiden großen Schilder mit der Aufschrift «Dieses Dorf ist judenfrei», die den Ortseingang und -ausgang seines Dorfes geziert hatten.

«Mein Gott!» sagte er. «Haben Sie wegen Ihres Geschäfts denn nie Schwierigkeiten bekommen? Ich meine, ist das denn nicht bei der Verhandlung rausgekommen?»

Fritz Breuninger lachte. «Verhandlung? Wo leben Sie denn? Es gab keine Verhandlung. Der Gestapomann hat sich Notizen gemacht, er hat mich angezeigt, ich kam ins Gefängnis. Das war alles. Und überhaupt, solange mein Geschäft wichtig war und man mir eine gute nationalsozialistische Gesinnung bescheinigt hat, konnte niemand etwas dagegen sagen. Ich hätte mich bloß nicht wie ein Dummkopf benehmen dürfen und keine dummen Witze in der Wirtschaft erzählen sollen. Dafür könnte ich mir in den Hintern beißen.»

In Xaver stieg ein leiser Ekel hoch, während er versuchte, sich in den verworrenen Gedanken des anderen zurechtzufinden. Er war ein Erpresser und ein Lügner und dazu voller Bedauern und Zerknirschung, daß er sich wie ein Esel benommen hatte. Aber was sein wirkliches Verbrechen anging, die schmutzige, niederträchtige Sache mit den Schildern – das war doch ein «glänzendes Geschäft» gewesen, und sein Gewissen war sauber wie frisch gefallener Schnee. Der junge Mann war von Hause aus kein Philosoph; er saß auf seiner Pritsche und versuchte verzweifelt, die Lage zu entwirren. An der ganzen Sache stimmt etwas nicht, dachte er. Irgend etwas in Deutschland ist absolut nicht in Ordnung. Es kann doch nicht angehen, daß ich hier sitze, weil ich Gerste an Hühner verfüttert habe, und dieser Breuninger wegen seiner Witze hier sitzt. Sein «glänzendes Geschäft» aber war vollkommen in Ordnung, so daß niemand etwas dagegen einwenden konnte. *Das ist alles falsch*, falsch und schrecklich, so hoffnungslos verdorben.

Er zitterte vor Kälte und schlief unter seiner rauhen, schweren Decke ein.

Am Morgen bekamen die Gefangenen eine einzige Schüssel kaltes Wasser, um sich zu waschen. Dann ging eine Klappe in der Tür auf, und man schob ihnen ihr Frühstück herein. Das Frühstück bestand aus Brot und einer bräunlichen Brühe. Letztere, erklärte Breuninger, habe er beim ersten Anblick für Kaffee gehalten, beim ersten Schmecken aber für Tee. Dr. Gebhardt, der andere Gefangene, hatte ihn überzeugen wollen, es sei Kakao. Schließlich hatte der Wärter die Frage entschieden und erklärt, das Frühstücksgebräu sei «das Morgengetränk». Offensichtlich wollte man dem Kind keinen Namen geben, und es war vielleicht auch besser so. Das Brot im Gefängnis fand der Landmann noch ungenießbarer als das, was man «in Freiheit» kaufen konnte. Aber Breuninger schluckte das zähe, teigige und noch dazu sandige Zeug mit Heißhunger herunter.

Xaver fand heraus, daß Dr. Gebhardt Pfarrer war – ein evangelischer Pfarrer.

«Und warum …?» fragte der junge Mann mit weit aufgerissenen Augen.

Sicher hatte er davon gehört, daß Hunderte, ja sogar Tausende Geistliche verhaftet worden waren – Katholiken und Protestanten gleichermaßen. Aber von etwas zu wissen und persönlich damit konfrontiert zu werden, dazwischen liegt ein himmelweiter Unterschied. Manche Vorwürfe des Regimes gegen die Kirche hatte er noch glauben wollen. Als der junge Mann aber Dr. Gebhardt zum ersten Mal sah, wußte er, daß er unschuldig war. Er war ein schmaler Mann mit einer seltsamen Mischung aus Ernsthaftigkeit und Fröhlichkeit, mit einer ruhigen Würde, die für ihn einnahm, noch ehe er ein Wort gesagt hatte.

«Warum?» fragte Xaver wieder und schüttelte ungläubig den Kopf. Die Gedanken, die ihn in der Nacht verfolgt hatten, das hoffnungslose Gefühl, alles in Deutschland sei falsch und voller Sünde, standen ihm ins Gesicht geschrieben.

Der Pfarrer sagte: «Das ist eine lange, lange Geschichte. Und es gab viele Gründe für meine Verhaftung, auch wenn meine letzte Predigt der Hauptgrund war. Soll ich Ihnen etwas sagen?» Der junge Mann nickte, und er fuhr fort. «Ich habe noch nie im Leben ‹Heil Hitler!› gesagt. War das genug?»

Xaver konnte den Blick nicht von dem ruhigen und überaus sanften Gesicht des Pfarrers abwenden. «Aber warum?» fragte er wieder. «Warum wollten Sie nicht ‹Heil Hitler!› sagen? Das ist doch der deutsche Gruß, nicht wahr?»

An dieser Stelle unterbrach Fritz Breuninger die Unterhaltung. «Mit dem Doktor hier können Sie nicht reden, mein Junge. Er hat einen Mordsdickkopf – entschuldigen Sie, Herr Pfarrer, aber Sie sind wirklich schrecklich eigensinnig. Sie müssen die Dinge doch so nehmen, wie sie sind, wenn Sie am Leben bleiben wollen.»

Der Landmann sah den Mann von Kopf bis Fuß mit unverhohlener Abneigung an. Darum geht es doch, dachte er. Darin liegt das sündhaft Falsche. Manche Dinge darf man eben nicht so nehmen, wie sie sind, und der Pfarrer hat tausendmal recht, wenn er lieber ins Gefängnis ging, als zu tun, was er für eine Sünde hielt. Aber auch ich habe oft genug «Heil Hitler!» gesagt und mir nichts Böses dabei gedacht.

Darauf fragte er: «Haben Sie denn nie Scherereien wegen des deutschen Grußes bekommen, Herr Doktor?»

«Aber sicher», kam die Antwort. «Ich bin herabgestuft worden. Ich wurde von Frankfurt, wo ich lange Jahre gearbeitet hatte, in diese Stadt versetzt. Und bis jetzt gefiel mir meine neue Stelle. Es gibt hier nicht mehr als zweitausend Protestanten, aber es ist eine gute kleine Gemeinde. Ich habe so zurückgezogen gelebt, wie die Umstände es zuließen. Ein paarmal bin ich auf offener Straße beleidigt worden, und eines Nachts hat man mich auch angegriffen. Das war aber nicht das Schlimmste. Das Schlimmste war, daß ich keinen inneren Frieden fand. Es war so schrecklich, mit anzusehen, wie sich fast alle Leute kampflos jeder gottlosen und teuflischen Gewalt beugten. Und besonders schrecklich war, daß es so viele Geistliche gab, die das Wort Gottes auf Befehl des Staates verfälschten. Sie predigten über den Führer, als sei er der Erlöser, und sie hatten den Unterschied zwischen ‹gut› und ‹böse› vergessen. Als einziger Maßstab galt ihnen ‹das Nützliche› und damit eine Handlung, die entweder ‹von den höheren Mächten erwünscht› oder ‹von den höheren Mächten begünstigt› war. Und unter den ‹höheren Mächten› verstanden diese Sünder nicht die Macht des Himmels, die Religion oder das göttliche Licht, das die Dunkelheit in ihrer Seele hätte vertreiben können. Wenn sie von den ‹höheren Mächten› sprachen, meinten sie die Kreisparteileitung, die Gestapo oder die Reichsregierung.

Ich war sehr unglücklich und ruhelos. Oft schien es mir, als würden wir noch einmal die Sintflut als Zeichen dafür erleben, daß uns die ‹höheren Mächte› – ich meine die im Himmel – noch nicht völlig vergessen und verstoßen hätten, und daß sie uns immer noch der Bestrafung für würdig und zur Reue fähig hielten. Denn meine größte Furcht galt der Möglichkeit, daß uns die göttlichen Mächte aufgeben könnten, weil wir uns so völlig von ihnen abgewandt hatten.»

Die Stimme des Pfarrers brach wie vor Erschöpfung ab, und Xaver fühlte einen Stich im Herzen. Nie hatte er einer Predigt so bereitwillig zugehört. Denn schließlich war es eine Art Predigt, die Dr. Gebhardt für seine beiden Mitgefangenen gehalten hatte – für den Geschäftsmann Fritz Breuninger und für den Jungen vom Land. Die Messe zu besuchen, war der von klein auf gewöhnt gewesen – die Kirche war Teil seines täglichen Lebens, wie das Atmen und das Essen –, aber sie hatte nie einen bedeutenden Platz in seinem Herzen eingenommen. Als die Nazis kamen und sich die Kirche veränderte, war sein Gewissen ruhig geblieben. Aber nun erschreckte ihn die Gewißheit, daß er zu denen gehören könnte, von denen der Pfarrer gesprochen hatte – zu denjenigen, die sich «kampflos jeder gottlosen und teuflischen Gewalt beugten».

Es ist schon merkwürdig, dachte der junge Landmann,

daß ich diese schreckliche Wahrheit von einem evangelischen Pfarrer erfahren muß. Ich bin katholisch, und es ist das erste Mal, daß ich einem evangelischen Pfarrer zugehört habe. Aber darum geht es nicht. Gleichgültig, ob er als Katholik oder als Protestant getauft wurde – es zählt, was er sagt, und ob er recht hat, und ob er den Mut hat, und ob er «das Gute» meint, wenn er «Gott» sagt. Dieser Protestant hat recht, und ich möchte mehr von ihm hören. Ich möchte zuhören und mir von ihm all die Dinge erklären lassen, von denen mir in der letzten Nacht bewußt wurde, daß ich sie nicht mehr verstehe.

Fritz Breuninger, dessen fröhlich-unbeschwertem Geist jedes Nachdenken fremd war, interessierte sich mehr für den kriminellen als für den moralischen Aspekt des «Falles Gebhardt». Er wandte sich dem Pastor zu.

«Nun, was war denn die schreckliche und gefährliche Sache, die Sie in Ihrer letzten Predigt gesagt haben, Herr Pfarrer? War es etwas Unanständiges?» Seine unverschämten und dummen blauen Augen ruhten erwartungsvoll auf dem Gesicht des Pfarrers.

«Nein, mein Freund», sagte der Pastor. «Es war ganz bestimmt nicht unanständig, und ich fürchte, für Sie hätte es sich nicht gelohnt.»

Xaver dachte, es zeugte von großer christlicher Nächstenliebe, Breuningers idiotische Fragen so freundlich zu beantworten. Aber der Pastor schien sich gar nicht an ihnen zu stören.

«Heute ist Dienstag», sagte er, «und rasiert wird erst am Freitag. Schauen Sie, was wir schon für Bärte haben!» Beide hatten wirklich schon fast einen Vollbart, der Pfarrer nicht weniger als Fritz Breuninger, dessen blondes Haar sich jetzt mit den rötlichen Stoppeln biß. Nur das Gesicht des jungen Mannes war leidlich glatt. Er war der einzige, der noch seine eigenen Sachen anhatte, sein Flickenhemd und darüber den Pullover. Die beiden anderen sahen in ihren Gefängnisuniformen wie verwegene Verbrecher aus, wie die Diebe und Mörder, die durch Xavers Kindheitsträume gespukt waren.

Während der «Ertüchtigungszeit» trafen sie die anderen Häftlinge. Alle kamen bärtig, blaß und schmal aus ihren Zellen; ihre Augen blinzelten ins Licht, das sie nur einmal am Tag zu sehen bekamen. Zwei Polizisten hielten Wache. Es war beruhigend, daß keine SA-Männer hier tätig waren. Natürlich hatte man die Polizisten im Sinne der Nazis «neu ausgebildet»; aber damit waren sie noch keine Nazis, sondern Beamte, die auch schon andere Zeiten gesehen hatten. Sie behandelten den Pfarrer mit freundlichem Respekt. Sie sprachen ihn sogar mit «Herr Doktor» an, die anderen Gefangenen dagegen nur mit ihren Nachnamen.

Dr. Gebhardt ging nicht mit über den Hof, sondern lehnte sich mit denen, die wunde Füße hatten, an die Gefängnismauer. Wenn er seine Brille abnahm, glich sein Kopf dem eines Toten, so tief waren die Falten in seinen Wangen und so kreidebleich war sein Gesicht, in dem fiebrige Augen brannten. Es mochte an seiner Kurzsichtigkeit liegen, aber seine Augen schienen von einem unbeschreiblichen Feuer erleuchtet. Sein Blick ging nach innen, und diese Geistesabwesenheit unterstrich noch das Besondere seiner Erscheinung.

Die Gefangenen waren angewiesen, beim Hofgang nicht miteinander zu reden. Trotz dieser Vorschrift bekam unser junger Landmann einige wertvolle Informationen von einem hinter ihm gehenden Gefangenen. Er erfuhr, daß einmal im Monat ein Transport aus dem Gefängnis ins Konzentrationslager abging. «Kriminelle» hatten es angeblich gut, da das KZ nicht für sie da war. Sie genossen das «Privileg», ihre gesamte Haftzeit in diesem Gefängnis verbüßen zu dürfen. Das Schicksal der «politischen Häftlinge» war ein anderes. Die meisten von ihnen wußten nicht einmal, was man ihnen vorwarf und zu welcher Haftzeit sie verurteilt waren; sie zitterten beim Gedanken ans KZ. Der Befehl zu ihrer «Verlegung» konnte in jedem Augenblick eintreffen, und weder «gute Führung» noch vollkommene Unschuld konnten sie dann retten.

In der Zelle ging das Leben weiter wie gehabt. Am fünften Tag der Haft unseres jungen Freundes kamen zwei neue Gefangene. Einer von ihnen war ein SA-Mann in Uniform. Bevor er in die Zelle kam, mußte er wie alle Häftlinge seine Hosenträger abgeben. Man hatte ihm auch sein Taschenmesser und seine Uhr abgenommen. Der andere Häftling war ein gutaussehender junger Schweizer aus dem Tessin, der Deutsch mit starkem italienischem Akzent sprach und sich furchtbar aufregte. Er weinte, betete und fluchte ohne Pause. Als ihn Fritz Breuninger in seiner fröhlich-unverschämten Art fragte, warum er denn hier sei, antwortete er mit einem Schwall von Flüchen. Zugleich lag etwas Flehentliches in seiner Stimme.

«Ich muß hier raus, ich muß sofort hier raus», rief er immer wieder. «Ich bin Schweizer Offizier. Ich muß mich zum Dienst melden. Ich habe Deutschland nur aus gesundheitlichen Gründen und zum Studieren besucht. Meine Eltern haben mir Briefe an hiesige Klöster mitgegeben, denn dort bekam ich immer Unterkunft und Verpflegung. Dann bin ich mit Pater Bonifatius spazierengegangen, und man hat uns beide verhaftet. Ich weiß nicht, wo der Pater ist oder was sie von mir wollen. Sie sagen, ich hätte Geheimnisse ausspioniert und sie in die Schweiz verraten wollen. Sie sind total verrückt! Ich muß hier raus! Ich muß mich zum Dienst melden! Ich bin Schweizer Offizier!»

Schließlich versuchte Dr. Gebhardt den jungen Mann mit äußerster Freundlichkeit zu beruhigen.

«Sie sind Ausländer», sagte er. «Damit geht es Ihnen besser als uns allen hier. Ihr Konsul wird sicherlich intervenieren, und da in der Tat nicht die geringste Anklage gegen Sie besteht, wird man Sie freilassen müssen.»

Fritz Breuninger war vom angeblichen Vorteil des jungen Schweizers irritiert und wollte nichts davon hören.

«Also hören Sie, Doktor», holte er aus, «nun mal nicht so schnell. Dieser ausländische Herr erzählt uns, er sei Offizier und hätte sich mit Mönchen abgegeben. Also war seine Verhaftung eine ernste Angelegenheit. Richten Sie sich schon mal darauf ein, ein halbes Jahr Urlaub mit uns zu verbringen», riet er dem Schweizer, «denn weniger wird es bestimmt nicht.»

Der junge SA-Mann ließ sofort durchblicken, daß das Gefängnis nichts Neues für ihn sei. Er hatte einen kantigen Schädel mit kurzem Bürstenschnitt. Sein erster Kommentar war, dies sei ein «lausiges Loch», kein Vergleich mit dem Gefängnis in Nürnberg, wo er zuvor gewesen war.

«Sie hätten mal die Fenster dort sehen sollen!» murrte er. «So groß! Wir dachten sogar eines Tages, sie würden die Gitter wegnehmen, aber damit war es nichts. Draußen in unserem Park war früher ein altes Tor mit uraltem Eisenguß, mit Vögeln und Blumen und Verzierungen, das hat man für den Vierjahresplan eingeschmolzen. Statt dessen haben sie einen Stacheldrahtzaun errichtet. So oder so, die Chancen zum Ausbruch waren dort besser.» Nicht, daß er selbst daran dächte, beeilte er sich hinzuzufügen. Es interessierte ihn nur, das sei alles.

Trotz Dr. Gebhardts freundlichen Versuchen, ihn zu ermutigen, schien sich der junge Schweizer mehr für den SA-Mann als für irgendeinen der anderen zu interessieren.

«Sie sind doch Soldat», sagte er zu ihm. «Wie sind *Sie* denn hierhergekommen?»

Der SA-Mann lachte kurz. «Unser Hauptsturmführer hat eine Villa. Das ist vielleicht ein Kasten. Ein richtiges Schloß, mit einem See und Schwänen und einem Weinkeller so groß wie der See. Vor zwei Jahren war er noch so arm wie eine Kirchenmaus, und vor sechs Jahren war er nichts als ein Ex-Bankangestellter, der wegen Veruntreuung verurteilt worden war und begnadigt wurde, als Hitler an die Macht kam – er war einer von Hitlers Alten Kämpfern. Und jetzt hat er dieses Schloß. Uns erzählen sie immer, unsere Führer lebten von ihrem winzigen Gehalt und opferten sich fürs Vaterland auf. Das hat mich eben wütend gemacht, denn mein Gehalt war wirklich winzig, nicht einmal 'nen Schnaps konnte ich mir davon leisten, aber der Hauptsturmführer kam jeden Tag betrunken zum Dienst, geradewegs aus dem Weinkeller seines Schlosses.

Na, ich werd Ihnen erzählen, was ich gemacht hab. Ich besorgte mir ein großes Plakat und schrieb in schönen, großen orangefarbenen Buchstaben darauf: ‹Ich habe mir dieses kleine Schloß und den Weinkeller von meinem winzigen Gehalt gekauft. Gez. der Hauptsturmführer›. Dann habe ich das Plakat vor der Villa aufgestellt. Der Hauptsturmführer war an dem Tag nicht da, er hatte Dienst – im Weinkeller eines Freundes. Also blieb das Plakat den ganzen Tag dort stehen, wo es jeder sehen konnte. Und jeder fand es komisch. Niemand entfernte es – nicht mal die Polizei. Erst als der Chef heimkam, war der Spaß vorbei. Irgend jemand muß mich verpfiffen haben. Vielleicht war es mein Sohn, der mich zu Hause das Plakat malen sah. Na ja, jedenfalls war der Teufel los, und da bin ich nun. Hat mal einer von euch ein Messer?»

Die erstaunten Häftlinge erklärten, man habe ihnen ihre

Taschenmesser abgenommen, wo also sollten sie ein Messer hernehmen? Der SA-Mann zog seinen rechten Schuh und den Strumpf aus und nahm vorsichtig eine flache kleine Platte von seiner Fußsohle ab. Es war der Streifen einer Blechdose, erklärte er.

«Kluger Mann baut vor», meinte er. «Ich würde niemals ohne eine Klinge ins Gefängnis gehen. Seht ihr? Sie schneidet prima. Die kann man für alles mögliche benutzen.»

Den anderen stand der Mund offen. Fritz Breuninger pfiff leise durch die Zähne.

«Da bleib ich doch und kann sogar noch etwas lernen», sagte er. Dann erzählte er dem SA-Mann von seinem «Geschäft» und fragte ihn, ob es einem nicht das Herz brechen müßte, eine solche kleine Goldader verloren zu haben, «weil ich das Maul nicht hatte halten können».

Jeden Morgen mußten die Häftlinge ihre Pritschen, Matratzen und Decken abgeben. Dr. Gebhardt hatte man in den letzten Tagen aber erlaubt, die seine zu behalten. War er zuvor schon schmal und fast durchsichtig gewesen, so konnte er nun vor Schwäche kaum noch auf den Beinen stehen. Dennoch war er mit Ausnahme des leutseligen Fritz Breuninger der lebhafteste von allen. Er redete, diskutierte, tröstete und ermahnte. Er sagte oft Gedichte auf, nicht nur aus dem Gesangbuch, sondern auch von weltlichen Dichtern wie Eichendorff und Matthias Claudius. Seine Mitgefangenen wollten wissen, warum er soviel auswendig konnte.

Seine Antwort war: «Ich wußte, sie würden mich eines Tages abholen, und dann hätte ich keine Bücher und keinen Trost außer mir selbst. Also habe ich mich dementsprechend vorbereitet. Ich habe das alles gelernt, um mich aufrechtzuerhalten, wenn es passieren würde.»

Eines Abends, nach einem der üblichen grauen, trostlosen Tage – nur der junge Schweizer hatte einen Anfall gehabt, so daß die Wärter ihn festbinden mußten –, setzte sich der junge Bauer in der unbeleuchteten Zelle neben den Pfarrer und flüsterte: «Herr Doktor, was war das für eine Predigt? Was haben Sie gesagt, daß man Sie verhaftet hat?»

Der Pfarrer antwortete: «Es war an einem Bußtag. Ich ging zum Altar und sprach die üblichen Gebete. Dann drehte ich mich zu meiner Gemeinde um und rief: ‹Noch nie hat unser Volk einen Tag der Buße so nötig gebraucht wie jetzt. Denn was in den letzten Jahren geschehen ist und im November, als die Bethäuser unserer jüdischen Brüder in Flammen aufgingen, das schreit zum Himmel und ruft Gottes Gericht auf uns herab. Und die Kirche trägt Mitschuld an allem, was geschehen ist, was uns mit Schrecken und Sorge erfüllt. Unsere Pflicht in dieser feierlichen Stunde wird es sein, zu bereuen, die Vergebung Gottes für uns, für unser so tief in der Sünde versunkenes Volk und für die Kirche zu erbitten, die sich so weit von der Botschaft des Evangeliums entfernt hat. Und als Zeichen unseres Sündenfalls lösche ich die Kerzen auf dem Altar. Wir haben es nicht verdient, daß das Licht von oben auf uns scheinen soll. Wir verdienen es nicht, solange wir uns nicht von dem gereinigt haben, was den Namen eines Christen entehrt.›

Dann löschte ich die Kerzen und sprach weiter: ‹Wir stehen als Angeklagte vor dem Richterstuhl Gottes, und wir müssen nicht nur unsere Ohren, sondern auch unsere Seelen für unsere Schuld öffnen. Lassen Sie mich diese Anschuldigungen in Gottes Namen wiederholen. Ich klage unsere Kirche des Verrats an unserem Herrn an; vor allem am Gebot der Nächstenliebe, das sie in den Wind geschlagen hat. Ich klage unseren Kirchenrat der feigen Angst vor den Menschen und der Vermeidung seiner heiligsten Pflicht gegenüber den Menschen und der Kirche an. Ich klage Reichsbischof Müller der Irreführung der Gemeinde und ihrer Überantwortung an den Götzendienst an. Ich klage uns alle der Feigheit und der Kleingläubigkeit an, weil wir derartige, für einen Christen unerhörte Sünden geduldet und direkt und indirekt bei all den Schandtaten mitgewirkt haben, die begangen wurden und immer noch begangen werden.»

Der Bauernbursche saß ganz still auf seiner Bank. Er hatte den Kopf aufgestützt, und in der Dunkelheit sah er die glühenden Augen des Mannes, der die Liste der Anschuldigungen mit einem gespenstischen, durchdringenden Flüstern wiederholte – eine Anklage nach der anderen.

«Eine halbe Stunde nach dem Gottesdienst wurde ich verhaftet», sagte der Pfarrer schließlich.

Xaver, dem vor lauter unterdrückter Aufregung die Stimme weggeblieben war, räusperte sich. Er wollte gar nichts sagen; er berührte nur leicht die rauhe Decke, unter der der Kläger lag. Einen Augenblick lang lag seine schwere Hand zärtlich und vorsichtig auf der Decke. Dann betete er. Er sprach die Worte, die er sonst bei der Andacht murmelte, während seine grimmigen Gedanken dem Reichsernährungsministerium und den Sorgen um die auf dem Hof Gebliebenen galten. Nun waren sie zum ersten Mal seit vielen Jahren mit Bedeutung und Inhalt erfüllt. Unhörbar flüsternd wiederholte er alle Gebete, die er auswendig kannte – sogar die Kindergebete, die er als kleiner Junge beim Zubettgehen aufgesagt hatte.

«Lieber Gott, mach mich fromm.» Aber schließlich war nur noch sein regelmäßiges Atmen zu hören, denn er war eingeschlafen.

Der Pfarrer dagegen konnte nicht schlafen. Er wurde von Selbstvorwürfen und von einer fiebrigen Verwirrung seiner Gedanken gequält. Warum habe ich nicht spätestens das Land verlassen, so fragte er sich, als sie mich aus meiner Gemeinde vertrieben haben? Gab es da noch Zweifel, ob mein Platz noch länger hier ist? Habe ich nicht überall um mich herum die Zeichen eines nahenden Gerichts gesehen? War es blinde Liebe zu meiner Heimat, die mich wider besseres Wissen zurückgehalten hat? War es Tatenlosigkeit und Schwäche? Und sind die Geschehnisse, die ich mit ansehen, aber nicht verhindern konnte, eine unerträgliche Bürde und Folter geworden? Aber Gott gab keine Antwort auf seine Fragen. Sein Schweigen schien zu einem weit entfernten Friedensreich zu gehören. Der Gepeinigte traute sich nicht, die Augen zu Ihm zu erheben. Doch schließlich sah er auf. «Was soll ich tun?» fragte er.

«Flieh!» kam die Antwort.

«Aber wie kann ich fliehen?» rief der Frager lautlos, und sein Herz zog sich vor Schreck zusammen. «Ich bin krank! Ich habe nicht Kraft genug, mich aufrecht zu halten. Ich habe auch keine Erfahrung in der Welt draußen, und ich habe keine Hilfe …»

«Ich bin dein Helfer», sagte die göttliche Stimme. «Flieh!»

«Ich kann nicht», stöhnte der Mann. «Ich bin allein und am Ende; wenigstens sind hier Menschen um mich herum; ich habe Freunde.»

«All das wirst du aufgeben», sagte die Stimme ohne Mitleid.

«Aber dann bin ich verloren!» Der Mann auf der Gefängnisbank rang mit Ihm, der stärker war als alle Vernunft.

«Hier bist du verloren», sprach der Starke. «Nur der Tod allein wird dich aus diesem Kerker befreien.»

«Und ist es nicht besser, in der Heimat zu sterben, anstatt in der Fremde am Wegesrand?» fragte der Mann eifrig.

Aber die Stimme wiederholte: «Du wirst nicht sterben – noch nicht. Es gibt noch Aufgaben für dich.»

«Ich kann sie nicht erfüllen, so schwach und todmüde, wie ich bin.» Der Mann auf der Bank wand sich wie unter einer Peitsche.

«Deine Kraft wirst du wiedererlangen», antwortete ihm sein Gott. «Und du wirst glauben. Tief in deinem Herzen glaubst du bereits.»

In seinem Schrecken suchte der Mann Zuflucht an den Gefängnismauern, hinter denen er mit der dunklen, triumphierend mitleidlosen Stimme rang.

«Wie soll ich fliehen?» fragte er. «Es ist unmöglich! Von hier kann keiner entkommen.»

Als die Stimme antwortete, lag in ihr ein leises Lachen. «Du bist bereits auf dem richtigen Weg.»

«Aber es fehlt mir an allem», rief der Mann. «Mut und Kraft, Zeit und Gelegenheit. Und selbst wenn ich entkomme, wie soll es weitergehen? Ich besitze nichts. Ich kenne keinen in dieser Gegend, kann keinem trauen …»

«Was dir fehlt, dafür laß mich sorgen», sagte die übermächtige, jetzt strenge Stimme.

Am nächsten Morgen waren die Gefangenen über den Anblick ihres Leidensgenossen, des Pfarrers, erschrocken.

«Gehen Sie zum Arzt, Mann», rief Fritz Breuninger. «Der soll Ihnen was geben. Wir wollen nicht eines Morgens aufwachen und Sie als Gespenst wiedersehen!»

Er plapperte weiter und erzählte die Geschichte vom Gespenst des Räubers und Mörders Heinrich, der erst sechs Wochen zuvor draußen im Hof hingerichtet worden war. Fritz hatte seine Pantoffeln geerbt. Ja, diese hier, diese bequemen grauen Filzpantoffeln. Sie würden ihm Glück bringen, das versicherte ihm das Gespenst des Gehenkten jede Nacht.

Der SA-Mann wollte keine Witze über den Toten hören.

«Er war ein guter Freund von mir», sagte er drohend.

Den Bauernburschen durchfuhr ein angewidertes Schaudern, daß ein Angehöriger «unserer stolzen SA» etwas auf die Freundschaft mit einem Kriminellen gab, auch wenn er selbst das Gesetz übertreten hatte.

«War er wirklich ein Räuber und Mörder?» fragte Xaver.

«Natürlich war er das», meinte der SA-Mann, «und sie hätten ihn nie gekriegt, wenn er sich bei seinem letzten Raubzug nicht das Bein gebrochen hätte.»

Auf dem Weg zum «Ertüchtigungsspaziergang» meldete sich Dr. Gebhardt beim Arzt. Wegen seines Zustands hatte man ihm erlaubt, Hut und Mantel mitzunehmen. Als er später weder in den Gefängnishof noch in seine Zelle zurückkehrte, glaubten die Häftlinge und die Wärter, daß der Arzt ihn auf die Krankenliste gesetzt und ihn ins Krankenhaus geschickt habe. Außerdem gab es in diesen Tagen ohnehin ein Durcheinander im Gefängnis. Der Transport ins Konzentrationslager war fällig. Zu seinem unbeschreiblichen Schrecken wurde Fritz Breuninger befohlen, sich umzuziehen und seine Sachen zu packen.

«Werde ich freigelassen?» fragte er, aber seine Stimme zitterte, und der kleine Hoffnungsschimmer in seinen dümmlichen blauen Augen konnte den Schock in seiner Stimme nicht überdecken. Der Wärter gab keine Antwort.

«Und was ist mit mir?» fragte der junge Schweizer und wiederholte zum tausendsten Mal, er sei Offizier und müsse sich *sofort* zum Dienst melden.

«Lager», sagte der Wärter und warf einen mitleidigen Blick auf Breuninger, der halb angezogen auf der Pritsche zusammensackte, während sich der Raum und die Gesichter um ihn herum im Kreis drehten.

Wir verlassen die geräumige, dunkle, nach Erde riechende Zelle des Stadtgefängnisses in Begleitung des «Geschäftsmanns» Fritz Breuninger. Wir werden dem Unglücklichen, der all sein leutseliges Selbstbewußtsein verloren hat, allerdings nicht an den schrecklichen Ort folgen, der ihn erwartet. Wir werfen einen letzten Blick auf diejenigen, die zurückbleiben: etwa auf den groben, unerschütterlichen SA-Mann. Ihn wird man gehen lassen, soviel steht fest. Es gibt zu viele von seiner Sorte, und man kann sie nicht alle eingesperrt lassen. Sie *brauchen* «stolze SA-Männer», um den Feind im Inneren niederzuhalten, und sie werden stolze SA-Männer noch viel dringender brauchen, wenn es Krieg gibt. «Wir werden an drei Fronten kämpfen müssen», hatte Reichsführer-SS Himmler erklärt: «In den Schützengräben, in der Luft und in der Heimat!» Jeder in Deutschland wußte, was das bedeutete, und jeder SA-Mann – auch dieser hier – wußte, worin seine Pflichten an der «Heimatfront» bestehen würden.

Was den jungen Schweizer angeht, so wird sein Konsul nach endlosen Verhandlungen und Protesten im Namen seiner Regierung schließlich Erfolg haben. Sie werden ihn wohl oder übel gehen lassen müssen, obwohl er immer noch ein paar Wochen in der Zelle verbringen muß, wo er verwirrt die Hände ringt und nichts von dem versteht, was vorgeht.

Xaver wird am längsten hierbleiben müssen. Er wird

der «alte Hase» sein, der die Neuankömmlinge begrüßt, sie in die Mysterien des Gefängnisalltags einweist, ihnen den Trick mit der Klinge zeigt und ihnen von den früheren Gefangenen erzählt, die seitdem verlegt oder freigelassen wurden. An den Pfarrer wird er dabei am liebsten zurückdenken. Er hatte einen entscheidenden Einfluß auf sein Leben gehabt und ihn «verändert», so daß der junge Mann nach dem Ende seiner Haft hingehen und beweisen konnte, wie groß seine innere Veränderung war. Er wußte nun, daß er ein Kämpfer in den Reihen der Gerechten sein konnte, ein Rebell gegen die Götzen, die die Herren des Staates geworden waren, ein Soldat des wahren Gottes, dessen Urteil die Welt erwartete. Ich werde dafür kämpfen, daß die Kerzen auf dem Altar wieder angezündet werden können, sagte er sich.

Die Flucht von Pfarrer Gebhardt aus dem Stadtgefängnis blieb zwei Tage lang unbemerkt. Die Wärter vermuteten ihn im Krankenhaus; der Arzt glaubte, er sei in seiner Zelle. Im Hospital wußte man nicht einmal, daß es ihn gab. Es ist nicht an uns, die Geschichte seiner Flucht zu schildern, die wie ein Märchen klingt. Wir möchten beinahe von einem «Wunder» sprechen – ein Wort, das man in einem Tatsachenbericht nur sparsam verwenden sollte. Statt dessen folgen wir dem Bericht des Geretteten selbst, der an einem Tisch in der Sakristei hoch oben in den Schweizer Bergen sitzt und «Die Geschichte von der Stimme» aufschreibt.

«Als der Arzt mich entließ», so lesen wir, «versteckte ich mich hinter einer Säule, bis meine Kameraden nach ihrem Spaziergang wieder in ihre Zellen geführt wurden. Da wußte ich: Das ist der richtige Moment, jetzt oder nie. Denn nun würden die Wachen im Hof zum Mittagessen in die Kantine gehen. Eine Wache am Tor blieb zurück. Man würde mich nicht bemerken, wenn ich rasch über den Hof ging. Aber die großen, vergitterten Fenster des Erdgeschosses gingen auf den Hof hinaus, und von dort könnten mich hundert Augenpaare beobachten. Ich senkte den Kopf ein wenig und hastete mit unsicheren Schritten an der Küchentreppe vorbei zum Schweinestall. Jede Sekunde erwartete ich einen Ruf oder einen Schuß. Ich zitterte am ganzen Körper, und ich weinte vor Erschöpfung. Jetzt – jetzt mußte es kommen. ‹Verschleiere ihren Blick›, stieß ich in meinem Schmerz hervor. Und ich glaube, ich rief diese Worte wirklich laut aus, so sehr war ich außer mir. Ich erreichte den Stall. Fünf Schritte entfernt stand das Küchenfenster weit offen; ich konnte die Unterhaltung der Frauen drinnen hören.

Mein Gehirn war vollkommen blutleer und verweigerte den Dienst. Ich mußte größte Anstrengungen unternehmen, um meine Sinne zusammenzunehmen, und ich konnte nur die kleinste körperliche Belastung ertragen. Mir zitterten die Knie. Ich mußte warten, bis mein Herz nicht mehr wie rasend schlug. Die Tür zum Schweinestall stand offen. Ich ging hinein. Die Schweine bemerkten die Gegenwart eines Menschen und fingen laut zu grunzen an, so daß ich zurückschrak. Mein Blick wanderte durch den Schweinestall. Ich fragte mich, ob ich mich dort eine Weile verstecken konnte. An jeder Wand waren Heuballen hochgestapelt. Ich sah keinen Durchlaß. Ich ließ vor lauter Hilflosigkeit und Verzweiflung die Arme sinken. Dann biß ich die Zähne zusammen und tastete mich vorsichtig ins Freie vor. Mein erstes Ziel war der Zaun beim Fenster. Bis dorthin schaffte ich es. Dann setzte ich meinen rechten Fuß auf den Fenstersims und hakte die Finger meiner rechten Hand in den Maschendraht ein. Ich zog mich hoch. Doch ich hatte keine Kraft mehr in den Fingern. Mein Körper sank schwer zurück. Halb ohnmächtig fand ich mich auf dem Müllhaufen wieder.

Ich weinte laut. Nun war es bewiesen: Eine Flucht war unmöglich. Der Körper verweigerte seinen Dienst. Die Gelegenheit war da – die Stimme hatte Wort gehalten. Nur ich, ich hatte versagt. Aber konnte ich das zulassen? Ich mußte weitermachen, ich mußte mich der Stimme würdig erweisen. Ich mußte es noch einmal versuchen, und diesmal würde ich mich so gut wie möglich am Fenster festhalten. Ich nahm alle Kraft zusammen und flüsterte: ‹Hilf mir!› Dann war ich plötzlich wieder am Zaun. Ich hatte meinen Fuß wieder auf dem Sims und meine Finger im Maschendraht. Wieder verließen mich die Kräfte. Ich drückte mich nah ans Gitter. Die Anstrengung war zuviel für mich! Meine Finger ließen wieder locker, als ich mit letzter Kraft die Tür zu mir zog. Ich wollte mit dem linken Bein hinüber, aber mein Mantel war im Weg. Ich zog mein Knie hoch und befreite mich. Ich ergriff die Eisengiebel auf dem Dach und zog mich hoch. Nun stand ich auf der Tür, die hin- und herschlug. Nur mein rechtes Knie war über dem Giebel eingehakt. Ich hing immer noch da und merkte, wie meine Hand blutete. Eine letzte Anstrengung, und ich lag auf dem Dach. Ich kroch hastig nach oben und kletterte auf den Sims. Unter mir hing ein Feuerwehrschlauch. Ich klammerte mich an den Mauerrand und ließ mich hinunter. Die Entfernung zum Boden war schrecklich groß. Aber ich sprang und landete in der Hocke.

Dort stand ich auf und sah mich um. Ich werde niemals das Gefühl der Leere und der lähmenden Enttäuschung vergessen, das mich überkam. Ich war in einem Außenbereich des Gefängnisses. Und zwischen mir und der Freiheit stand eine noch höhere Mauer als die, die ich gerade überwunden hatte. All meine Bemühungen waren also umsonst gewesen. Denn dort war kein Schweinestall. Das neue Hindernis ragte steil, glatt und ungebrochen vor mir auf, es umschloß den ganzen Hof. Dreimal lief ich wie ein gehetztes Tier an der Mauer entlang. Dann wollte ich mich vor Erschöpfung und Mutlosigkeit zu Boden werfen. Aber ich riß mich wieder zusammen. Durfte ich es wagen, das Wunder dieser Flucht auf halbem Wege aufzugeben? Ich schloß die Augen, atmete ruhig und tief und begann von neuem, meine Umgebung zu untersuchen. Ich bemerkte, daß nur ein Gefängnisfenster auf diesen Hof hinausging. Es war daher höchst unwahrscheinlich, daß man mich beobachten würde. Und da noch nichts entdeckt worden war, hatte ich zumindest noch bis zum Abendbrot Zeit. Bis dahin mußte ich einen Weg finden, um auch dieses Hindernis zu überwinden.

Ein verkrüppelter Obstbaum im Schatten der Mauer erregte meine Aufmerksamkeit. Man hatte ihn nicht beschnitten, und er hatte zwei Triebe, die etwa bis zur Mauerkrone reichten. Aber sie waren zu dünn, um das Gewicht eines Erwachsenen zu tragen. Ich trat zwischen Baum und Mauer, ergriff je einen Ast und schwang mich hoch. Die Äste gaben nach, und ich sank mit dem Rücken gegen die Mauer. Aber die Mauer stützte mich, und so arbeitete ich mich nach und nach vor. Nur noch ein Meter, dann war ich oben. Ich verlagerte verzweifelt meinen Griff und kam ein wenig weiter, und gerade als die Äste brechen wollten, stieß ich mich mit den Absätzen ab. Ein Sprung, und meine rechte Hand hatte einen festen Griff auf der Mauer. Wie das möglich war, wird mir immer ein Rätsel bleiben. Dann arbeitete ich mich mit den Beinen vor, während meine Linke immer noch den Ast umklammerte. Ich konnte mein rechtes Bein über die Kante heben, und einen Augenblick später saß ich rittlings auf der Mauer. Die Kraft des Wunders dauerte an.

Ich schaute nach unten. In Hut und Mantel mußte ich dort oben ein komisches Bild abgeben. Das Blut rann mir von den Händen, aber ich fühlte keinen Schmerz. Der Boden auf der anderen Seite fiel nach unten ab – ich traute mich nicht zu springen. Außerdem reichte der Abhang weit hinunter. Ich rutschte vorwärts. Dann kam ich aber zu einer schmalen kleinen Mauer, die im rechten Winkel von außen auf die Gefängnismauer zulief. Ihre Krone lag zwei Meter unter mir. Ich fand den Mut zum Sprung, und ich landete sicher auf der kleinen Mauer. Ein mit Teerpappe bedecktes Ziegeldach lehnte gegen sie. Ich kroch über dieses Dach und erreichte mit Hilfe eines dort wachsenden Holunderbuschs den Boden. Schließlich wischte ich die blutigen Hände an meinem Taschentuch ab, setzte den Hut richtig auf und ging mit ruhigen Schritten auf einen mit Farbeimern beladenen Wagen zu, wo mehrere Arbeiter in weißen Arbeitskitteln beschäftigt waren.

‹Grüß Gott›, sagte ich und hob meinen Hut. Selbst in diesem Moment höchster Gefahr konnte ich das sündhafte ‹Heil Hitler!› nicht herausbringen. Dann ging ich um das Gebäude herum und stand vor dem riesigen Tor. Schon drohte mich erneut der Mut zu verlassen, aber ich war nun so weit vorangekommen, daß ich instinktiv die Höhe dieser neuen Mauer maß. Das Schnappschloß des linken Flügels ließ sich öffnen, und ich stand auf einer Straße unserer Stadt.

Alles war wie immer. Frauen mit ihren Einkaufstaschen, alte Männer, die ihre Hunde ausführten, Kinder, die aus der Schule kamen. Hatte ich in den letzten Wochen nur geträumt? Oder träumte ich jetzt? Ich glaubte einen eisernen Ring auf der Stirn zu spüren, und meine Augen brannten. Eine Frau, die mir entgegenkam, fragte ich nach der Uhrzeit. Meine Stimme war heiser und tonlos. Sie machte mir richtiggehend angst – und der Frau ging es nicht anders. Ich merkte nicht einmal mehr meine Schwäche und Krankheit. Ich war schweißgebadet. Ich konnte mich kaum auf den Beinen halten. Ich kam zu einem Brunnen, wusch meine blutigen Hände und ging immer weiter. Ich ging durch schmale Gassen und kleine Seitenstraßen, und ich kannte die Stadt schon nicht mehr, deren Häuser aus dem Dunst hervorragten. Als ich aber schließlich rastete und zum Himmel schaute, an dem keine Regenwolke zu sehen war und der mir in der Nacht seine Botschaft gesandt hatte, wußte ich mit Sicherheit, daß meine Anstrengungen von Erfolg gekrönt sein würden. Die Flucht würde glükken, das Wunder würde geschehen. Ich würde nicht dort sterben, wo der Mörder Heinrich hingerichtet worden war, und wo noch dieser liebe, gute Bauernbursche war, der Gefährte dieser gesegneten Nacht. Leider kann ich ihn nicht retten, ich kann meinen Gefährten nicht befreien. Aber daß ich gerettet bin, daß ich von dem Bösen erlöst bin – das ist sicher und wahr ...»

Wir werden in der «Geschichte von der Stimme» nicht weiterlesen, die Pfarrer Gebhardt in dem kleinen Alpendorf aufgeschrieben hat, wo er jetzt seine Arbeit tut. Immer, wenn er aus dem Fenster der ehrwürdigen Sakristei schaute, fiel sein Blick auf enzianbedeckte Bergwiesen und dahinter auf die großen, schneebedeckten Kronen im Himmelsblau. Hierher war er also geführt worden; in diesen Frieden, nach vielen Tagen tödlicher Gefahr, fieberhafter, zielloser Flucht und eigenartig wiederkehrender Glücksfälle, in der man nur ein fortdauerndes Wunder sehen konnte. Er war zu uns geführt worden und erschien eines Abends wie ein Geist an der Tür unseres Hauses am Zürichsee. Wir hatten von seiner Verhaftung gehört, und deswegen trauten wir unseren Augen kaum, als wir ihn vor uns sahen.

Seit dem Tag, an dem er unsere jüngste Schwester auf den Namen Elisabeth getauft hatte, hatten wir diesen Mann zu unseren Freunden gezählt. Wir glaubten, er sei verloren, bis ihn das Wunder zu unserer Tür führte. Er war sehr blaß. Er war schwach und erschöpft, fast dem Zusammenbruch nahe. Aber dennoch ging eine Kraft von ihm aus. Das Licht der erfolgreich überstandenen Prüfung schien auf sein blutleeres Gesicht wie der Schimmer eines Heiligenscheins.

KAPITEL 8: LETZTE FAHRT

In der Adventszeit sah unsere Stadt immer besonders schön aus. Die Plätze wurden zu festlich geschmückten Märkten. Zwar gab es nicht viel zu kaufen, aber man konnte den Glanz sehen und die Stimmung fühlen. Es war schließlich Weihnachten.

✦ ✦ ✦ ✦

ANFANG NOVEMBER schickte Max Murks eine Postkarte aus Hamburg. Der junge Seemann schrieb an seine Mutter, die zusammen mit ihrem jüngeren Sohn Friedel in einer Zweizimmerwohnung in unserer Altstadt wohnte. Ihr «Großer» schrieb nicht oft, und Frau Murks sah sich die bunte Postkarte lange und eingehend an, bevor sie sie an Friedel weitergab.

«Unfug! Reiner Unfug, was er da schreibt! ‹Nächste Woche läuft unser guter alter Pott nach New York aus, und ich bin dabei. Ich bin schon monatelang nicht mehr draußen gewesen und habe die ganze Zeit keinen Fuß aus diesem riesigen Kaninchenstall gesetzt. Aber ich habe das komische Gefühl, es könnte meine letzte Fahrt sein.›»

Friedel zuckte mit den Achseln.

«Er hat recht», meinte er. «Und wenn du's genau wissen willst, ich habe auch schon so was gehört. Sie wechseln bei jeder großen Fahrt die Mannschaften aus. Man will verhindern, daß zu viele Kontakte ins Ausland entstehen, so daß unsere Leute alles mögliche hören, was sie nicht hören sollen. Sie lassen einen Matrosen lediglich eine große Fahrt in die USA mitmachen, aber auch nicht mehr. Beim nächsten Mal fährt ein anderer mit, der niemanden drüben kennt, keine Freude daran hat und keinen Schaden anrichten kann. Kannst du dir das vorstellen?» sagte er und lachte verächtlich. «Wenn immer die gleiche Mannschaft rüberfährt, wie gut könnte sie sich dann mit den Kameraden drüben verbünden!»

Seine Mutter seufzte. «Das ist es also. Das meinen sie damit. Mein Gott, heutzutage muß man schlau wie ein Fuchs sein, wenn man nur eine einfache Postkarte verstehen will.»

Friedel nahm seinen Mantel vom Haken. «Bis dann, ich muß an die Abfallfront.»

Das war kein Scherz, auch wenn der Junge wie üblich verächtlich gelacht hatte. Denn in der Tat lautete so der offizielle Name dieses bestimmten «Sektors» einer der unzähligen «Fronten», an denen das deutsche Volk pausenlos unter Marschall Görings Vierjahresplan kämpfte. Friedel arbeitete in der «Sammelstelle für Altpapier», und das war keineswegs leichte Arbeit. Aber was konnte er schon anfangen? Der kleine Kolonialwarenladen für Tee, Kaffee und Kakao, in dem er als Verkäufer und Botenjunge gearbeitet hatte, hatte schließen müssen, weil er «volkswirtschaftlich nutzlos» gewesen war. Auch wenn der Laden nicht geschlossen worden wäre, wäre Friedel der «Sammelstelle für Altpapier» nicht entgangen. Der Staat war der Ansicht, die Kunden sollten ihre Einkäufe stets selbst nach Hause tragen. Es sei unerträglich, daß der Volkswirtschaft eine volle Arbeitskraft entzogen und an eine verweichlichende Dienstleistung wie die Lieferung verschwendet würde.

Friedel hatte sein Schicksal eines Morgens auf der Titelseite der Lokalzeitung, des *Anzeigers*, erfahren. In Form eines humorvollen Gedichts, das aber offensichtlich von offiziellen Stellen stammte. Bei der letzten Strophe stutzte Friedel:

> «Hängt ein Plakat in die Geschäfte
> Und schreibt darauf den kurzen Satz:
> ‹Wir brauchen dringend Arbeitskräfte;
> Für D. a. K. ist hier kein Platz.›»

D. a. K. stand für «Dienst am Kunden» – die fröhlichen Zeilen kosteten Friedel seine Stelle.

Da war er nun statt dessen an der «Abfallfront». Zehn Stunden am Tag ging er von Tür zu Tür und von Haus zu Haus und sammelte Altpapier. Weder seine Stellung noch seine Tätigkeit trugen zu seiner Beliebtheit bei. Er war nämlich gleichsam ein Beamter im Dienste des Vierjahresplans, und wenn er von bestimmten Leuten nicht genug Papier bekam oder wenn er, Gott bewahre, vermuten mußte, daß manche Leute Papier verschwendeten, indem sie es wegwarfen, zerrissen oder gar verbrannten, dann mußte er ihnen mit einer Anzeige drohen. Und wenn sie ihr unverschämtes Benehmen nicht änderten, mußte er seine Drohung wahr machen. Tat er das nicht, riskierte er selbst eine Strafe, denn es war ein strafwürdiges Vergehen, nicht genug Papier an der «Abfallfront» zu sammeln und diejenigen nicht anzuzeigen, die dafür verantwortlich waren.

«Was wir brauchen», sagte einer von Friedels Vorgesetzten, «ist eine Mobilmachung der *Tat*.» Friedel nickte. Er hatte sich inzwischen so sehr daran gewöhnt, Anweisungen von oben in Form von militärischen Befehlen zu bekommen, daß er die Schwammigkeit und Sinnlosigkeit dieser Phrasen kaum noch wahrnahm. Sicher, sagte er sich, Mobilmachung der Tat. Warum nicht?

Die kräftige Frau Murks, die so sehr unter den nächtlichen Luftschutzübungen zu leiden hatte, daß eine offen geäußerte Ablehnung ernste Folgen hätte haben können, akzeptierte diese ganze «Regierung» wie jede andere Heimsuchung des unergründlichen Schicksals. Was ihre Söhne anging, so liebte sie ihren Älteren mehr. Er sah besser aus, und er würde sicher eines Tages Kapitän werden – groß und kräftig, blond und blauäugig, wie er war. Er hatte so eine strahlende, klare Stirn, dachte die Mutter, als sie zum hundertsten Mal die grellbunte Karte vom Hamburger Alsterpavillon in die Hand nahm und anstarrte, als handele es sich um ein Bild von «ihrem Großen». Eigentlich ist es die Stirn von einem kleinen Jungen. Er hat sich gar nicht verändert.

Dann setzte sie sich hin, um ihrem Sohn ein paar Zeilen zurückzuschreiben.

«Lieber Max», schrieb sie, «bring doch etwas Kaffee von Deiner letzten Reise mit. Friedel hat mir gerade erklärt, was das heißt – mehr weiß ich nicht. Also bring mir welchen mit, denn hier gibt es doch keinen, und Du weißt ja, wie gerne ich eine Tasse Kaffee trinke – so etwas braucht man für die Nerven. Um eins muß ich Dich aber dringend bitten: Kauf nicht den ungerösteten Kaffee wie letztes Mal. Ich weiß, der ist billiger, aber stell Dir vor, was mit dem ungerösteten passiert ist, den Du uns letztes Mal geschickt hast. Wir haben ihn selbst geröstet, weil man so etwas Wertvolles natürlich keinem Laden anvertrauen kann. Und was macht Kaffee, der geröstet wird? Er riecht so gut und so stark, daß man es noch drei Straßen weiter gerochen hat. Ich muß Dir nicht erzählen, daß daraufhin alle Nachbarn angerannt kamen. Für uns war hinterher nicht mehr viel von diesem Geschenk des Himmels übrig, und ich war schon so geizig damit, wie ich konnte. Der Blockwart hat ja selber gut die Hälfte mitgenommen, das ließ sich nicht vermeiden. Also diesmal gerösteten, mein Liebling, auch wenn es wegen des Preises nur die Hälfte ist. Bleib fröhlich und laß von Dir hören. Amerika ist weit weg, und es wäre viel schöner, wenn Du hier zu Hause an irgendeiner Front wärst statt draußen auf See, wo so viel passieren kann. Liebe Grüße und viele Küsse von Deiner Mutter.»

Es war ein langer Brief, und Frau Murks war recht erschöpft, als sie ihn zu Ende geschrieben hatte. Bevor sie den Umschlag zumachte, rechnete sie ein bißchen. Nächste Woche fährt er los, dann ist Mitte November. Also sollte er Anfang oder Mitte Dezember zurück sein. Und dann vielleicht, *vielleicht*, oh, das wäre ja zu schön, vielleicht ist mein Großer dann zu Weihnachten zu Hause. Vielleicht bekommt er ja für Heiligabend Urlaub, wenn er sich ordentlich führt. Sie nahm den Brief aus dem Umschlag und fügte diese große, brennende Hoffnung hinzu. Ich habe ihn mehr als ein Jahr nicht gesehen, sagte sie sich. Zeit, daß er nach Hause kommt …

Als abends der Wind ums Haus heulte und Friedel müde vom «Fronteinsatz» zurück war, saßen Mutter und Sohn zusammen. Frau Murks strickte, während Friedel sich am Radio zu schaffen machte.

«Nur keine ausländischen Sender bitte», sagte Frau Murks besorgt.

Friedel stocherte im Inneren des kleinen Geräts mit einem Stück Draht und einer Nagelfeile herum und antwortete beiläufig: «Ausländische Sender? Wer will denn ausländische Sender hören? Ich möchte nur Straßburg und London kriegen, die senden jetzt auf deutsch.»

Seine Mutter schüttelte hilflos den Kopf. «Laß das doch, Junge.»

«Aha! Da!» rief er. «Luxemburg. Prima!»

Der Junge sieht blaß und müde aus, dachte die Mutter. Sie mochte diese tiefen Falten auf seiner Stirn und um den kindlichen Mund herum nicht. Er war achtzehn. Wie würde er erst aussehen, wenn er dreißig war und seinen Wehrdienst hinter sich hatte – vielleicht sogar im Krieg? Die Mutter seufzte.

«Es ist stürmisch draußen», sagte sie. «Ist es auf See auch so stürmisch?»

Friedel, der sein Ohr noch immer ans Radio gepresst hielt, gab keine Antwort. Sein jungenhaftes, aber müdes und frühzeitig gealtertes Gesicht war halb seiner Mutter zugewandt, die fleißig weiterstrickte.

«Dieser alte Pullover war sowieso nichts mehr», sagte sie. «Wenn ich alles auftrenne, kann ich bestimmt drei Paar Socken damit stricken, eins für dich und zwei für den Großen.»

Friedel grinste. «Na sicher», mokierte er sich. «Zwei Paar für den Großen, für den Seemannsliebling, und ein Paar für mich. Das war doch klar.»

Frau Murks stand auf und fuhr ihm beruhigend durchs Haar.

«Na, na», sagte sie, «wer ist denn da eifersüchtig? Mit ein bißchen Glück haben wir Kaffee zu Weihnachten. Ich hab ihm schon geschrieben.»

Die Wochen vergingen. Sie waren lang und grau und eine wie die andere. Und kalt waren sie, denn die Kohle war knapp, und das alte Haus, in dessen drittem Stock Frau Murks und Friedel wohnten, hatte keine Zentralheizung.

«Tu ja kein Papier in den Ofen», sagte der «Beamte»

Friedel drohend. Aber er lächelte nicht, als er das sagte. Er trug jetzt seine neuen Socken. Sie waren gut und warm, und Frau Murks hatte mit ihrer Behauptung, man könne solche Socken nirgendwo in Deutschland kaufen, durchaus recht gehabt.

«Siehst du, den Pullover, aus dem sie sind, habe ich aus Friedensware gestrickt», sagte sie. Auch sie lächelte nicht, als sie das sagte. Sie fand nichts daran, daß es mitten im Frieden nirgendwo «Friedensware» in Deutschland gab. In einer Schublade versteckt lagen sorgfältig in altes Seidenpapier eingewickelt die zwei Paar Socken für «den Großen». Die Mutter wußte, daß «der Kleine», Friedel, das Papier nehmen und abgeben würde, wenn er es finden sollte. Also hatte sie das Päckchen wie einen verbotenen Schatz zwischen ihre Unterwäsche gelegt.

Als der Dezember kam, ging Frau Murks dreimal am Tag, morgens, mittags und abends, in den zweiten Stock, um den Briefträger abzufangen.

«Nichts dabei?» rief sie. «Keine Briefe, keine Postkarten aus Hamburg oder sonstwoher?» Aber meistens hatte der Briefträger nichts als den *Anzeiger* für sie. Wenn einmal Briefe dabei waren, kamen sie immer vom Finanzamt oder irgendeiner anderen Behörde. Frau Murks öffnete sie eher furchtsam als freudig.

Am 22. Dezember hörten Frau Murks und Friedel, Max' Schiff sei in Hamburg eingelaufen. Morgen kommt er her, dachte Frau Murks. Er wird uns überraschen. Aus Aberglauben traute sie sich aber nicht, es laut auszusprechen. Der Tag verging, und der 23. kam. Friedel brachte einen mickrigen Weihnachtsbaum heim, der wie ein Küchenbesen aussah.

«Wir müssen unsere deutschen Wälder schonen», sagte er. «Man bekommt keine schönen Weihnachtsbäume mehr zu kaufen.» Er wußte aber auch, daß die deutschen Wälder wie feindliche Soldaten in der Schlacht niedergemäht wurden. Auch im deutschen Wald wurde Görings Vierjahresplan mit Macht umgesetzt. Um genug künstliches Gummi für einen einzigen Reifen zu bekommen, mußten vierzig ausgewachsene Bäume gefällt werden. Frau Murks hatte zum Fest etwas Schokolade gekauft, aber an der war nicht viel Festliches dran. Ihre hübsche, farbige Pappschachtel sah von außen sehr schön aus und versprach fröhlich «Friedensware». Aber im Innern war nichts eingewickelt, und es gab natürlich auch kein Wachspapier, nicht einmal eine Lage Seidenpapier. Die fast durchsichtigen Schokoladenplättchen lagen lose in der Schachtel. Seltsamerweise waren sie weder schwarz noch braun, sondern mausgrau, als wären sie mit Schimmel überzogen. Wenn man ein Stück in den Mund steckte, war es, als bisse man auf gebackenen Staub. Es erinnerte nicht einmal an Schokolade. Ein rauher, sandiger Klumpen lag bitter auf der Zunge. Offenbar war weder Kakaopulver noch Milch verwendet worden. Auch mit den Zigaretten, die die Mutter für ihre beiden Söhne an den Weihnachtsbaum gehängt hatte, war es nicht viel besser. Dickes, graues Papier und innen ein Kraut aus eindeutig einheimischer Herkunft; tabakerzeugende Länder forderten Bezahlung in Gold und Devisen.

Den Vormittag über saß Frau Murks zu Hause und wartete auf ihren Sohn. Aber gerade als es an der Tür klingelte, war sie außer Haus; sie versuchte, eine Handvoll Kerzen aufzutreiben. Friedel lag müde und lustlos auf dem Sofa; er ließ es zweimal klingeln, bevor er öffnete.

«Warum ist er denn so ungeduldig, unser ehrgeiziger Kapitän», murmelte er; dennoch war er tief im Innern froh, seinen großen Bruder zu sehen, auch wenn er es niemals zugegeben hätte.

Aber nicht Max stand an der Tür. Es war ein fremder junger Mann in einem scheckigen dunkelblauen Anzug. In der Rechten hielt er einen kleinen Kunststoffaktenkoffer, mit der Linken fummelte er nervös an seinem Hut herum.

«Ja?» sagte Friedel, und eine unbeschreibliche Furcht ergriff ihn. Er versuchte sie zu bekämpfen, indem er fest, fast schroff hinzufügte: «Nein danke, wir kaufen heute nichts. Das heißt, wenn Sie etwas verkaufen. Und haben Sie überhaupt eine Genehmigung?»

Der Fremde schüttelte den Kopf. «Darf ich hereinkommen? Ist denn die Mutter, ich meine, ist Frau Murks zu Hause?»

Frau Murks sei bald zurück, und natürlich könne er hereinkommen, wenn er nichts verkaufen wolle, antwortete Friedel.

Draußen war es schon dunkel. Die beiden jungen Männer saßen am runden Tisch unter der Hängelampe im Wohnzimmer, das Frau Murks auch als Schlafzimmer diente. Nach einer Pause sagte der Fremde: «Ich bin ein Freund von Max. Ich meine, ich war ein Freund von Max.»

Friedel fühlte, wie es ihm die Kehle zusammenschnürte, und fragte nur: «Wo ist Max?»

Die Tür ging auf. Frau Murks, die überall vergeblich nach Kerzen gesucht hatte, trug noch ihr Kopftuch, als sie ins Zimmer kam. Ihre eingefallenen Wangen waren von der Kälte gerötet. Der Fremde stand auf. Stumm blieb Frau Murks mitten im Zimmer stehen.

«Frau Murks», sagte der Fremde, «da ist etwas … etwas … ich weiß nicht, wie ich es Ihnen sagen soll …»

Die Mutter stand reglos da und sagte sehr leise und ohne jeden fragenden Ton: «Max ist tot.»

Der Fremde trat zu ihr herüber. Er legte sanft seinen Arm um ihre Schultern und versuchte, sie vorsichtig zum Sofa zu führen. Friedel war aufgesprungen.

«Was?» schrie er. «Was sagst du da? Bist du verrückt geworden?»

Der Fremde hatte immer noch den Arm um die reglose Mutter gelegt und sagte: «Manchmal glaubt man wirklich, man ist verrückt. Aber wir sind nicht verrückt. Es sind die anderen, die verrückt sind, es sind die Mörder.»

Die Mutter fing an zu sprechen. Ihre Lippen bewegten sich, sie formten hörbare Worte, aber der Rest ihres Gesichts blieb unbeweglich, als wäre es aus Holz.

«Max ist tot», wiederholte sie. «Wie kann das sein? Wie kann das nur sein?»

Statt darauf zu antworten, sagte der Fremde: «Mein Name ist Paul Behrens. Ich war dort, als sie ihn umgebracht haben … ich sah ihn sterben. Er war ein sehr guter Freund von mir. Eigentlich mein bester Freund. Aber ich konnte nichts tun, ich war vollkommen machtlos.»

Ein Zucken ging durch den kräftigen Körper von Frau Murks, als hätte sie einen Stromschlag bekommen. Dann war sie wieder völlig bewegungslos. Sie saß kerzengerade neben dem Fremden, dem jungen Paul Behrens, der ihren «Großen» hatte sterben sehen, der gesehen hatte, wie sie ihn umbrachten, weil sie verrückt waren, diese Mörder. Friedel, in Hemdsärmeln und Hausschuhen und mit den neuen Socken an den Füßen, hatte sich auf den Tisch gestützt und wandte sich an seine Mutter und den Fremden.

«Reden Sie!» sagte er drohend. «Wenn Sie uns nicht sofort sagen, was passiert ist …» Er hob den rechten Arm, als wollte er nach dem Fremden schlagen.

Der nahm den Arm von den Schultern der Mutter, stand auf und ging ans Fenster. Mit verschränkten Armen stand er am Fenster und begann zu erzählen. Er sprach ziemlich laut, um gegen die Heiserkeit anzukämpfen, die ihn zu hemmen drohte. Ohne die beiden anderen anzusehen, erzählte er:

«Es war Max' und mein zweiter Besuch drüben. Wir hatten schon Freunde in New York. Es gibt da eine große Seemannsgewerkschaft, vielleicht auch mehrere, und es gibt eine Organisation, die ausschließlich für uns gegründet wurde.» Er senkte die Stimme: «Für Seeleute, die gegen die Nazis sind. Schon bei unserem ersten Aufenthalt dort sind wir hingegangen, niemand hat es bemerkt. Aber diesmal sind uns Spitzel gefolgt – Leute von unserer eigenen Mannschaft. Ich spürte es, sobald wir an Land gingen, und ich habe Max gewarnt.

Geh nicht hin», habe ich gesagt. «Geh bitte diesmal nicht zu den Nazigegnern. Wir werden verfolgt.»

Max hat es mir hoch und heilig versprochen, und er ist wohl auch wirklich nicht hingegangen. Er war aber bei einer Arbeiterversammlung. Solche Versammlungen sind dort drüben üblich, man kritisiert die eigene Regierung ganz offen, und niemand wird dafür verhaftet. Wenn sie wüßten, wie gut es ihnen unter ihrer Regierung geht! Aber das wollte ich ja gar nicht erzählen. Max ist zu einer dieser Versammlungen gegangen; wahrscheinlich wußte er nicht einmal, wie antinazistisch die amerikanischen Arbeiter eingestellt sind und daß sie den Führer noch stärker als ihre eigene Regierung angreifen würden. Das hat er erst gemerkt, als es schon zu spät war. Der Hauptredner nannte Hitler einen Gangster und Mörder und eine tollwütige Bestie. Wenn Max nur aufgestanden wäre und den Saal aus Protest verlassen hätte – vielleicht hätte ihn das gerettet. Aber er war zu aufgeregt, denn nur dieses eine Mal hörte er, wie die Wahrheit vor Tausenden von Menschen hinausgeschrien wurde, als wäre gar nichts dabei – die Wahrheit, die wir uns manchmal auf der gemeinsamen Wache zugeflüstert haben, irgendwo auf Deck, wo uns niemand hören konnte.»

Der junge Mann hielt inne und sah seinen Zuhörern zum ersten Mal seit Beginn seiner Erzählung ins Gesicht.

«Ja, das hat ihn sehr aufgeregt», sagte er. «Er hat mir hinterher erzählt, er habe wie in Trance dort gesessen und sich nicht rühren können, selbst wenn er gewollt hätte. Aber natürlich wollte er gar nicht. Er wollte alles mit anhören, mit ansehen, wie stolz die amerikanischen Arbeiter auf ihre Flagge, ihr Land und seine Freiheit waren, obwohl sie so viel gegen ihre Regierung hatten.»

Er machte eine Pause. «Er wollte das alles sehen. Der Spitzel, der ihm gefolgt war, hat es auch gesehen, und es hat zweifellos auch ihn beeindruckt. Gewiß hat er es sich für später gemerkt. Aber im Augenblick ging es ihm nur darum, Max beim Kapitän und beim Koch anzuzeigen. In der Partei steht der Koch noch über dem Kapitän, und gegen ihn kann man nichts ausrichten. Der Koch hat Max nicht angesprochen, aber bald nachdem wir ausgelaufen waren, ließ der Kapitän ihn rufen. Es liege etwas gegen ihn vor, und er solle sich in acht nehmen, erklärte der Kapitän. Max und ich waren fortan wirklich sehr, sehr vorsichtig. Aber was nutzt alles Inachtnehmen, wenn *sie* direkt hinter einem stehen? Das beste wäre gewesen, wenn Max eines Nachts über Bord gesprungen wäre und versucht hätte, an Land zu schwimmen. Gleichviel, wir wußten zwar, was für Schweine diese Nazis sind, ahnten aber nicht, daß sie *so* weit gehen würden.»

Friedels junges Gesicht war vor Schreck und Wut verzerrt. Wie von Sinnen schrie er: «Aber *was*? *Was* haben sie getan?»

Paul Behrens setzte sich aufs Fensterbrett, an das er sich zuvor gelehnt hatte. «Als wir in den Hafen einliefen – ich meine in den Freihafen, wo der Zollbeamte an Bord kommt –, da kamen vier SA-Männer achtern, vier von ihnen, ich sehe sie noch vor mir, dorthin, wo Max Wache hatte, und schossen ihn nieder. Der Koch mußte nach Hause gekabelt haben, um sie an Bord zu holen. Der Kapitän war es ganz bestimmt nicht. Mir wurde ganz schlecht, als ich diese Männer um vier Uhr morgens an Bord kommen sah, und ich rannte, um Max zu warnen. Aber es war zu spät. Ich kam gerade, als Max auf die Reling kletterte, als wollte er ins Wasser springen, und ich hörte, wie sie ihn beschimpften, sie nannten ihn ‹roter Verräter› und ‹Bolschewikenschwein› – dann schossen sie, und Max fiel zurück, weil er sich zu ihnen gedreht hatte, er fiel rückwärts ins Wasser und ist sofort untergegangen, und es machte keinen Sinn, hinterherzuspringen, weil er – weil er ganz bestimmt tot war.»

Es lag etwas Grauenhaftes und Unnatürliches in der Stille und Unbeweglichkeit, die Frau Murks ergriffen hatte, seit sie den Fremden zum ersten Mal gesehen hatte. Man hätte meinen können, sie sei ohnmächtig geworden, hätte sie nicht so aufrecht und mit weit geöffneten Augen dagesessen. Friedel ging im Zimmer auf und ab und stieß gegen die Möbel, als sei er blind. Der junge Behrens hatte das Gesicht in den Händen vergraben. Vielleicht konnte er nicht mit ansehen, wie die Mutter und der Bruder seines Freundes die Nachricht aufnahmen. Vielleicht quälte ihn das Bild, das sich ihm ins Gedächtnis geätzt hatte – die vier SA-Männer und Max, der sich ihnen halb zuwandte, einen Augenblick bevor die Schüsse fielen.

«Da!» sagte er, ging zu seinem kleinen Kunststoffkoffer und machte ihn auf. «Da!»

Er nahm ein in braunes Packpapier eingeschlagenes

Päckchen heraus und hielt es der Mutter hin, die aber nicht die Hand ausstreckte, um es zu nehmen. «Max hat ihn am letzten Tag in New York gekauft» – er schluckte –, «er ist geröstet, so wie Sie es wollten.»

Erst jetzt regte sich die Mutter; sie fuhr hoch und warf ihren untersetzten Körper wie von Sinnen auf den Tisch, auf dem das braune Päckchen lag, und weinte. Ihr Körper zitterte von Kopf bis Fuß. Sie hielt beide Arme ausgestreckt vor sich, ihre Hände krallten sich an der Tischkante fest, und sie schlug den Kopf auf die Tischplatte, als wollte sie sie zerschmettern. Wieder und wieder schlug der Kopf der Mutter auf den Tisch. Friedel und der junge Behrens versuchten vergeblich, das schreckliche Schauspiel zu beenden.

«Soll ich gehen?» fragte der Fremde leise. Friedel sah aus, als hätte er Angst, mit seiner Mutter allein zu bleiben; mit zitternder Stimme sagte er hastig: «Nein, bleiben Sie bitte über Nacht hier – Sie können in meinem Bett schlafen – ich werde sowieso nicht schlafen.»

Die Mutter schlug immer noch ihren Kopf auf den Tisch. Seit sie ausgerufen hatte: «Max ist tot. Wie kann das sein? Wie kann das nur sein?», hatte sie kein einziges Wort mehr gesagt. Friedel kümmerte sich um sie. Er holte Wasser und besprengte ihr Haar ein wenig damit. Sie bemerkte ihn gar nicht. Er nahm Max' letzte Postkarte aus der Schublade, aber sie wollte nicht hinsehen. Er wollte sie vom Tisch wegführen, aber sie war schwer, und die Verzweiflung machte sie noch schwerer. Er konnte sie nicht bewegen. Schließlich setzten sich die jungen Männer ihr gegenüber an den Tisch, wagten aber nicht zu sprechen, weil sie wohl den Verstand verloren hatte.

Die Minuten vergingen, eine Stunde, dann eine weitere. Friedel drehte sich zu Behrens und flüsterte ihm etwas zu, während ihr armer Kopf vor Erschöpfung nach vorn gesunken war. Sie hatten sie schließlich aufs Sofa gelegt; ihre Augen standen weit offen, und tief in ihnen lag ein irrer Schimmer.

Friedels Stirn war schweißnaß, obwohl er immer noch in Hemdsärmeln dasaß und das Zimmer sehr kalt geworden war. Er hatte die Hände in den Taschen zu Fäusten geballt und flüsterte Behrens zu, der schweigend zuhörte und nur von Zeit zu Zeit zustimmend und aufmunternd nickte. Dann legte Behrens dem aufgeregten, flüsternden Jungen die Hände auf die Schultern.

«Ruhig», sagte er, «ganz ruhig, mein Junge. Natürlich werden wir ihn rächen. Wir müssen aber Geduld haben, und wir müssen klug sein. Bis der Tag kommt – und dann … und dann …» Er stand auf, nahm das kleine braune Päckchen vom Tisch, ging zum Fenster, öffnete es und ließ die kalte, nebelfeuchte Nachtluft ins Zimmer.

«Habt ihr eine Kaffeemaschine?» fragte er und hielt das Päckchen hoch.

Friedel nickte. «Gute Idee», sagte er und lächelte sogar blass. «Vielleicht bringt das Mutter wieder zu sich. Kaffee ist ihre große Leidenschaft.»

Sie kochten Kaffee. Friedel nahm die «guten» Tassen aus dem Schrank – die mit den goldenen Henkeln und dem blauen Vergißmeinnichtmuster. Der Kaffee sandte ein starkes, anheimelndes Aroma aus. Frau Murks stöhnte und hob zum ersten Mal seit Stunden den Kopf.

«Gib Mäxchen die Socken», sagte sie und deutete auf den jungen Behrens. «Du findest sie zwischen meiner Wäsche.»

Friedel fand das Seidenpapierpäckchen. Er packte die Socken aus und warf das Papier in den Ofen, wo es in der letzten Glut Feuer fing.

«Sie waren für Max», sagte er, «aber Sie waren sein Freund.»

Paul Behrens stand peinlich berührt im Zimmer; er machte einen ungeschickten Diener wie ein Schuljunge.

«Danke schön», sagte er. «Und jetzt bringen wir Mutter zu Bett. Sie friert ja.»

Frau Murks hatte die dampfende Tasse Kaffee auf dem Tisch nicht angerührt. Sie hatte Krämpfe und Schüttelfrost, aber sie war offensichtlich nicht bei Bewußtsein. Völlig willenlos ließ sie sich von den beiden jungen Männern helfen. Nachdem Friedel seine Mutter auf einen Stuhl gesetzt hatte, holte er das Bettzeug aus dem Sofakasten. Paul Behrens richtete mit ein paar schnellen, geschickten Handgriffen das Bett her.

«So was lernt man an Bord», sagte er.

«Danke, Max», sagte die Mutter, und da war wieder der irre Schimmer in ihren Augen. «Danke, mein Großer.»

Dann lag sie ganz still; die Krämpfe und der Schüttelfrost waren vorbei.

Die Stille um sie war nicht beruhigend, und sie war in etwas anderes als in den Schlaf gesunken. Sie war aber auch nicht ohnmächtig. Die beiden jungen Männer waren mit ihren Kaffeetassen in Friedels Zimmer geschlichen und konzentrierten sich auf die Stille, als wäre sie ein unheimliches Geräusch. Manchmal begann die Mutter plötzlich vor sich hin zu reden. Sie plapperte auf seltsame, beunruhigende Weise, und ein-, zweimal lachte sie laut auf.

«Sie ist krank», sagte Friedel. «Wir müssen morgen früh den Arzt holen.» Paul Behrens sagte nichts.

Friedel saß auf dem kalten Fußboden und hatte die Schultern durchgedrückt. Sein zorniges junges Gesicht war verzerrt und grinste den anderen an.

«Morgen ist Heiligabend», sagte er.

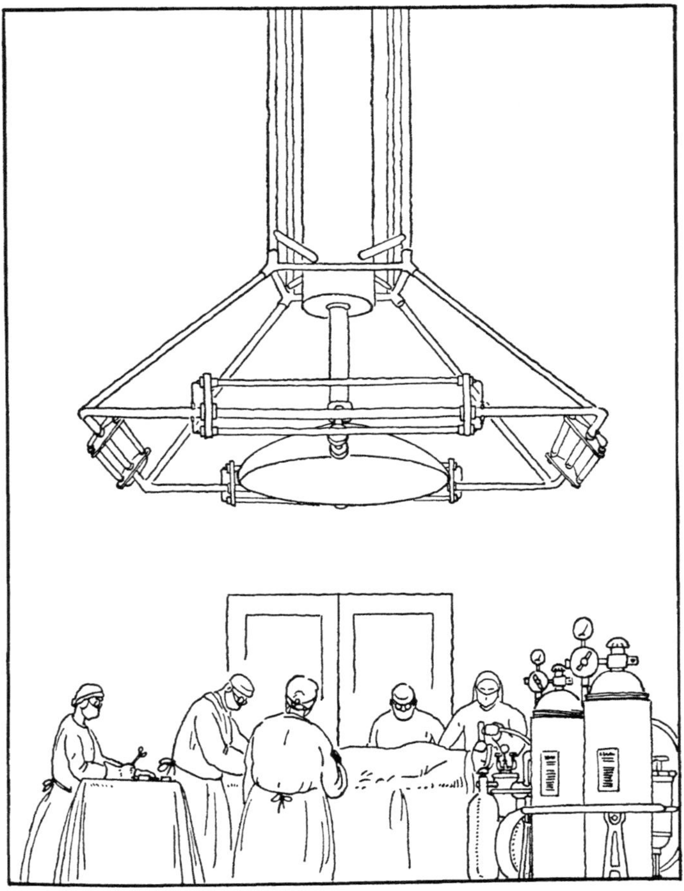

KAPITEL 9: AUF ÄRZTLICHE ANWEISUNG

Noch immer wurde Ausländern unser berühmtes Stadtkrankenhaus als Beispiel für den herausragenden Standard der deutschen Wissenschaft empfohlen. Sein moderner Operationssaal war hell und sauber, jedes Gerät schien aus Glas oder Stahl – und jeder Einrichtungsgegenstand erstrahlte in einer wie für seinen Zweck erfundenen Harmonie.

✦ ✦ ✦ ✦

DAS STADTKRANKENHAUS am Goetheplatz hatte bis vor kurzem einem katholischen Orden gehört. Die Schwestern, die es führten, hatten nicht nur eine gründliche medizinische Ausbildung – sie waren erfüllt von der Schönheit und Wichtigkeit ihrer Aufgabe. Sie besaßen neben einer unvergleichlichen Sanftheit eine große innere Fröhlichkeit und ließen sich von der Welt außerhalb der Krankenhausmauern nicht beirren. Die Beziehung zu den ihnen anvertrauten Patienten wurde weder von Ehrgeiz noch von Habsucht oder Eigennutz beeinträchtigt. Und wenn doch jemand den leichten Schritt, das Habit und die unverdrossen überirdische Ruhe der Schwestern für nicht ganz glaubwürdig oder natürlich hielt, so mußte er immerhin zugeben, daß es keine besseren und hilfreicheren

Pflegerinnen für die Kranken als ebendiese Mitglieder des katholischen Ordens gab.

Im Mai 1938 beschloß die Regierung Adolf Hitlers, das Personal unseres Stadtkrankenhauses zu «ersetzen». «Die frommen Schwestern», ließ der Führer eines Tages durch den *Anzeiger* verlauten, seien durch und durch korrupt. Nicht nur hätten sie Gold außer Landes geschmuggelt und nicht nur hätte es unziemliche Beziehungen zwischen ihnen und dem Chefarzt – einem Katholiken in den Mittsechzigern, dem monarchistische Neigungen nachgesagt wurden – gegeben: Sie hätten auch mindestens einen Mord auf dem Gewissen. (Im letzten Winter war ein hoher Parteifunktionär nach einer Tumoroperation in unserem Krankenhaus gestorben.) Kurz, es mußte etwas geschehen. Der Chefarzt floh, die Schwestern zogen aus, alles ohne die geringste Entschädigung für die finanziellen Einbußen des Ordens. Zwei oder drei Schwestern konnten ins Ausland fliehen. Andere wurden verhaftet und warteten vergeblich auf ihren Prozeß. Die «Beweismittel» des Staatsanwalts waren so dünn und so voller Lügen und wertloser Aussagen von Kindern, Schwachköpfen und Spitzeln, daß die Behörden keine reguläre Verhandlung riskieren wollten. Der Professor für Strafrecht an unserer Universität, Professor Habermann, hatte dringend von einer Verhandlung abgeraten, und die Behörden waren klug genug gewesen, auf ihn zu hören. Das hielt sie aber nicht davon ab, Professor Habermann im nächsten Semester seines Lehrstuhls zu entheben und seine Fakultät «bis auf weiteres» zu schließen. Es war ihnen bewußt, wie schwierig es werden würde, Habermanns Studenten in die Vorlesungen eines neuen, strammen Naziprofessors zu schicken.

Die Stelle des Chefchirurgen wurde nun Geheimrat

Prof. Dr. Scherbach angeboten. Dieser große Chirurg genoß internationales Ansehen und hätte sich auch in Paris, New York, Tokio oder Buenos Aires niederlassen können. Aber er zog es vor, in Deutschland zu bleiben. Er zögerte, als er das Angebot bekam. Dann nahm er an, vielleicht, weil unter seiner harten Schale ein weicher Kern steckte. Im sechsten Jahr von Hitlers Herrschaft nahm er seine Arbeit in der Stadt auf, in der er geboren und aufgewachsen war.

Professor Scherbach war körperlich ein Durchschnittsmensch, von mittlerer Größe, mittlerem Alter und unauffälligem Äußeren. Ein blonder Haarschopf grenzte an eine breite, intelligente Stirn. Seine vermutlich blauen Augen versteckten sich hinter dicken Brillengläsern. Sein Mund war breit, voll und lebenshungrig. Er war kräftig gebaut. Seine kräftigen, aber nicht mehr ganz glatten Hände waren die sorgsam gepflegten Hände eines Chirurgen und konnten so sanft wie Frauenhände sein. Abgesehen von seinem Beruf hatte der Professor zwei Leidenschaften: die Musik und die Bildhauerei. Er interessierte sich nicht im geringsten für Politik, auch wenn ihn sein Beruf mit allen möglichen sozialen Problemen in Berührung bringen mußte. Er machte seine Arbeit gut, außerordentlich gut, und er war ein gebieterischer, aber gutgelaunter Vorgesetzter. Er hatte nie geheiratet, wohl wegen seiner Abneigung gegen gesellschaftliche Verpflichtungen. In all den Jahren seines Dienstes in verschiedenen deutschen Städten hatte er eine enge Verbindung zu seiner Heimatstadt aufrechterhalten, wo er seine ersten Konzerte gehört und seine ersten Galerien besucht hatte.

Als Hitler an die Macht kam, weigerte Scherbach sich zu glauben, daß sich in Deutschland etwas geändert haben könnte.

«Unfug!» grummelte er. «Ein Kegelverein hat seinen Vorsitzenden gewechselt, mehr auch nicht.»

Dann zwang die Regierung alle jüdischen Ärzte, ihre Stellungen aufzugeben. Scherbach protestierte, weil er große Stücke auf seinen jüdischen Assistenten hielt. Aber er beschwerte sich nicht zu laut, und er war zu schlau – oder auch zu diskret –, um prinzipielle Fragen zu stellen. Er ließ die Behörden lediglich wissen, daß er, Geheimrat Prof. Dr. Scherbach, persönlich nicht auf die Dienste dieses jungen Mannes verzichten könne, und daß er von seinen zahlreichen Ämtern zurücktreten müsse, wenn man ihm Dr. Schlesinger wegnähme. Die Regierung gab nach. Scherbach, meinte man, war ein zu wichtiger, ein zu ausgezeichneter Mann – ein zu herausragendes Beispiel der arischen Herrenrasse –, um ihn wegen so einer geringfügigen Angelegenheit vor den Kopf zu stoßen. Erst fünf Jahre später, als die Welt sich hinreichend an die Methoden des Dritten Reiches gewöhnt hatte, wurde Dr. Scherbachs Ruf ans Stadtkrankenhaus zum Anlaß genommen, seinen Assistenten zu entlassen und gegen einen «Alten Kämpfer», einen gewissen Dr. Killinger, auszutauschen.

Es lohnt sich, einen Blick auf die Entwicklung Professor Scherbachs, dieses hochtalentierten Mannes von durchschnittlichem deutschem Charakter, in diesen Jahren zu werfen. Allem Anschein nach blieb sein Leben von den Ereignissen in der Welt um ihn herum vollkommen unberührt. Die Seminare, die er zweimal wöchentlich an der medizinischen Fakultät der Berliner Universität abhielt und die sich natürlich mit der Theorie und der Praxis der Chirurgie beschäftigten, hatten sich kaum verändert. Zwar enthielten die neuen medizinischen Fachbücher, die er in die Hand bekam, eine ganze Reihe dummer Anspielungen auf Rasse und Blut. Aber der berühmte Spezialist glaubte, solche Dinge ignorieren zu können. Er erlaubte sich ab und zu sogar einen Scherz darüber, wenn er beispielsweise seinen Studenten sagte:

«Und wenn kein Blut aus dieser Wunde fließt, meine Herren, ist der Zustand des Patienten bedenklich, egal, ob es arisches oder nichtarisches Blut ist, welches da nicht fließt. Notieren Sie das bitte!»

Aber die Scherze hörten schlagartig auf, als ein Student während einer Vorlesung Scherbachs aufsprang und unverschämt rief:

«Herr Professor, im Namen der Nationalsozialistischen Studentenschaft weigere ich mich, mir solche vulgären Scherze anzuhören, die auf Kosten des heiligsten Besitztums unserer Nation gehen!»

Scherbach lief rot an wie ein Schuljunge und schwieg. Auch während der Pause im Dozentenzimmer war er ungewöhnlich still. Als der gleiche junge Mann Monate später ins Examen ging, gab ihm Professor Scherbach eine viel bessere Note, als er verdient hatte – er konnte nicht sagen, warum.

Manchmal aber – und in der letzten Zeit immer häufiger – fühlte er sich irgendwie schmutzig; seine Hände waren klebrig und nicht recht desinfiziert. Er war ins Spiel der Nazis hineingerutscht und wußte nicht genau, wie. Hatte er die Revolution unterschätzt? Hatte er sie nicht ernst genug genommen? Oder hatte er es nur für unmöglich gehalten, daß sie so zerstörerisch in die Privatsphäre eines ausgezeichneten Professors hineinreichen könnte? Letzteres war vermutlich der Fall.

Seine Situation war die: Scherbach war begabt, klug und hochgebildet. Er war nicht nur ein Meister auf seinem eigenen Gebiet – wahrscheinlich konkurrenzlos in Deutschland –, sondern auch kein Dummkopf im allgemeinen, und er war bestens über Angelegenheiten unterrichtet, die normalerweise außerhalb der Wahrnehmung eines Chirurgen liegen. Er hatte profunde musikalische Kenntnisse. Sein Verständnis für die Probleme der Bildhauerei reichte weiter als das manches Künstlers. Aber – und das war der entscheidende Punkt in seinem Leben – es schien ihm recht und billig, eine klare und strikte Grenze zwischen seinen verschiedenen Interessensphären zu ziehen.

Was hat die Kunst mit der Chirurgie zu tun? fragte er sich. Und was zum Teufel geht es mich an, daß die neue Regierung eine neue Lebensphilosophie verkündet hat? Ich werde mich jedenfalls an die meine halten. Ich habe nicht die Absicht, die Regierung zu belästigen, und die Regierung wird mich ihrerseits mit Sicherheit nicht belästigen. Es verging einige Zeit, bevor der Professor insgeheim zugab, daß das gesamte Leben in Deutschland vollkommen verdorben war, seitdem der «totalitäre Staat» vergöttert wurde.

Zwar war der Professor nicht im geringsten am «Leben in seiner Gesamtheit» interessiert, solange es nur das Leben anderer betraf. Die Verfolgung von Juden, Katholiken und der politischen Opposition, die Verführung der Jugend, die vom Staatsoberhaupt praktizierte verbrecherische Außenpolitik – all das konnte den Seelenfrieden des fleißigen und brillanten Chirurgen nicht stören. Erfolgreich und wohlhabend, wie er war, konnte er es sich leisten, über das Leiden und die Dummheit anderer zynisch zu urteilen. Als aber seine eigenen Interessen und persönlichen Pläne angegriffen und auf abscheulichste Weise vom Staat beeinträchtigt wurden, durchlebte er einige unglückliche Augenblicke, in denen er bitter bereute, daß er nicht rechtzeitig richtig gehandelt hatte. Wir hätten *am Anfang* etwas tun können, dachte er, wenn wir deutschen Wissenschaftler uns nur zusammengetan und protestiert hätten. Mit unserem Protest hätten wir sicherlich etwas ausrichten können. Ich hätte der Sprecher dieser Protestbewegung sein können, und wenn sie in Deutschland zunächst gescheitert wäre, hätten wir draußen in der Welt Alarm schlagen können. Dann wäre wenigstens unsere Wissenschaft außer Reichweite dieser Ungeheuerlichkeit geblieben, die sie den totalitären Staat nennen.

Das Leben hatte ihn zum Umdenken gezwungen. Zum ersten Mal war er auf das kollektive Konzept des «Wir» gestoßen. Hatte er je zuvor in seinem Leben ein anderes Pronomen als «ich» benutzt, und immer nur «ich»? Zu spät, dachte er. Meine Diagnose kommt zu spät. Ich bin nun einmal Chirurg; die innere Medizin ist nicht mein Gebiet. Die Diagnose hätten andere stellen sollen, solange sie noch etwas wert war. Der Professor beruhigte sich mit diesen Parallelen aus seiner Wissenschaft. Das hätten andere tun sollen, schloß er seine Überlegungen. Warum sollte ausgerechnet ich, der große Scherbach, mich damit abgeben, der seinen Weg immer noch mehr oder weniger unbehelligt gehen kann?

Unglücklicherweise wurde bald deutlich, daß selbst er, der «große Scherbach», seinen Weg im Dritten Reich nicht unbehelligt gehen konnte. Die Behelligung beschränkte sich auch nicht auf staatliche Einmischung ins Theoretische – was die Machthaber das Weltanschauliche oder das Philosophische nannten. Es kamen ernsthafte Einmischungen in praktische Angelegenheiten vor. Nie hatte es der Professor für möglich gehalten, daß ein Arzt, daß ein Chirurg aus politischen Gründen, die «ihn nichts angingen», derartigen Unannehmlichkeiten ausgesetzt sein könnte.

Als unsere Stadt Professor Scherbach zum Chefchirurgen des Krankenhauses berief, waren ihm die wahren

Gründe für seine Einstellung unbekannt. Es war ihm lediglich mitgeteilt worden, sein Vorgänger sei inzwischen zu alt für seine Stellung, und unsere Stadt, die so stolz auf ihren großen Sohn sei, wolle ihn wiederhaben. Daher war Scherbach äußerst bestürzt, statt der katholischen Schwestern, die er als «erstklassiges Material» kannte und respektierte, ausschließlich Mitglieder der «braunen Schwesternschaft» vorzufinden, der Nationalsozialistischen Schwesternschaft, in der strenge Nazitreue mehr galt als professionelles Können. Die «braunen Schwestern» waren meist plumpe und laute junge Frauen, die nicht einmal wußten, wie man eine Tür leise zumachte, geschweige denn, wie man einen Verband zur Zufriedenheit des Arztes wechselte. Wenn ein Patient Schmerzen hatte oder Nervosität oder Ungeduld zeigte, sagten ihm die braunen Schwestern, unser Führer benötige keine Jammerlappen, und wenn der Patient es draußen in der Welt je zu etwas bringen wolle, dann solle er besser *sofort* mit dem Gestöhne aufhören. Wo die katholischen Schwestern unseren Herrn Jesus als Vorbild und Trost genannt hatten, sprachen die braunen Schwestern mit drohender Stimme von unserem Führer. Und zu allem Überfluß stellte Professor Scherbach empört fest, daß es nicht einmal genug von ihnen gab. Hatte es früher noch eine katholische Schwester für vier oder fünf Betten gegeben, mußte sich jede braune Schwester um sechs bis acht Betten kümmern.

«Das ist schlichtweg skandalös», sagte Professor Scherbach unserem Bürgermeister. Der nickte betrübt und versprach Abhilfe, war aber offensichtlich nicht in der Lage, sein Versprechen zu halten.

Die medizinische Kompetenz der untergebenen Ärzte war ebenso «skandalös», wie Scherbach häufig versicherte. Die verheerenden Folgen der politischen Einflußnahme auf *alle* Bereiche des deutschen Lebens erwiesen sich insbesondere bei der medizinischen Ausbildung. In gewissen deutschen Regionen, so zum Beispiel in Württemberg, gab es neue Verordnungen, daß nur Abiturienten mit dem Leibesübungszeugnis der SA zu den Prüfungen zugelassen werden durften. Um aber dieses Leibesübungszeugnis zu bekommen, mußte ein Jugendlicher seine gesamte Kraft, Zeit und Energie aufbringen. Es war undenkbar, daß ein Schüler, der diese Auszeichnung bekommen hatte, auch einen gründlichen wissenschaftlichen Unterricht hätte erhalten können. Daher war kürzlich entschieden worden, daß «Leibesertüchtigung» ein «Fach» von höchster Wichtigkeit für die Prüfungen sei. Hätte Scherbach die Tagespresse ein wenig aufmerksamer verfolgt, hätte er gewußt, daß ein Student, dessen schulische Leistungen ihm sonst ein einfaches «genügend» eingebracht hätten, für sehr gute sportliche Leistungen insgesamt ein «gut» bekam. Das Problem wurde in mehreren Kommentaren diskutiert: Wie konnte es angehen, daß unwissende und faule Schüler, die gute Turner waren, mit ausgezeichneten Abgangsnoten in die Welt hinausgeschickt wurden?

Die Erstsemester der medizinischen Fakultäten waren in ihrer Mehrzahl vollkommen unwissend; ihre Köpfe waren das logische Denken nicht gewöhnt. Hätten die Universitäten die Möglichkeit und die Erlaubnis gehabt, ihre Bewerber selbst auszuwählen, hätte sich der Schaden noch in Grenzen gehalten. Aber diese Erlaubnis bekamen sie nicht. Die neuen Herren in Deutschland verkürzten die medizinische Ausbildung um zwei Jahre. Die Fakultäten, die sich schon vor dieser Verkürzung vergeblich gefragt hatten, wie sie das nötige Wissen in die ungebildeten Köpfe bringen sollten, schlugen vor Verzweiflung über die neuen Vorschriften die Hände über dem Kopf zusammen.

«*Ich* bin nicht dafür verantwortlich», sagte Professor Scherbach, «wenn meine Studenten als unfähige, gefährliche und mörderische Metzger auf die hilflose Menschheit losgelassen werden. Da kann *ich* nichts machen.» Womöglich noch bedenklicher als die drastische Beschneidung der Ausbildungszeiten für reguläre Medizinstudenten war der neue rechtliche Status für Quacksalber und Naturheiler, der sie mit qualifizierten Ärzten auf eine Stufe stellte. Das Gesetz besagte, daß «die, die eine besondere Berufung zur Naturheilkunde verspüren, auf die Hochschulbildung oder jegliche Art von Prüfungen verzichten können».

Natürlich weigerte sich Professor Scherbach, Quacksalberei bei seinen Mitarbeitern zu tolerieren. Allerdings häuften sich die Fälle von Patienten, die von Quacksalbern direkt ins Krankenhaus kamen: hoffnungslose Vergiftungsfälle oder schlecht geschiente Gliedmaßen. Und niemand in Deutschland war mächtig genug, mit Aussicht auf Erfolg gegen solche gemeingefährlichen Kunstfehler zu protestieren. Unter fünf qualifizierten Medizinern, die ohnehin nur ungenügend ausgebildet waren, war ein Naturheiler, der gar nicht erst vorgab, qualifiziert zu sein.

Als wäre es nicht genug, aus der medizinischen Praxis in Deutschland ein übles Geschäft zu machen, verbot ein neuer Erlaß den Kassenpatienten, ihren Hausarzt mehr als einmal jährlich zu wechseln. Auch wenn der Hausarzt – oder der Naturheiler – sich als absolute Niete erwiesen hatte, wenn er Krebs als Grippe oder Grippe als Typhus diagnostiziert hatte, durfte der Kassenpatient nicht zu einem anderen, weniger gefährlichen Arzt wechseln.

Die niederschmetternden Auswirkungen der neuen Regierungspolitik auf die öffentliche Gesundheit und auf die Möglichkeit, diese zumindest auf ihren früheren Stand zurückzuführen, gefährdeten zunehmend Professor Scherbachs angeborene Fröhlichkeit.

«Es hat doch überhaupt keinen Sinn», sagte er sich eines Abends, als er den Tag bei einer Flasche Wein Revue passieren ließ. «Es hat nicht den geringsten Sinn, so noch weiterzumachen.» Sein Blick fiel auf einen Aufruf des Führers der Arbeitsfront, Dr. Ley, in dem es hieß, es sei «die höchste Pflicht jedes Volksgenossen, gesund zu bleiben». Scherbach wurde auf einmal von einem Lachkrampf geschüttelt. Er kicherte: «Aber die Volksgenossen weigern sich, ihre Pflicht zu tun. Sie weigern sich kategorisch, gesund zu bleiben.»

Es schien, als zeigten eben diejenigen «Volksgenossen» die größte Pflichtvergessenheit, die Dr. Ley unterstanden. Statistiken der Arbeitnehmerversicherungen zeigten, daß die Krankheitsfälle bei Arbeitern zwischen 1933 und 1936 um 20,3 Prozent gestiegen waren. Seit 1936 hatte es einen weiteren Anstieg um 12,9 Prozent gegeben. Das Reichsamt für Statistik konnte die Tatsachen nicht leugnen. «Die Arbeitsunfähigkeit von Arbeitern wegen Krankheit ist so stark angestiegen, daß sie einen permanenten Ausfall von 700 000 Arbeitern aus der Industrie darstellt.» Das alles wußte der Professor; er hatte es plötzlich erfahren, er, dem soziale Fragen einst so gleichgültig gewesen waren. Aber nun hatten sie sich ihm aufgezwungen – seiner Arbeit und seiner intimsten Privatsphäre. Es gab im Krankenhaus nicht genug Platz für alle Patienten, die um Aufnahme baten. Allein die Zahl der Unfälle, die zwischen 1935 und 1937 landesweit um 450 000 gestiegen war, bedeutete eine unerträgliche Belastung für das Krankenhaus. Die erzwungene Arbeitsbeschleunigung, ungelernte und unterernährte Arbeiter, unzureichende Sicherheitsmaßnahmen – all diese Gründe erklärten den Anstieg.

«Aber es bleibt ein Skandal», sagte Scherbach, der einen Arbeiter mit verbrannten Händen nach Hause schicken und jeden Tag zur Behandlung einbestellen mußte, weil im Krankenhaus kein Bett frei war.

«Es wird dem Burschen schon nichts ausmachen», meinte Assistenzarzt Killinger. «Ich habe sowieso den Verdacht, daß er sich absichtlich verbrannt hat, damit er eingeliefert werden kann.»

Bei diesen Worten stieg Scherbach die Zornesröte ins Gesicht.

«Natürlich wird es ihm etwas ausmachen, Sie Esel!» brüllte er. «Selbstverständlich kann es ihm etwas ausmachen, und unter bestimmten Umständen kann es ihn umbringen! Der Mann hat hohes Fieber, er sollte nicht herumlaufen. Ich würde ihn nicht einmal in den OP lassen. Ich würde strenge Bettruhe verordnen und dort seine Verbände wechseln lassen, wenn ich den Platz hätte. Aber so muß er aufstehen und in der überfüllten Straßenbahn herkommen. Wenn er in seinem Zustand keine Blutvergiftung bekommt, dann haben wir mehr Glück als Verstand, und Sie sagen: ‹Es wird ihm schon nichts ausmachen.› Sie Esel, Sie!»

Offensichtlich fiel ihm kein anderes Schimpfwort für den frohgemuten Killinger ein, der das Gewitter ruhig über sich ergehen ließ. Ich zahle es ihm schon heim, dachte sich der junge Mann. Ich zeig's ihm bei der erstbesten Gelegenheit.

Seltsamerweise ergab sich für Dr. Killinger nie die Gelegenheit, mit seinem Vorgesetzten abzurechnen. Der große Ärztemangel ließ die Regierung behutsam mit ihren wenigen fähigen Männern umgehen. Die Krankheitsziffern stiegen überall im Land, und mit diesem Anstieg ging eine immer geringere Zahl fähiger Ärzte einher. *Das*

Schwarze Korps äußerte sich in fast jeder Ausgabe über den Verfall der Volksgesundheit. «Geht rechtzeitig zum Arzt!» befahl ein Leitartikel in riesengroßen Buchstaben. «Es ist eine geradezu erschütternde Tatsache, daß die Reichszählung der Geschlechtskranken ergeben hat», hieß es weiter, «daß über 75 v. H. aller Männer irgendwann einmal eine Geschlechtskrankheit gehabt haben oder noch haben ... Denn namhafte Gelehrte haben berechnet, daß wir – allein auf das Altreich bezogen – jährlich etwa zwei Millionen Geburten durch die Folgen von Geschlechtskrankheiten verlieren.» Dazu forderte das *Schwarze Korps* in der Diskussion der notwendigen «Steigerung der Geburtenziffer», daß von nun an jeder Deutsche einen polizeilichen Gesundheitspaß mit sich führen und auf Verlangen vorzeigen sollte, was bis dahin nur für registrierte Prostituierte galt. Der Paß muß angeben, welche Geschlechtskrankheiten der Inhaber hatte oder hat; er muß regelmäßig überprüft werden, und es ist kein «Geschlechtsakt» zulässig, bevor nicht der Syphilisnachweis des auserkorenen Partners begutachtet ist.

Und es waren nicht nur Geschlechtskrankheiten, Berufskrankheiten und Unfälle, die in den letzten Jahren so stark angestiegen waren.

«Ich weiß nicht, was mit unserer Stadt los ist», sagte Dr. Killinger eines Tages. «Das muß ein ganz entartetes Pack sein. So viele Kranke gibt es doch nirgendwo sonst in Deutschland, oder?»

Professor Scherbach zuckte die Achseln.

«Hier», sagte er und nahm eine Fachzeitschrift von seinem Schreibtisch. «Sehen Sie sich das mal an, Doktor, und lernen Sie zur Abwechslung mal was.»

Dr. Killinger überflog hastig die Zahlen. «Diphtherie, 1933: 77 340 Fälle; 1938 (außer Österreich): 149 424 Fälle. Scharlach, 1933: 79830 Fälle; 1938 (außer Österreich): 114243 Fälle. Kinderlähmung, 1933: 1318 Fälle; 1938 (außer Österreich): 5757 Fälle.»

Der junge Arzt legte die Zeitschrift hin. «Meine Güte. Das ist stark!»

Scherbach musterte den jungen Mann kritisch und nickte einige Male kräftig: «Ja, das haut Sie um, was?» Den groben und abgehärteten Killinger hatte es keinesfalls umgehauen. Tief im Innern kümmerte ihn kaum etwas weniger als der Gesundheitszustand seines Volkes. Scherbach fuhr fort: «Sie sind absolut verblüfft, Sie sind überwältigt, junger Mann. Aber merken Sie sich, das ist nur das natürliche Ergebnis davon, wie die Dinge in unserem ‹neuen Deutschland› gehandhabt werden. Wenn die Leute a) zuwenig zu essen bekommen und sich b) andauernd überanstrengen, dann werden sie krank. Und wenn dann c) junge Ärzte nichts lernen und es d) noch nicht einmal genug von ihnen gibt, weil die ‹intellektuellen Beschäftigungen› mittlerweile in Ungnade gefallen sind, und es zusätzlich e) nicht genug Schwestern und Pfleger gibt, wenn es noch dazu f) nicht genug Platz für die Patienten und g) zuwenig Medikamente und hygienisch annehmbares Material gibt – dann werden die Kranken nicht gesund, sondern noch kränker. Ist das klar?»

Killinger runzelte widerwillig die Stirn und ließ die kurze Ansprache ohne Kommentar über sich ergehen. Dann sagte er: «Na, dann geh ich mal runter und sehe nach meinen armen, vernachlässigten Patienten», und verließ den Raum.

Scherbach setzte sich an den Tisch und begann den *Anzeiger* zu lesen. «Musik gegen Bakterien», stand dort schwarz auf weiß, und der Professor putzte seine dicken Brillengläser, weil er meinte, nicht richtig zu sehen. In dem Artikel war zu lesen: «Viele Forscher bemühen sich, die Heilwirkung der Musik zu ergründen … In einer arbeitsfrohen Zeit wie der unsrigen, die große Anforderungen an die Widerstandskraft des Nervensystems stellt, ist es begreiflich, daß immer neue Beruhigungs- und Stärkungsmittel auftauchen, die jedem helfen wollen, gesund zu bleiben … Wem aber gibt die Musik den Tod? Den Fäulnisbakterien!» Und so weiter.

«Das ist ja zum Verrücktwerden», sagte Scherbach laut. «Man könnte aus der Haut fahren, was diese Burschen schreiben dürfen, ohne ins Gefängnis zu müssen. ‹Musik gegen Bakterien.› Einfach mörderischer Schwachsinn!»

Er zerknüllte den *Anzeiger* und griff nach der Zeitschrift des Nationalsozialistischen Deutschen Ärztebundes, von der er sich ein wenig mehr berufliches Ethos versprach. Ein Arzt namens Jehn, ein Professor in der chirurgischen Klinik der Universität Marburg, hatte einen Artikel über die «Notwendigen Materialeinsparungen in den Krankenhäusern» veröffentlicht. Statt ihre Hände wie üblich zu desinfizieren, indem sie sie in Alkohol und Desinfektionslösung wuschen, sollten Ärzte nun die «Kurzdesinfektion» anwenden, um «Seife, Alkohol und Desinfektionslösung» zu sparen. In bezug auf das Vernähen von Wunden und die Verwendung von Katzendarm und Seide wurde dringend empfohlen, die Fäden nicht zu lang zu lassen: «Ein Faden von achtzehn bis zwanzig Zentimeter Länge ist für oberflächliche Nähte ausreichend.» Um Verbandsmaterial zu sparen, wurde den Ärzten empfohlen, ein «vollkommen genügendes» Pflaster zu verwenden. «Warum brauchen wir eine ganze Mullbinde», fragte Professor Jehn, «und darüber hinaus ein bis zwei Lagen Zellstoff, der mit Klebeband befestigt werden muß? Wir müssen immer die Notwendigkeit zum Sparen im Kopf haben, denn das Eigentum des Staates ist wieder zum Eigentum jedes einzelnen Deutschen geworden.»

Scherbach umklammerte immer noch den zerknüllten *Anzeiger* in der Rechten und schlug mit der Faust auf den Tisch. Aber er las die Empfehlungen von Professor Jehn weiter, die ihn wegen der ungeheuerlichen Bedrohung der Volksgesundheit faszinierten. «Zu häufiges Wechseln des Verbandes sollte vermieden werden», versicherte der Professor und empfahl weiter, daß statt Zellstoff auch «Moos» verwendet werden könne. War dieser Marburger Arzt der einzige, der solche Vorschläge machte? Keineswegs! Chefarzt Dr. Kallius vom Landeskrankenhaus im sächsischen Zwickau hatte ein ganzes Arsenal drastischster Einsparungsvorschläge parat. Der Zwickauer Wissenschaftler war besonders am Brennstoffsparen interessiert, und er war der Ansicht, die Zeit sei gekommen, das sinnlose und außergewöhnliche Händewaschen mit heißem Wasser aufzugeben, da warmes Wasser von dreißig Grad den Zweck vollkommen erfülle. Weiterhin schlug er vor, daß von nun an ein Stück Seife in ein feines Netz am Waschbecken aufgehängt werden sollte und der Arzt seine Hände nur an diesem Netz abzureiben brauchte, um die Hände zu säubern.

Der Professor blinzelte hektisch. Mein Gott, dachte er. Mein Gott! Wo soll das alles enden? Wie werden wir die ausbrechenden Epidemien bekämpfen? Wie werden wir die Verwundeten im Krieg versorgen, wenn wir diese fürchterlichen Vorschriften schon im Frieden befolgen müssen? Schließlich warf er beide Schriften, den zerknüllten *Anzeiger* und das medizinische Journal, in den Papierkorb. Dann nahm er die Brille ab und stützte seinen brennendheißen Kopf in die Hände.

Es war der 24. Dezember, und wenn nichts Außergewöhnliches geschah, würde Professor Scherbach früh das

Krankenhaus verlassen, nach Hause gehen und den Heiligen Abend in Ruhe bei einer Flasche Wein feiern. Er würde ganz allein sein, und so gefiel es ihm am besten. Ihm fiel niemand ein, den er an diesem Abend um sich haben wollte. Das Krankenhaus ist voll, dachte er; wir hätten für keinen einzigen neuen Patienten mehr Platz. Ich habe meine Runden gemacht, und es sind keine Eingriffe mehr vorgesehen. Er war schon dabei, seinen weißen Ärztekittel gegen sein braunes Jackett zu tauschen, als Dr. Killinger ohne anzuklopfen ins Zimmer stürmte. Ihm auf den Fersen war ein aufgebrachter, zerzauster Jugendlicher, dessen feuchtes Haar herabhing und an seinem blassen, schmalen Gesicht klebenblieb. Scherbach, in Hemdsärmeln und mit dem braunen Jackett in der Hand, stampfte laut mit dem Fuß auf.

«Ruhe!» rief er. «Wie können Sie es wagen ...» Dann unterbrach er sich; da war etwas im Gesicht des Jungen, das ihn verstummen ließ.

Killinger machte den Mund auf, als wollte er erklären und sich verteidigen, aber der Junge konnte nicht warten. Leichtfüßig und geschmeidig wie eine Katze sprang er auf den Arzt zu und flüsterte ihm ins Ohr: «Sie müssen meine Mutter aufnehmen, verstehen Sie? *Sie müssen!* Meine Mutter sitzt unten in einem Taxi; sie ist halb gelähmt, und ich glaube, sie hat den Verstand verloren. Der Arzt hier sagt, es gebe keinen Platz für sie, aber es muß doch Platz sein. Und Sie nehmen sie doch auf, nicht wahr?»

Scherbach tat so, als sei nichts Ungewöhnliches an diesem Eindringen und als gehöre er, der Chefarzt, zum Aufnahmepersonal; er fragte mit professioneller Stimme: «Ihr Name? Der Name Ihrer Mutter? Wann ist die Lähmung eingetreten? Wann hat sie den Verstand verloren?»

Killinger wollte unterbrechen, aber der Professor ließ

ihn mit einer Geste verstummen. Friedel Murks erzählte die Geschichte immer noch flüsternd, aber mit zitternd gespannter Genauigkeit. Scherbach forderte ihn auf, sich zu setzen, aber Friedel hörte ihn nicht.

«Und heute morgen», flüsterte er, «heute morgen hat sie mich nicht erkannt, und sie hat Behrens immer noch für Max gehalten. Sie kann sich auch nicht mehr richtig bewegen. Wir haben sie ins Taxi hinuntergetragen, und da mußte sie schrecklich lachen ...» Er schluckte.

Scherbach wandte sich Killinger zu. «Der Patient in Zimmer 118 kann verlegt werden, nicht wahr?» fragte er.

Killinger begann zu stottern. «Aber – aber der Patient in Zimmer 118 ist SA-Standartenführer, und er hat hier in der Stadt keine Bleibe –»

«Dann muß er in ein Hotel gebracht werden», sagte Scherbach. «Das Zimmer muß *sofort* für die neue Patientin freigemacht werden, haben Sie verstanden?»

Erst jetzt sank Friedel auf einen Stuhl.

«Gott sei Dank!» sagte er, und es waren die ersten Worte, die er nicht geflüstert hatte.

Nach einem kurzen Blick auf die kichernde neue Patientin in Zimmer 118 schickte der Professor Friedel hinaus.

«Muß sie sterben?» fragte ihr Sohn, der an der Tür stand.

Der Professor gab ihm keine Antwort.

«Gehirnblutung», sagte er zu Killinger. «Machen Sie eine Luminalspritze fertig, Eisbeutel, Aderlaß – verdammt, machen Sie schon, Mann!»

Den ganzen Nachmittag bis in den Abend des 24. Dezember saß der Professor am Bett von Frau Murks. Sie hatte aufgehört zu lachen. Das Luminal und der Aderlaß hatten ihre beruhigende Wirkung gezeigt, aber sie konnte nicht sprechen und atmete nur schwer. Bis jetzt hatte sie noch kein Fieber. Der Professor wechselte selbst den Eisbeutel auf ihrer Stirn. Die diensthabende Schwester ging und schüttelte den Kopf. Es war deutlich, daß der Professor mit der neuen Patientin allein sein wollte. Draußen vor der geschlossenen Tür war die Schwester erstaunt, den Professor sprechen zu hören. Die tiefe männliche Stimme war voller tröstender Zärtlichkeit, als er die kranke Frau ansprach.

«Können Sie mich hören?» fragte der Professor. Die Frau im Bett konnte nicht nicken, aber sie blinzelte mit ihren weit offenen Augen, die auf den Arzt gerichtet waren. Er wußte, sie konnte ihn hören. «Das ist eine furchtbare, verabscheuungswürdige und unverzeihliche Geschichte. Glauben Sie nicht, daß wir das noch länger dulden. Ich bin mit der Absicht hiergeblieben, Ihnen das zu sagen – weil ich Ihnen sonst nicht viel helfen kann.»

Von der Frau im Bett kam ein leises Geräusch; es kam wohl tief aus ihrer Lunge und wurde von einem leichten Pfeifen begleitet. Der Professor hob ihren Kopf an und fühlte zart ihre Wangen. «Fieber», sagte er laut und dachte: Die Lunge. Das hatte ich befürchtet.

Die Augen der Frau blinzelten ihn erwartungsvoll an, als wollten sie ihn bitten, dort fortzufahren, wo er aufgehört hatte.

«Ich kenne Ihre Geschichte», sagte er, «und es ist nicht die einzige, die ich kenne. Sie sind nicht allein, Frau Murks, und Ihre Söhne sind auch nicht allein, weder Ihr toter Sohn noch Ihr lebendiger, der noch das Ende und den neuen Anfang erleben wird. Hören Sie, was ich sage?»

Die Frau begann leise zu stöhnen, und die Anstrengung, sich im Bett umzudrehen, ließ ihren Körper nur leicht zukken. Ihr Gesicht war jetzt krebsrot, ihr Fieber stieg, aber sie hatte immer noch dieses gespannte Glitzern in ihren Augen.

«Wir sind alle schuld daran», sagte Professor Scherbach und beugte sich über sie. «Ich bin hiergeblieben, um Ihnen zu sagen, daß ich das weiß.»

Dann senkte er seine Stimme, als spräche er mit sich selbst: «Jetzt und hier fühle ich mich zum ersten Mal seit Gott weiß wie langer Zeit wieder wie ein anständiger Mensch.»

Die Frau litt Schmerzen. Sie war bei vollem Bewußtsein, das konnte der Arzt an ihren Augen erkennen. Er sprach weiter mit ihr.

«Ich werde mich um Ihren Sohn Friedel kümmern», sagte er. «Machen Sie sich um Ihren Jungen keine Sorgen. Ich schicke ihn weiter zur Schule und sehe zu, daß er ins Ausland kommt. Oder er kann auch hierbleiben und das ‹Ende› mit vorbereiten, den Sturz der falschen Götzen. Aber ich sorge dafür, daß ihm nichts passiert, daß es ihm an nichts fehlt und daß er zu einem ordentlichen jungen Mann wird, damit er etwas mit seinem Leben anfangen kann – das verspreche ich Ihnen, Frau Murks.»

Der Mutter liefen Tränen über das gerötete Gesicht, aber Augen und Gesicht blieben unbeweglich.

«Warten Sie», sagte der Arzt. «Ich gebe Ihnen etwas.»

Er ging in den Flur und gab der diensthabenden Schwester eine Anweisung. Sie ließ ihn diese wiederholen.

«Das ist eine Überdosis», sagte sie, als sie ihm die Spritze gab. «Das ist viel zuviel.»

Professor Scherbach schickte sie weg, und sie ging.

«Ich werde Ihnen jetzt helfen», sagte er, dann machte er den rechten Arm der Kranken frei, legte einen festen Verband an und betupfte die Haut mit einem alkoholgetränkten Wattebausch. «Gleich wird es Ihnen bessergehen.»

Es gab keine Hoffnung, dachte er, als er die Spritze setzte. Sie hätte die Nacht womöglich noch überstanden, vielleicht auch noch den Weihnachtstag, aber was für eine Nacht und was für ein schrecklicher Tag wäre das für sie gewesen. Natürlich hätte ich sie selbst holen können, statt mir die Überdosis von der Schwester bringen zu lassen. Aber diese eine Nacht wollte ich rein bleiben und mit dem Versteckspiel aufhören … Ganz vorsichtig zog er die Nadel aus dem Arm der Kranken.

Das intravenös verabreichte Morphium tat sofort seine Wirkung. Aus dem Gesicht der Frau verschwand die Anspannung, und sie schloß die Augen. Der Arzt hielt ihre rechte Hand und fühlte, wie der Puls schwächer und schwächer wurde, bis er zu schlagen aufhörte. Langsam ging das Fieber aus dem stillen Körper zurück und danach jede Spur von Wärme. Der Mund der Frau, eben noch qualvoll geöffnet, hatte sich geschlossen. Auf ihren Lippen lag ein schwaches Lächeln, aber das Gesicht der Toten war nicht länger das gleichmütige Antlitz der guten Frau Murks. Das Muttergesicht war wunderschön; die Stirn hatte sich geglättet und strahlte. Sie sah aus wie eine Kinderstirn, wie die Stirn des Sohnes, den man erschossen hatte, als sein Schiff in den Hafen einlief.

Leise, als wolle er den Schlaf der Toten nicht stören, ging Professor Scherbach auf den Flur.

«Es ist gut», sagte er der Schwester. «Es ist vorbei.»

Friedel saß unten auf der Steintreppe vor dem Eingang in der Kälte und wartete.

«Es ist vorbei», sagte der Arzt. «Geh nach oben.»

Friedel regte sich kaum; er ließ nur den Kopf hängen. Dann blickte er von unten nach oben mitten ins Gesicht des Arztes.

«Haben Sie *alles* getan?» fragte er.

«*Alles*», antwortete der Arzt und fügte kaum hörbar hinzu: «Alles – und noch ein bißchen mehr.»

Doch Friedel hatte seine Worte gehört. Er stand auf und streckte die Hand aus.

«Danke. Es ist besser so.»

Scherbach hatte die Hände tief in den Manteltaschen vergraben und ging durch die Straßen. Die Häuser waren schon dunkel; nur hier und da schimmerte ein Weihnachtsbaum im Fenster.

«Ja, es ist besser so», sagte er, hob den Kopf und starrte den bedeckten Himmel durch seine dicken Brillengläser an. «Was auch geschieht, es wird gut sein – es wird tausendmal besser sein.»

KAPITEL 10: WENN DIE LICHTER AUSGEHEN

Das Leben in unserer Stadt ging weiter. Ihr geschäftiges Zentrum war eindrucksvoll, die Landschaft drum herum beschaulicher. Dort war es friedlich: große Wiesen, sanfte Hügel, stille Wasserläufe. Man konnte jeden beneiden, der in einem dieser einfachen Häuser gut versteckt hinter Bäumen und Sträuchern lebte.

✦ ✦ ✦ ✦

PARTEIGENOSSE Hans Gottfried Eberhardt war Literaturredakteur beim *Anzeiger*, unserer wichtigsten Morgenzeitung. Er hatte diesen anständigen, gutbezahlten Beruf kurz nach der Machtergreifung der Nazis, also Anfang 1933 bekommen. Die Einstellung erfolgte teils als Belohnung für treue Dienste am Nationalsozialismus und teils deswegen, weil alle seine Schriften den Geschmack von Erde hatten – er war ganz vom deutschen Blut-und-Boden-Denken durchdrungen. Als Schriftsteller war er das ganze Gegenteil der sogenannten «Asphaltliteraten», der Kulturbolschewisten. Hans Gottfried Eberhardt schrieb Jagdgeschichten und hatte es in diesem Genre schon während der Republik zu einem bescheidenen Ruf gebracht. In seinen Büchern gab es bezaubernde Landschaftsbeschreibungen, lebendige Skizzen des zarten Rehs, des stolzen

Hirschs und der fetten Wildgänse, auf die der Jäger wartet, «wenn die grauen Morgennebel noch wie ein Silberschleier über den Tälern liegen und Tautropfen wie Perlenketten an den Halmen hängen».

Hans Gottfried Eberhardt war ein bescheidener Mensch und hielt sich nicht für einen großen Künstler. Er war wegen seiner Abneigung gegen Juden Parteimitglied geworden und weil er besonders diejenigen Schriftsteller nicht leiden konnte, die zu schlau, zu wendig und zu aufgeweckt waren. Er hatte das Gefühl, unter ihnen seien die Juden besonders stark vertreten, und sie nähmen alles auseinander, betrachteten das Leben immer nur negativ und zögen aus purer Effekthascherei die heiligsten Dinge in den Dreck. Er hatte sich von der Machtergreifung der Nazis eine reinigende Wirkung auf die Literatur in Deutschland erhofft. Er wünschte sich die Geburt eines neuen Idealismus, eine erneuerte Wertschätzung derjenigen Institutionen und Ideale, die ihm so am Herzen lagen: Heimat und Ehre, Aufrichtigkeit und Mut, alte Sitten und Bräuche, Männerfreundschaft, die Verehrung der Frau als Hüterin des Herdfeuers.

Seine Bücher und gelegentlichen Beiträge in Freizeitmagazinen hatten ihm gerade genug eingebracht, um sich und seine Familie zu ernähren. Als Literaturredakteur des *Anzeigers* verdiente er nun fünfhundert Mark mehr im Monat und war vollkommen zufrieden damit. Er hatte das Haus am Waldrand außerhalb der Stadt behalten können. Jetzt, wo er sich ein Auto leisten konnte, war seine tägliche Fahrt in die Stadt ein angenehmes Zwischenspiel, um die Gedanken für seine Arbeit zu sammeln. Abends freute er sich, wenn er die Straßen und Menschenmengen hinter sich lassen und auf seinen Landsitz zurückkehren konnte.

«Sieh mal da draußen», sagte er zu seiner Frau und

zeigte zum riesigen Atelierfenster, das fast die gesamte Stirnseite des Eberhardtschen Hauses einnahm. «Schau mal! All das ist unser eigenes Reich. Der stille Kanal, das dunkle Torfmoor, die leuchtende Wiese und die dunklen Wälder, unser Reich. Hier gibt es keine Herrscher außer dir und mir.» Seine Frau lächelte. Frau Eberhardt war eine hübsche, ruhige Frau. Ihre dunklen, schweren Zöpfe legten sich wie eine Krone um ihren Kopf, und ihr Bauernkleid bekam durch ihre geschickte Schmuckauswahl, die Holzperlenkette und die alte Korallenbrosche, eine künstlerische Note.

Im Haus am Wald gab es drei Kinder, zwei Töchter von sechs und vier Jahren und Hans Adolf, der elf Monate alt war, als sein Vater Literaturredakteur beim *Anzeiger* wurde.

Am ersten Geburtstag des Jüngsten, der nach dem Vater und nach dem Führer benannt worden war, gaben die Eberhardts ein Fest. Alle Nachbarn waren eingeladen. Aus der Stadt kamen Freunde – Maler, Schauspieler und Schriftsteller. Mitten im Wohnzimmer stand ein riesiges Faß Bier. Die sechsjährige Diana – «Ihre Patin ist die Göttin der Jagd», sagte ihr Vater stolz – und die vierjährige Elfi – sie war nach den Elfen benannt, die, wie ihr Vater ernsthaft versicherte, jede Nacht im nahen Moor Ringelreihen tanzten – sagten die Verse auf, die ihr Vater zu Ehren des Tages gedichtet hatte. An der Stelle, da es vom Führer hieß, er sei «der Herrscher und Beschützer, der jetzt und immer unsichtbar um uns ist», reckten die Kinder den rechten Arm in die Höhe. Dies erschreckte den einjährigen Urheber der Feier, der in seinem geblümten Kinderstühlchen zwischen den Gästen saß, so sehr, daß er zu weinen begann.

Um acht wurden die Kinder ins Bett gebracht, und die Erwachsenen feierten weiter. Frau Eberhardt, mit ihrer frischen Gesichtsfarbe und in einem Dirndlabendkleid aus altem Brokat bezaubernd anzusehen, und die junge Greta Metz, die Operettenentdeckung unseres Stadttheaters, machten die Honneurs des Abends. Fräulein Metz trug ein rosafarbenes Satinkleid, das nach ihrem eigenen Bekunden ausgezeichnet zu ihrem «grazilen Typ» paßte. Ihr platinschimmerndes Haar war aufwendig gewellt, darauf trug Fräulein Metz eine glitzernde Tiara, die Anlaß zu einigen Neckereien gab. Eine Situation trat ein, die den Abend zu sprengen drohte, und Herr Eberhardt hatte alle Hände voll zu tun, um das Schlimmste zu verhindern. Greta Metz war beleidigt, und es fielen Worte, die ans politisch Bedenkliche grenzten.

«Sie hatten zuviel zu trinken», flüsterte Frau Eberhardt mit besorgtem Blick ihrem Mann zu und ging Kaffee kochen, während sich der Gastgeber bemühte, wieder eine freundliche Atmosphäre herzustellen.

Folgendes war geschehen: Einer der Gäste, seines Zeichens Maler und geheimer Bewunderer von Fräulein Metz, hatte die Aufmerksamkeit auf ihre Tiara gelenkt und lachend versichert, «unser verehrter Gauleiter» habe den Kunstgeschmack eines Ludwig II. von Bayern.

«Schmuck steht einer Frau immer gut», rief er. «Aber ein wenig Geschmack wäre angebracht. Du als Künstlerin», wandte er sich Greta zu, «solltest es nicht zulassen, daß jemand deinen hübschen Kopf lächerlich aussehen läßt, der nicht den geringsten Geschmack hat – auch wenn er noch mächtiger ist als der Gauleiter persönlich.»

Fräulein Metz leugnete das rundheraus.

«Die Tiara habe ich von meinem Schwager», sagte sie. «Der Mann meiner Schwester hat sie mir vor kurzem gekauft.»

Aber unsere Stadt war zu klein und der Gauleiter zu

groß, als daß dergleichen unbemerkt bleiben konnte. Jeder im Zimmer wußte, von welchem Juwelier die Tiara kam und wer der Mittelsmann gewesen war. Auch wußte jeder, daß Greta Metz, die als feste Freundin und zukünftige Frau des Theaterdirektors galt, beinahe ihre Stellung verloren hatte, weil sie gegenüber den Annäherungsversuchen des Gauleiters kühl geblieben war. Dem Maler ging die Situation besonders nahe, und er weigerte sich, das Thema fallenzulassen.

«Greta», sagte er, «sei mal ehrlich. Unser Stadttheater ist auf dem absteigenden Ast – nicht nur künstlerisch, weil der Gauleiter keinen Geschmack und der Direktor kein Rückgrat hat, sondern auch moralisch, weil ihr alle nach der Pfeife des Gauleiters tanzen müßt. Unser Stadttheater ist eine Institution geworden, aber im schlechtesten Sinne – und das nur für Uniformierte. Jeder SA-Mann kommt und nimmt sich, was er will, und gnade Gott euch ‹freien Künstlern›, wenn ihr nicht so denkt ...»

An dieser Stelle versuchte der bestürzte Gastgeber, den Redefluß zu stoppen.

«Mein lieber Gustav!» rief er. «Hast du denn völlig deinen Sinn für Humor verloren? Uniformen gehören doch ins Theater, sie runden das Bild ab. Und warum sollten die freien Künstler nicht so denken? Unsere SA-Männer sind gutaussehende Burschen, und was unseren Gauleiter angeht ...»

«Würdest du den mit seinem Bierbauch und seinen O-Beinen auch einen gutaussehenden Burschen nennen?» lachte der Maler. «Komm, Greta, sei ehrlich, findest du das?»

Greta drehte ihm ohne zu antworten den Rücken zu. Statt dessen ergriff der Chefredakteur des *Anzeigers*, Eberhardts Vorgesetzter, das Wort.

«Nehmen Sie sich zusammen», riet er dem aufgeregten Maler, «Sie reden sich noch um Kopf und Kragen.»

Der Maler, der inzwischen einen hochroten Kopf hatte, strengte sich sichtlich an und schluckte herunter, was ihm auf der Zunge lag.

«Es war nur ein Scherz», sagte er. «Das wird doch wohl noch erlaubt sein.»

Eberhardt seufzte erleichtert. In diesem Augenblick kam seine Frau mit dem dampfenden Kaffee herein, und der Friede war wiederhergestellt.

Nachts im Bett sprachen die Eberhardts noch über die Feier und den Zwischenfall.

«Kannst du dir das vorstellen?» fragte der Schriftsteller, nachdem er erzählt hatte, was geschehen war, während seine Frau den Kaffee gekocht hatte. «Ich wußte gar nicht, wo ich hinsehen sollte.»

Die schweren schwarzen Zöpfe von Frau Eberhardt lagen auf der Decke; sie hatte die Hände gefaltet und sah nachdenklich nach oben. «Die Zustände im Theater, in der Stadt und in Deutschland überhaupt sind nicht schön. Aber vielleicht ist es ja nur vorübergehend, und es hat ja auch keinen Sinn, sich über etwas aufzuregen, was man sowieso nicht ändern kann.»

Ihr Mann nickte. «Ich hoffe, der Chef nimmt es nicht übel. Aber das war weiß Gott nicht meine Schuld.»

Die feuchte, kühle Nachtluft strich durchs offene Schlafzimmerfenster. Der Mond am Himmel war beinahe voll. Seine Strahlen fielen auf die beiden schmalen Betten der Eheleute. Die Tür zum Kinderzimmer stand offen. Die Mutter glaubte, sie könne das Atmen aller drei Kinder unterscheiden. In Wirklichkeit war aber kein Laut in der Nacht zu hören.

Es war nicht leicht, Journalist in den «großen Zeiten» zu sein, die für Deutschland angebrochen waren. Das wurde auch Hans Gottfried Eberhardt, dem Verfasser von Jagdgeschichten, immer wieder klar. Seine Natur- und Tierbeschreibungen fanden in höheren Kreisen immer noch Anklang. Aber seitdem er nicht mehr nach eigener Lust und Laune schrieb und auf Regierungsanweisung pünktlich zum Abgabetermin liefern mußte, hatte er nur noch wenig Freude an seiner Arbeit. Darüber hinaus war er ein Mensch mit Augen im Kopf und einer gewissen Grundehrlichkeit; worüber er still hinweggehen mußte, quälte ihn mehr als das, worüber er zu schreiben hatte.

Das kulturelle Leben unserer Stadt – das Programm des Stadttheaters, die Lehrpläne der Schulen und der Universität, die Haltung der Kirche – all das gehörte zum Ressort des Literaturredakteurs. Doch war es schwierig, ein Thema zu erörtern, wenn nicht nur die leiseste Kritik strengstens verboten war, sondern auch das Thema an sich häufig tabu und seine bloße Erwähnung schon gefährlich war.

So lagen die Dinge im Jahr 1936. Die Entwicklung vollzog sich langsam, so daß Hans Gottfried Eberhardt nicht hätte sagen können, wann man ihm zum ersten Mal Grund zur Besorgnis und zur Verärgerung gegeben hatte. Er konnte sich genau erinnern, daß er 1935 einen kurzen Artikel geschrieben hatte, in dem er äußerst vorsichtig und chiffriert den Führer kritisiert hatte. Der Anlaß und das tatsächliche Thema war ein Unfall, der sich außerhalb der Stadt ereignet hatte. Ein Busfahrer hatte die Kontrolle über seinen vollbesetzten Bus verloren und war in den Graben gefahren. Redakteur Eberhardt hatte sich ausführlich darüber ausgelassen, daß ein «verantwortungsloser Fahrer» die öffentliche Sicherheit gefährdete.

«Die unschuldigen und vertrauensvollen Fahrgäste», so

schrieb er, «vertrauen blind dem Mann, der sie an ihr Ziel bringen soll. Der fährt viel zu schnell, entweder aus falsch verstandenem Stolz oder weil er schlicht sein Handwerk nicht versteht. Er achtet nicht auf die Kurven oder auf andere Gefahren. Er verliert die Gewalt über das Fahrzeug, das sich selbständig macht, und erst jetzt erkennen die Fahrgäste, daß der Fahrer sie im Stich gelassen hat. Sie wollen aussteigen, sie wollen sich retten. Aber es ist schon zu spät. Der mit Männern, Frauen und Kindern vollbesetzte Bus schleudert in den Graben. Gott helfe den Fahrgästen, die sich einem solchen Fahrer anvertrauen und nicht *rechtzeitig* – wenn der erste Fehler vorkommt – feststellen, daß sie sich in Gefahr befinden und daß ein *Fahrerwechsel* absolut zwingend ist.»

Dieser Kommentar des Literaturredakteurs erschien kleingedruckt auf der vierten Seite des *Anzeigers*. Trotzdem erregte er in verschiedensten Kreisen unserer Stadt Aufsehen. Der Zeitungsausschnitt ging von Hand zu Hand und wurde unter Freunden aufgeregt diskutiert. Niemand zweifelte daran, wen der Redakteur mit dem «Fahrer» gemeint hatte. Zu Eberhardts Erstaunen verfolgten die örtlichen Behörden die Verfehlung gar nicht. Nicht einmal sein Chef stellte ihn zur Rede. Schon nach kurzer Zeit war der Vorfall vergessen.

Monate und Jahre vergingen. Hans Adolf war jetzt fünf Jahre alt; er war ein bezaubernder blonder Bub mit dunklen Augen und schöner brauner Haut. Laut Vorschrift war es nötig, ihn jeden Tag zwei Stunden lang in den Kindergarten zu schicken, auch wenn Frau Eberhardt ihn lieber zu Hause behalten hätte. Die junge Frau, die von den Nazibehörden zur Leitung des Kindergartens bestimmt worden war, hatte aber persönlich die Eberhardts aufgesucht und ihnen nahegelegt, das Kind schon frühzeitig an das «gemeinsame Leben mit seinen kleinen Volksgenossen» zu gewöhnen. Und Redakteur Eberhardt hatte nicht gewagt, ihre Forderung abzulehnen. Diana und Elfi waren jetzt selten zu Hause. Abgesehen von der Schule war da der BDM, der Bund Deutscher Mädel, mit all seinen Kursen, Übungen und Ausflügen. Und in der Tat wäre es Frau Eberhardt schwergefallen, ihren Kindern die Zeit zu widmen, die sie brauchten. Auch sie verbrachte einen großen Teil ihrer Tage und einige Abende in der Woche mit ihren Pflichten in der NS-Frauenschaft, schon bevor sie 1938 als Arbeiterin in die Metallfabrik «eingezogen» wurde.

In jenen Jahren sprach Eberhardt kaum einmal von seinem «eigenen Reich». Tatsächlich hatte er gar kein eigenes Reich mehr, denn alles unterlag nun den Befehlen des Führers und seiner Trabanten. Nahe beim Eberhardtschen Haus lagen jetzt die Holzbaracken des Konzentrationslagers. Der Blick aus dem großen Atelierfenster war dadurch nicht mehr so schön. Denn obwohl man einräumen mußte, daß Staatsfeinde mit aller Strenge zu behandeln sind, waren die Baracken doch traurige Zeichen ihrer Zeit.

«Laß unseren Hansi nicht alleine draußen vor dem Haus herumlaufen», bat Herr Eberhardt seine Frau. «Da treibt sich so manches Pack herum, seit sie gegenüber die Baracken gebaut haben.»

Frau Eberhardt nickte. Sie wußte zwar nicht, wen ihr Mann mit dem «Pack» meinte, wo doch die Häftlinge hinter Schloß und Riegel waren und man die uniformierten Gesetzeshüter ja kaum als «Pack» bezeichnen konnte.

«Ich paß schon auf ihn auf», versprach sie. «Aber du solltest ihn nicht immer Hansi nennen. Er heißt Hans Adolf, und es klingt so, als wenn wir seinen zweiten Namen nicht schätzen, wenn wir ihn immer Hansi nennen. Außerdem ärgern ihn die anderen Jungen, weil Hansi ein Name für ein Muttersöhnchen oder für einen Wellensittich ist, und nicht für einen, der einmal Soldat wird.»

Im Sommer 1938 gab es den ersten wirklich unangenehmen Zwischenfall in der Redaktion. Der Tag der deutschen Kunst war zum Feiertag geworden, und wie üblich war der Höhepunkt der Festlichkeiten eine Rede des Führers über die Kunst gewesen. Wie in jeder anderen deutschen Zeitung wurde die Rede auf dem Titelblatt des *Anzeigers* abgedruckt. Es war die Aufgabe des Literaturredakteurs, eine Einleitung und einen abschließenden Kommentar zu schreiben und besonders die epochale Bedeutung der Führerworte zu betonen.

Selbstverständlich war es strikt untersagt, irgend etwas aus der Rede zu streichen oder zu redigieren. Der Führer hatte in allem das letzte Wort – was er sagte, war heilig. Obwohl der Redakteur und Kurzgeschichtenautor Eberhardt kein Stilist ersten Ranges und kein herausragender Meister der deutschen Sprache war, stöhnte doch sein Geist unter den groben grammatikalischen Fehlern, die sich zuhauf in der Rede des Führers fanden. Der rote Bleistift in seiner Hand schien immer zu zucken, wenn eine Äußerung des Führers vor ihm auf dem Schreibtisch lag. Als er so dasaß und darüber nachdachte, was er als Einführung zur Kunstrede des Führers sagen und welche lobenden Adjektive er verwenden konnte, bewegte sich sein Bleistift übers Blatt. Fast unbewußt unterstrich er alle falsch konstruierten Sätze, alle hinkenden Vergleiche und schiefen Metaphern. Dann zählte er die groben Schnitzer. Es gab dreiunddreißig davon: dreiunddreißig schwere grammatikalische und stilistische Fehler in einer einzigen Rede.

Hans Gottfried Eberhardt hielt den roten Bleistift in der Hand und lachte bei sich, als er am Schreibtisch saß. «Dreiunddreißig Fehler – Schüler durchgefallen!» sagte er und schrieb die Note groß und rot unter den letzten Satz – der passenderweise auch zwei Fehler hatte.

Er schrak zurück. In der Tür stand sein Chefredakteur, der ohne zu klopfen eingetreten war.

«Ist der Text fertig?» fragte er.

Eberhardt sprang auf und legte rasch ein paar Zeitungen über die rot angestrichene Rede.

«Lassen Sie mal sehen», sagte der Chefredakteur, dem das Verhalten seines Mitarbeiters seltsam vorkam. Eberhardt regte sich nicht, und der Chefredakteur zog das Corpus delicti unter den Zeitungen hervor.

«Um Gottes willen ...», stammelte der Literaturredakteur, «das war nur für mich, ich meine, das war überhaupt nichts, nur ein idiotischer Scherz, ich wollte nur ...»

Das Gesicht des Chefredakteurs war wie versteinert.

«Ein außergewöhnlicher, ein außerordentlich idiotischer Scherz», sagte er und warf seinem zitternden Angestellten einen vernichtenden Blick zu. Wenn sich doch nur der Boden unter mir auftun wollte, betete Eberhardt still, wenn er mich doch nur verschlucken würde. Aber nichts dergleichen geschah.

«Manchmal frage ich mich, ob Sie noch ganz bei Trost sind», bemerkte der Chefredakteur in etwas milderem Ton. «Das habe ich mich tatsächlich schon öfter gefragt. Zum Beispiel, als Sie diesen erbärmlichen Kommentar über den Busfahrer geschrieben haben. Auch bei anderen Gelegenheiten, an die Sie sich gewiß noch gut erinnern. Mann Gottes, worauf um alles in der Welt wollen Sie hinaus?»

Da Eberhardt sprachlos dastand, fuhr sein Gegenüber fort: «Geht es Ihnen denn nicht gut? Geht es Ihnen denn nicht besser als je zuvor? Haben Sie nicht eine erstklassige Stellung, und meinen Sie nicht, daß alles in Deutschland erstklassig ist – alles oder doch so gut wie alles?»

Eberhardt nickte. Er atmete schwer.

«Dreiunddreißig Fehler!» sagte der Chefredakteur und schwenkte das Blatt in der Luft. «Schön und gut! Dann sind da eben dreiunddreißig Fehler. Aber was hat das mit Ihnen zu tun? Wen geht es etwas an, wenn der Führer sein eigenes Deutsch schreibt? Kümmern Sie sich um Ihre Angelegenheiten!» brüllte er auf einmal, und eine häßliche blaue Ader schwoll an seiner Stirn. «Und ich kann Ihnen sagen, auch mit Ihren eigenen Angelegenheiten steht es ganz und gar nicht blendend!»

Zu seinem eigenen Erstaunen kam Eberhardt wieder zu sich, als sein Chef seine kalte Selbstbeherrschung verlor.

«Lieber Parteigenosse», sagte er und lächelte sogar gewinnend, «ich bin wirklich froh, daß mein dummer und unpassender Scherz mir wenigstens die Gelegenheit gegeben hat, Ihre wahren Ansichten kennenzulernen. Ich muß Ihnen nämlich offen sagen, daß ich schon einige Male Zweifel hatte. Als wir vor einiger Zeit zusammen zur Parteiversammlung gingen – Sie erinnern sich, Ihre Frau hatte gerade Geburtstag – und Sie sagten, Sie wüßten schon vorher, was der Redner sagen würde, es sei reine Zeitverschwendung, das alles immer wieder durchzukauen. Und als wir dann den lobenden Artikel über die Dollfuß-Mörder drucken mußten und Sie sagten …»

Der Chefredakteur hatte die Brauen hochgezogen.

«Ja, ja, schön», antwortete er. «So etwas sagt man am Ende eines langen Tages. Sie wissen genau, daß meine Ansichten immer absolut einwandfrei waren.»

«Genau wie meine», sagte Eberhardt. «Und es liegt sicher nicht in Ihrer Absicht, sie nur wegen einiger rot angestrichener Stellen auf diesem Blatt ernsthaft anzugreifen.»

Ruhig nahm er seinem Chef die Blätter aus der Hand

und zerriß sie in kleine Schnipsel, die er in den Papierkorb warf.

«Seien Sie doch so nett, mir eine Kopie geben zu lassen», sagte er. «In fünf Minuten ist sie fertig für den Setzer.»

Sein Chef ging hinaus und brachte ihm eine neue Kopie.

«Na schön, in fünf Minuten», sagte er.

Eberhardt war allein.

Erst jetzt brach ihm der Schweiß aus, und er zitterte am ganzen Körper. Das hätte schlimm für mich ausgehen können. Ja, verdammt schlimm. Er wußte, daß es nicht wirklich gut ausgegangen war, denn von nun an mußte er sich scharf beobachtet fühlen. Diesmal hatte ihm sein kühler Kopf den Hals gerettet. Aber ebendiesen kühlen Kopf würde ihm sein Chef nicht vergeben, auch wenn er die Sache mit den dreiunddreißig Fehlern vergaß. Eberhardt hatte es gewagt, seinen Chef an gewisse abfällige Bemerkungen zu erinnern, die ihm herausgerutscht waren; schlimmer noch, er hatte ihm mit ihrer Enthüllung gedroht – das war unverzeihlich, und das konnte am Ende sein Ruin werden, auch wenn es ihm im Moment geholfen hatte.

Ein ganzes Jahr verging, bevor der Literaturredakteur des *Anzeigers* seine Stelle verlor. Er hatte nicht den geringsten Anlaß geliefert. Seit der Sache mit den dreiunddreißig Fehlern war er ausnehmend vorsichtig gewesen. Er hatte sich nicht die geringste Blöße gegeben und alles vermieden, was als Vorwand für seine Entlassung hätte dienen können. Auch als der fürchterliche Brief vor ihm lag, konnte sich Eberhardt keines Fehlers erinnern – kein einziges Mal war er aus der Reihe getanzt oder hatte er bewußt gegen den Geist der «Absichten der Regierung» verstoßen, und schon gar nicht hatte er wie im Fall des verunglückten Busses aggressive und kaum verhüllte Kritik am Führer geäußert. «Das Ministerium für Volksaufklärung und Propaganda», hieß es in seinem Entlassungsschreiben, «ist der Ansicht, daß Parteigenosse Hans Gottfried Eberhardt seines Postens so bald wie möglich enthoben werden sollte.» Der Chefredakteur sah sich «mit großem Bedauern» gezwungen, ihn fristlos zu entlassen.

Eberhardt war seltsamerweise erleichtert, daß dies sein letzter Tag «im Dienst» war und er nie wieder Einleitungen zu Führerreden oder Artikel über Forderungen nach mehr «Lebensraum» schreiben mußte. Er forschte jedoch in seinem Gedächtnis, worin sein Verbrechen bestanden haben könnte. Als er aber die Erklärung nicht fand, ging er schließlich zum Chefredakteur, der ihn mit einem triumphierenden Lächeln empfing.

«Tut mir wirklich leid, Parteigenosse», sagte sein Chef. «Aber der Artikel über Südtirol war unhaltbar. Irgend jemand muß Ihren hübschen Beitrag ans Ministerium geschickt haben, denn ich nehme nicht an, daß man unseren örtlichen *Anzeiger* dort regelmäßig liest.»

«Südtirol?» fragte Eberhardt. «Aber das lag vollkommen auf der offiziellen Linie.»

Der Chef zuckte die Achseln.

«Wirklich schade», meinte er. «Zweifellos stimmte er mit der offiziellen Linie überein, als Sie ihn geschrieben haben, aber als Sie ihn veröffentlichten, war er das genaue Gegenteil davon. In der Zwischenzeit hatte sich die offizielle Linie hinsichtlich Südtirols nämlich vollkommen geändert. Das hätten Sie wissen müssen, Parteigenosse. Wir haben erst vor kurzem die neuen Direktiven bekommen, wissen Sie das nicht mehr?»

Nein, Eberhardt wußte es nicht mehr, aber plötzlich begriff er, was geschehen war. Der Chefredakteur hatte die neuen Direktiven nicht an ihn weitergeleitet. Er hatte geduldig und hartnäckig elf Monate lang auf seine Chance gewartet, und die hatte sich ihm nun geboten. Er hatte den Südtirol-Artikel seines Literaturredakteurs gesehen; er wußte, daß Eberhardt Südtirol als das «älteste Gebiet deutscher Kultur» und die Südtiroler als «Deutsche, die auf ewig mit der heiligen Erde ihrer altangestammten Heimat verbunden sind» gelobt hatte. «Was bedeuten politische Grenzen?» hatte der Jagdgeschichtenautor weiter gefragt. «Was bedeuten Währungs- und Verwaltungsunterschiede zwischen zwei Gebieten? Sie bedeuten überhaupt nichts, sie sind null und nichtig und müssen es immer bleiben, wenn Blut und Sprache, Traditionen und Denkweisen aus derselben unsterblichen deutschen Quelle stammen. Laßt unseren großen und freundlichen Nachbarn im Süden schützend seine Hand über Südtirol ausstrecken; unsere Brüder dort haben nichts von ihm zu befürchten. Die Erde, die sie pflügen, gehört ihnen, und solange sie mit ihr verwurzelt bleiben, wird ihr Leben ein Segen sein.»

In diese Beobachtungen, die ein schlechtes Gefühl in ihm hinterlassen hatten, hatte Eberhardt eine seiner berühmten Naturbeschreibungen eingeflochten. Er sah den Artikel als Modell nationalsozialistischer Prosa, die gleichzeitig auch vom ideologischen Standpunkt her perfekt war. Die Veröffentlichung hatte sich jedoch verzögert. Der sechs Spalten lange Artikel hatte warten müssen, bis Platz für ihn da war. Währenddessen war die neue Parteilinie verkündet worden. Eberhardt wußte nichts von ihr und hatte den Artikel in einem ungünstigen Augenblick veröffentlicht. Keine Frage, wer die Aufmerksamkeit des Ministeriums darauf gelenkt hatte. Irgend jemand war es gewesen, und ein Blick ins Gesicht seines Chefs genügte Eberhardt, um zu wissen, wer dieser Jemand war.

Noch immer war er jedoch von überwältigender Erleichterung erfüllt und meinte nur: «Das muß ich übersehen haben. Was ist denn passiert? Werden sie unsere Brüder aus Südtirol evakuieren und diesen Teil unseres Lebensraums endgültig aufgeben? Das wäre doch recht erstaunlich, oder?»

Der Chefredakteur trommelte ungeduldig mit dem Bleistift auf den Tisch. «Das geht uns nichts an, Parteigenosse. ‹Das Thema Südtirol ist bis auf weiteres absolut zu vermeiden.› Das war die Anweisung. Mehr stand nicht in den Befehlen. Aber es waren nun mal Befehle, und Sie haben genau ihnen zuwidergehandelt.»

Er trommelte noch einmal auf den Tisch, zum Zeichen dafür, daß die Unterhaltung vorbei sei, und beugte sich wieder über seine Papiere. Eberhardt war entlassen.

Sechs Jahre lang war Hans Gottfried Eberhardt Literaturredakteur beim *Anzeiger* gewesen. Sechs Jahre lang hatte er geschrieben, was die Regierung wollte, und unterdrückt, was der Regierung nicht gefiel. Und er hatte sechs Jahre lang ein gutes Gehalt dafür bekommen. Er hatte bescheiden in seinem Häuschen am Stadtrand gewohnt, und schon nach drei Jahren hatte er ein kleines Vermögen von fünfzehntausend Mark zusammengespart. Aus Gründen, die er selbst nicht hätte angeben können, hatte er das Geld nicht zur Bank gebracht, sondern es in Ölgemälde und alte Wandteppiche investiert. 1937 hatte er diese Gemälde und Teppiche dann nach England geschickt, natürlich mit offizieller Genehmigung. Die kleine Sammlung war von den offiziellen Sachverständigen um ein vielfaches überbewertet worden, so daß Eberhardt einen enorm hohen Exportzoll bezahlen mußte – zum Glück hatte seine Frau inzwischen ihren Vater beerbt. Dann war die Sammlung unter den Augen der Zollkommission verpackt und verschifft worden. Viele hohe Nazis besaßen Wertsachen im Ausland – sogar Konten, aber das im geheimen und ohne offizielle Erlaubnis – und der Literaturredakteur des *Anzeigers*, Parteigenosse Eberhardt, war immerhin einer von ihnen.

Als er wußte, daß seine Sammlung sicher in England angekommen war, stattete Eberhardt dem amerikanischen Konsul in unserer Stadt einen Besuch ab. Nicht einmal seiner Frau erzählte er, daß er alle nötigen Informationen für die Auswanderung nach Amerika sammelte. Ein Jahr später bekam er sein Einreisevisum. Man kann nie wissen, sagte er sich, und das Visum in seinem Paß beruhigte ihn wie ein allmächtiger Talisman. Trotz alledem hatte ihm der Gedanke an eine Auswanderung und ans Verlassen der Heimat nie so recht gefallen. Mochten auch seltsame und schreckliche Dinge um ihn herum geschehen, so war er doch immer noch Deutscher, ein Dichter von Blut und Boden, ein Bürger unserer Stadt, der die gesamte Außenwelt als feindlich oder zumindest als völlig fremd ansah. Wie konnte er da fliehen und die eigene Heimat verlassen?

Obwohl er entlassen worden war und wußte, daß bald der Ausschluß aus der Partei folgen würde, hatte er noch nicht die geringste Absicht, seinen Talisman zu verwenden. Er saß zu Hause und schrieb Tiergeschichten wie in den guten alten Zeiten. Frau Eberhardt war mittlerweile dienstverpflichtet worden und arbeitete in der Metallfabrik, und auch Eberhardt würde früher oder später zweifellos irgendeinen Dienst verrichten müssen. Es war gar nicht so schlecht, jedenfalls besser, als jeden Tag in der Redaktion zu sitzen und seine Seele dem Teufel zu verkaufen. Jede öde Arbeit «im Dienst des Vaterlands» schien ihm jetzt erträglicher als diese Phrasendrescherei, die bei ihm nie von Herzen gekommen war.

Auch seine Einstellung den Juden gegenüber hatte sich über die Jahre geändert. Er glaubte nicht länger, daß sie alle «zerstörerisch» seien und «nur an Unterwanderung dächten». Es schien ihm jetzt eher, als sei ihre Verfolgung ungerecht und unter aller Würde – und ganz sicher unter der Würde ihrer Verfolger. Er wurde besonders vom Anblick der KZ-Häftlinge gequält, die im Torfmoor in Sichtweite seines Hauses arbeiteten. Unter ihnen waren Juden, Katholiken, Kommunisten, Demokraten, alle möglichen Menschen, und tief im Innern kam Eberhardt zu dem Schluß, daß sie einer wie der andere unschuldig waren, genauso unschuldig wie er, den man nur fristlos gekündigt hatte.

Die Häftlinge – ausgemergelte, gebeugte Figuren – schufteten vor seinen Augen mit Spitzhacken und Schaufeln. Sie standen unter dauernder Beobachtung von schwerbewaffnetem Wachpersonal, das faul herumsaß, trank, lachte und plauderte. Oft kam es vor, daß einer der Gefangenen nicht schnell genug arbeitete, seine große Schaufel nicht randvoll mit Erde war oder er verschnaufen mußte. Dann fühlte er plötzlich einen Stiefel im Kreuz oder eine Faust in seinem schweißnassen Gesicht. Eberhardt konnte an seinem Schreibtisch seine Gedanken nicht zusammenhalten. Es war schwer, idyllische Tiergeschichten zu schreiben, wenn draußen vor ihm Menschen wie er schlimmer als Tiere behandelt wurden. Ärgerlich knüllte er ein Blatt zusammen – ihm war auf einmal klargeworden, daß er seinem Helden, einem Jäger, ein lächerliches und vollkommen unpassendes Mitleid für die gejagten Tiere angedichtet hatte. «So geht das nicht weiter», sagte er laut, stand auf und ging aus dem Haus.

Der SA-Mann sah ihn winken und kam gehorsam herüber.

«Schauen Sie», sagte Eberhardt. «Ich möchte nicht zusehen müssen, wenn Sie die Gefangenen hier herumschubsen. Es stört mich einfach bei der Arbeit. Wenn Sie sie schon hart anfassen müssen, dann seien Sie doch so gut und machen Sie das in den Baracken oder hinterm Stacheldraht. Hier draußen ist das nicht das richtige, wo es jeder sehen kann. Unbefugte könnten im Ausland davon erzählen. Und es liegt gewiß nicht im Interesse der Regierung, wenn noch mehr Greuelpropaganda im Ausland gegen uns verbreitet werden kann.»

Der SA-Mann hatte still zugehört.

«Ich leite Ihre Beschwerde weiter», sagte er. «Ich glaube allerdings nicht, daß sie viel nützen wird. Was mich angeht, mißhandle ich die Gefangenen sowenig wie möglich. Wenn meine Kameraden das anders halten, ist das ihre Sache, und die Regierung hat auch nichts dagegen. Es heißt, die Häftlinge seien ‹mit schonungsloser Härte› zu behandeln. Ich leite Ihre Beschwerde jedenfalls weiter, mehr kann ich nicht tun.»

Als die «Beschwerde» weitergeleitet wurde, bewirkte sie nicht das geringste. Eberhardt fand im Lauf der Zeit, daß die Häftlinge eher noch schlechter behandelt und noch schlimmer gequält wurden. Er sprach mit einem guten Freund darüber – zufällig war es der Maler, der sich bei Hansis Geburtstagsfeier beinahe um Kopf und Kragen geredet hatte. Eberhardt kam mit seiner Arbeit nicht weiter; die mißhandelten Häftlinge raubten ihm die Ruhe und machten jede Konzentration unmöglich.

Einige Tage später wurde er verhaftet.

Er verbrachte sechs lange Wochen in unserem Stadtgefängnis, es waren die längsten seines Lebens. Einmal in der Woche durfte seine Frau ihn besuchen und eines der Kinder mitbringen. Diana, Elfi und Hans Adolf kamen abwechselnd mit, um ihren Vater eine Viertelstunde lang zu sehen. Da der Aufseher dauernd dabeistand, konnten sie einander nicht viel erzählen, und jeder außer dem Kleinen, der den Ernst der Lage noch nicht begreifen konnte, war bei den Besuchen bedrückt und peinlich berührt. Am glücklichsten war der Schriftsteller, wenn er seinen siebenjährigen Sohn sah. «Hansi!» sagte er immer wieder und fuhr dem Kleinen durchs blonde Haar. «Hansi! Ich glaube tatsächlich, du bist schon wieder gewachsen. Du bist ja ein richtiger Riese!»

Hansi sah sich unbeeindruckt im Gefängnis um.

«Es ist so *häßlich* hier!» piepste er mit seiner hohen Kinderstimme. «Du bist doch nicht gern hier, oder?»

Eberhardt sagte, es sei gar nicht so schlimm, und doch wüßte er gerne, warum er überhaupt hier sei. Eine solche Frage war nicht erlaubt, so daß der Aufseher unterbrach und daran erinnerte, daß politische Unterhaltung verboten sei. Frau Eberhardt, die blaß und überarbeitet aussah, schüttelte als Antwort auf die stumme Frage ihres Mannes nur den Kopf. Auch sie wußte nicht, warum er verhaftet worden war.

Besonders litt er unter dem Gedanken, sein Freund, der Maler, könnte ihn angezeigt haben. Mit niemandem sonst hatte er über die Verhältnisse im KZ gesprochen. Es konnte doch an nichts anderem als an dieser einen Meinungsäußerung liegen – seit dem Fehler mit Südtirol und seiner Entlassung beim *Anzeiger* war schon zuviel Zeit vergangen, als daß das jetzt noch eine Rolle spielen konnte. Wenn sie mir bloß den Prozeß machen würden, betete Eberhardt bei sich. Die Ungewißheit ist schlimmer als alles andere.

Man machte ihm den Prozeß. Diesen Glücksfall hatte

er dem SA-Mann zu verdanken, bei dem er sich zuerst beschwert hatte. Der hatte ganz zufällig von der Verhaftung des Schriftstellers erfahren und war daraufhin erst zum Lagerkommandanten und dann zur Polizei gegangen. Er erklärte, Hans Eberhardt habe sich korrekt verhalten; durch die Beschwerde über die Behandlung der Häftlinge habe er ausländischer Propaganda zuvorkommen wollen. Der SA-Mann war daher überzeugt, daß Eberhardts Äußerungen dem Maler gegenüber nichts Staatsfeindliches enthalten haben konnten. Er fand, der Gefangene solle eigentlich ein reguläres Verfahren bekommen.

Die Polizei stimmte zu, und Eberhardt durfte seine Verteidigung vorbereiten.

In Gegenwart seines Freundes, des Malers, zu sprechen, der als Zeuge der Anklage auftrat, fiel ihm schwer. Auch der Maler sprach mit belegter Stimme und konnte dem Angeklagten nicht in die Augen sehen. Eberhardt fragte sich, was um alles in der Welt ihn dazu gebracht hatte. Und doch empfand er keinen Haß auf den Maler, eher Mitleid, daß der Mann in den letzten Jahren so tief gesunken war.

Der SA-Mann machte eine ausgezeichnete und höchst einsichtige Aussage, die den Richter durch ihre Schlichtheit überzeugte.

«Ich glaube, er dachte nur an das Volkswohl, Euer Ehren», sagte er. «Er ist Schriftsteller und guter Patriot, und ich bin sicher, er ist auch ein guter Mensch …» Den letzten Satz sprach er leise, als spräche er mit sich selbst, aber genau diese Worte machten den größten Eindruck. Eberhardt wurde für nicht schuldig befunden und noch am gleichen Tag aus dem Gefängnis entlassen.

Wann reifte der Entschluß in ihm, das «Spiel» nicht länger mitzumachen und ein neues Leben zu beginnen? Wann genau entschied er sich, den Talisman in seinem Paß zu benutzen? Das hätte er selbst nicht beantworten können. Es konnte nicht während seiner Haft gewesen sein, denn da war er überzeugt, er werde nie wieder freikommen. Die Mühlen des Naziterrors mahlten sehr fein, und war man erst einmal in sie hineingefallen, schien es hoffnungslos, eine Entscheidung zu treffen.

Aber als er sich mit seiner Frau und den Kindern ins Auto setzte und durch die Straßen unserer Stadt fuhr, fühlte er, daß sie schon hinter ihm lag – daß er fortgehen und sie vielleicht niemals wiedersehen würde. Da war der alte Marktplatz mit der vertrauten Reiterstatue. Da war die enge Glockenstraße und die breite, schön angelegte Allee, die zum Bahnhof und dahinter ins Umland hinausführte. Er sah sie an, als wären sie verlorene Freunde. Die sommerliche, mit Bergduft erfüllte Luft war unwirklich, wie die Luft in Träumen. Sein eigenes Häuschen, sein Schreibtisch vor dem großen Fenster, die schmalen Betten Seite an Seite schienen nicht mehr ihm zu gehören. Nur seine Kinder gehörten ihm und seine Frau, die so dünn und abgearbeitet war, daß sein Herz sich jedesmal zusammenzog, wenn er sie verstohlen anblickte.

Aber seine Annahme, alles sei für seine Ausreise bereit, erwies sich als gründlicher Irrtum. Hans Gottfried Eberhardt fand sich in einem regelrechten Hexensabbat wieder, in einem Veitstanz von Fragebögen, Vorschriften, Verboten und Formalitäten.

Militärische Vorschriften stellten die erste Hürde dar. Eberhardt war arischer Deutscher im wehrfähigen Alter. Daher war in seinem Fall die Auswanderung unerwünscht. Daraufhin meldete er, ein Onkel seiner Frau lebe in Amerika, sei Mitglied im Deutsch-Amerikanischen Bund und ein eifriger Fürsprecher des Dritten Reiches. Eberhardts Anwalt schrieb in seinem Antrag, dieser Onkel sei für die amerikanischen Visa verantwortlich gewesen. Der gleiche Onkel ließ auch durchblicken, er brauche dringend einen fähigen Assistenten, jemand frisch aus Deutschland, der befähigt sei, die in Amerika verbreiteten Lügen über das neue Deutschland zu entkräften. Ein einflußreicher Gestapobeamter fand dieses Argument sehr überzeugend, vor allem weil Eberhardt ein Dokument über eine «lang ausstehende Schuld» unterschrieb, mit dem er dem gleichen Beamten sein Landhaus und seinen Wagen überschrieb.

Wie viele Stempel mußte man noch den Büroleuten abringen, wie viele Anträge unterschreiben, wie viele Stationen auf dieser Via Dolorosa durchlaufen! Am schlimmsten waren die Steuerangelegenheiten, denn bis diese nicht zur vollen Zufriedenheit des Staates geklärt waren, konnte Eberhardt nicht den letzten Stempel beantragen, ohne den es keine Ausreise gab. Die Sache war im Grunde ganz einfach, dachte er. Er mußte lediglich seinen gesamten Besitz aufgeben. Das war nicht viel: zwölftausend Mark auf der Bank, und es verstand sich von selbst, daß er diese Summe zurücklassen mußte. Darum war er erstaunt, als eines Morgens Oberzollinspektor Bartel unangemeldet zu ihm nach Hause kam.

Der hohe Beamte schien bester Laune.

«Sie wollen uns also verlassen, Parteigenosse?» fragte er rundheraus. «Alles in Ordnung? Haben Sie Ihre Gepäckscheine?»

Eberhardt, der Hansi auf dem Schoß hatte und ein Bilderbuch in den Händen hielt, sprang auf.

«Soweit ich weiß, ist alles in Ordnung. Aber ich bin in dieser Woche fünfmal im Polizeipräsidium gewesen, und seltsamerweise kann ich meinen Paß nicht wiederbekommen. Erst konnten sie ihn nicht finden, und gestern hieß es dann, er sei in Berlin!»

«Ihren Paß habe ich hier!» sagte der Oberzollinspektor und klopfte auf die rechte Brusttasche seines Mantels. «Aber hier in meiner linken Tasche habe ich noch ein anderes Dokument. Wenn Sie so nett wären, den Kleinen kurz rauszuschicken, dann könnten wir das von Mann zu Mann besprechen.»

«Lauf, Hansi», sagte sein Vater, und der Kleine lief in die Küche.

«Ihnen gehören bestimmte Dinge in England – Bilder und andere Wertsachen, nicht wahr?» fragte der Oberzollinspektor.

Eberhardt schluckte. «Ja, natürlich. Sie erinnern sich, Sie selbst ließen die Sammlung schätzen, und ich habe den gesamten Ausfuhrzoll bezahlt.»

Inspektor Bartel lächelte freundlich. «Natürlich erinnere ich mich», sagte er. «Das geht in Ordnung. Haben Sie die Bilder verkauft?»

«Nein, nein, sie sind nicht verkauft worden. Sie liegen in einem Safe in London.»

Der Inspektor sah in sein Notizbuch. «Wir haben den Gesamtwert damals mit zweiundzwanzigtausend Mark veranschlagt. Das ist ein schönes Sümmchen. Wenn Sie diese Gegenstände in England loswürden, bekämen Sie bestimmt nicht weniger als fünfzehnhundert Pfund dafür, ich meine, wenn Sie es halbwegs vernünftig anstellen.»

«Wieviel soll ich Ihnen schicken?» fragte Eberhardt, der im Innern die ganze Summe aufgeben wollte, wenn sein Gegenüber ihm nur seinen Paß wiedergeben würde.

«Schicken?» fragte der Oberzollinspektor. «Schicken, Parteigenosse? Wer redet von schicken? Sie müssen diese Summe *hier* übergeben, bevor Sie abreisen – sonst müssen Sie hierbleiben. So sieht das aus.»

Eberhardt war kreidebleich geworden.

«Aber das ist völlig unmöglich!» rief er. «Wie soll ich das Ihrer Meinung nach anstellen? Ich kenne kaum jemanden in England. Außerdem sind die Bilder und die Wandteppiche gar nicht so viel wert. Sie haben doch – ich meine, wir haben doch ihren Wert viel zu hoch angesetzt. Ich habe nicht die geringste Chance, fünfzehnhundert Pfund für die Sammlung zu bekommen.»

Herr Bartel strich sich über seinen kurzen Schnurrbart; im Zimmer verbreitete sich dadurch ein leises, unangenehmes Geräusch.

«Fünfzehnhundert Pfund und keinen Penny weniger.»

Eberhardt sah, daß der Fall hoffnungslos war, und sagte mit gezwungener Fröhlichkeit: «Ich habe einen Vorschlag für Sie, Inspektor, und ich bin sicher, Sie werden darauf eingehen. Ich lasse meine Sachen aus England wiederkommen. Ich rufe gleich meine Bank an. Meine Bilder werden in ein paar Tagen hier sein, und ich kann das Land verlassen.»

Mit einem teils verächtlichen, teils mitleidigen Lächeln tat der Beamte den Vorschlag ab.

«Ihre Bilder wollen wir nicht, Herr Eberhardt. Wir wollen fünfzehnhundert Pfund in englischen Noten. Das ist alles.»

«Aber wenn ich diese Devisen nicht bekommen kann?» fragte Eberhardt und fühlte, wie ihm das Blut über die Unterlippe lief, so fest hatte er auf sie gebissen. «Wenn ich sie nun einmal nicht bekommen kann?»

Der Inspektor zuckte die Achseln.

«Ich habe Ihnen gerade gesagt», sagte er jetzt sehr langsam und betonte dabei jede Silbe, «ich habe nicht nur Ihren Paß, sondern auch ein anderes Dokument. Um ganz offen zu sein, so von Mann zu Mann, in meiner anderen Tasche ist ein Haftbefehl gegen Sie. Es wäre sehr bedauerlich, wenn Sie unvernünftig wären und mich zwingen würden, von ihm Gebrauch zu machen.»

Das Zimmer kam ihm jetzt fremd vor, und die Gestalt des Oberzollinspektors begann sich vor Eberhardt zu drehen.

«Fünfzehnhundert englische Pfund», murmelte er. «Fünfzehnhundert englische Pfund. Und wieviel Zeit geben Sie mir?»

Mit der strahlenden Miene eines Mannes, der gerade ein ehrliches Geschäft abgeschlossen hat, stand der Inspektor auf.

«Eine Woche», sagte er. «Eine ganze Woche. Bis dahin viel Glück und auf Wiedersehen.»

Die Woche verging, und Eberhardt vollbrachte das Unmögliche. Seine Gemälde und seine Wandteppiche – alles, worauf er sein neues Leben hätte aufbauen können – wurden in London verkauft. Damit erzielte er neunhundert Pfund, die auf das Konto des deutschen Zolls bei der Londoner Filiale einer deutschen Bank eingezahlt wurden. Die fehlenden sechshundert Pfund bekam der verzweifelte Auswanderer von seinem einzigen englischen Bekannten – einem Geschäftsmann, der zu Zeiten der Republik ein Büro in unserer Stadt gehabt hatte und mit dem Eberhardt nun fieberhaft, aber ohne viel Hoffnung, telefonierte.

«Es geht um Leben und Tod», sagte er seinem Bekannten. «Mein Leben und das meiner Kinder.»

Der englische Geschäftsmann hatte einen Moment gezögert und dann zugestimmt. Die fehlenden sechshundert Pfund wurden auf ein Konto der Reichsbank in London überwiesen, die es dem deutschen Zoll telegraphisch bestätigte.

Eberhardt war gerettet, und Inspektor Bartel wünschte ihm aus tiefstem Herzen alles Gute.

«Sehen Sie?» meinte er freundlich. «Habe ich Ihnen nicht gesagt, wo ein Wille ist, ist auch ein Weg?» Und er gab dem zitternden Schriftsteller seinen Paß, als wäre es eine hohe militärische Auszeichnung.

Aber Eberhardt war immer noch nicht soweit. Ihm fehlte noch der letzte, der entscheidende Stempel.

«Na, na», versicherte ihm der Inspektor gutgelaunt. «Das ist nur eine Formalität. Sie müssen nur in die richtige Abteilung gehen und Ihre Papiere durchsehen lassen; dann bekommen Sie eins, zwei, drei Ihren Stempel.»

Eberhardt ging zur zuständigen Behörde. Dort mußte er sich an neun Schaltern melden, und neun Beamte untersuchten seine Papiere. Acht von ihnen fanden alles in Ordnung. Der neunte hatte seine Zweifel.

«Aber wo ist denn Ihre vorletzte Quittung von den Wasserwerken?» wollte er schließlich wissen. «Sie waren noch zwei Mark zwanzig schuldig, und ich kann die Quittung hier nirgendwo finden.»

Eberhardt fühlte, wie ihm das Blut in den Kopf stieg, als wollte es ihm durch die Haut hinausfahren, und er flüsterte heiser: «Ich habe die Quittung vor zwei Wochen geschickt. Ich weiß nicht, was damit passiert ist. Hier ist das Geld, zwei Mark zwanzig. Und jetzt geben Sie mir sofort meinen Paß wieder.»

«Mein lieber Herr», antwortete der Beamte, «so einfach ist das nicht. Wir müssen die Angelegenheit gründlich untersuchen. Es ist sehr gut möglich, daß Sie schon bezahlt haben. In diesem Fall können wir Ihr Geld nicht annehmen, sondern müssen die Originalquittung finden. Wenn Sie aber nicht bezahlt haben, ist das eindeutig Ihr Versäumnis, und wir müssen Schritte einleiten. Das wird ein Weilchen dauern – kommen Sie in einer Woche noch einmal wieder.»

«Genug!» schrie Eberhardt und merkte, daß ihn der letzte Rest seiner Selbstbeherrschung verließ. Rote und grüne Punkte tanzten vor seinen Augen, und er hielt sich am Schalter fest, um nicht hinzufallen. «Jetzt reicht's! Sie haben mir alles weggenommen! Mein Haus, meinen Wagen, mein Vermögen, mein Leben, meine Ehre, meine Heimat, alles! Einfach alles! Ich habe mich bei Fremden im Ausland verschuldet, und das nur für Sie, für die Irren, die Deutschland zugrunde richten, die hier alle zugrunde richten, und das gilt auch für Sie an diesem Schalter! Und jetzt halten Sie mich auch noch auf! Sie halten mich wegen zwei Mark zwanzig auf, die ich schon bezahlt habe, weil Sie die Quittung nicht finden können – jetzt reicht's, sage ich!» schrie er und warf die Arme in die Höhe. «Geben Sie mir jetzt den Paß! Hören Sie – sofort!»

Ihm schoß der Gedanke durch den Kopf: Das ist das Ende. Aus, vorbei, tot. Ich bin zum Tode verurteilt. Aber er fühlte sich besser, ihm war leichter ums Herz, jetzt, wo er sich seine Last von der Seele geschrien hatte.

Die Leute, die an den anderen Schaltern und hinter ihm warteten, waren völlig erstarrt. Einige blickten ihn an wie gelähmt. Aber die meisten taten so, als sei gar nichts geschehen. Auch die Beamten auf ihren Drehstühlen fuhren mit ihrer Arbeit fort. Aber sein Gegenüber, der Beamte, der die Quittung nicht finden konnte, hielt dem zitternden Eberhardt seinen offenen Paß hin. Der griff wie ein Betrunkener nach dem braunen Dokument und sah wie durch dichten Nebel den alles entscheidenden Stempel, den Anfang und das Ende. Dann stand er auf der Straße, ohne zu wissen, wie er dort hingekommen war.

Seine Frau schrak zurück, als er ins Haus kam, so hohlwangig und besinnungslos sah er aus. Ein verrücktes Licht schimmerte in seinen Augen, und er wirkte, als hätte er an diesem Morgen zehn oder fünfzehn Pfund abgenommen. Wie er so durchs Zimmer ging und die letzten Kleinigkeiten zusammenpackte, war etwas Krankes, Zerbrechliches an ihm. Dann telefonierte er mit der Reederei und mit der Fluggesellschaft. Als der Mann am anderen Ende der Leitung komplizierte Erklärungen zu geben anfing, hielt Eberhardt die Hand über den Hörer und sagte zu seiner Frau: «Wir hätten schon ganz am Anfang wie die Irren schreien sollen. Und es wäre jetzt immer noch nicht zu spät.»

«Wie bitte, was haben Sie gesagt?» fragte die verdatterte Stimme am Telefon. «Schon gut», sagte Eberhardt, «erster Klasse.»

Jetzt, da der kritische Punkt überwunden war, schienen die Eberhardts tatsächlich Glück zu haben. Am 24. August 1939 hatte der Beamte am Schalter dem brüllenden Irren seinen Paß ausgehändigt. Am 28. August sollte ein Flugzeug die Familie nach England bringen, ein paar Tage später lief ein Schiff aus, auf dem sie zwei Kabinen reserviert hatten, eine für Frau Eberhardt und die beiden Mädchen, die andere für Eberhardt und den kleinen Hansi – und für wer weiß welche anderen Passagiere, die vielleicht von der Reederei noch dort untergebracht worden waren.

In den letzten Augusttagen des Jahres 1939 wurde die Stadt von einer starken Unruhe erfaßt. Die Eberhardts dachten schon, ihre Mitbürger nähmen freundlicherweise an den geistigen Anstrengungen Anteil, die mit ihrer Emigration verbunden waren.

«Na, geht's jetzt los?» fragten die Leute einander auf der Straße.

Frau Eberhardt, die einen Mantel für Hansi gekauft hatte, sagte sich: «Und ob es jetzt losgeht, in den nächsten achtundvierzig Stunden – los für immer.» In ihrem

Innern wußte sie natürlich, daß die allgemeine Unruhe ihrer Mitbürger nichts mit der Abreise ihrer Familie zu tun hatte. Die Luft war erfüllt vom bevorstehenden tödlichen Abenteuer. Und wenn die Zurückbleibenden mit der Kriegsgefahr konfrontiert wurden, stand nicht auch ihnen, den Eberhardts, ein Krieg bevor, in dem es nur Sieg oder Tod gab?

Frau Eberhardt kümmerte sich in diesen Tagen nicht viel um die politischen Geschehnisse. Im Landhaus vor der Stadt war kaum Zeit, einen Blick in den *Anzeiger* zu werfen, und nicht genug Muße, den Rundfunk einzuschalten und die bunte Mischung aus Nachrichten und Musik zu verfolgen. Deutschland hatte einen Nichtangriffspakt mit der Sowjetunion geschlossen, und Eberhardt sah in diesem Schritt des Führers den Gipfel des Zynismus, nach allem, was Hitler bisher gepredigt hatte. England und Frankreich würden natürlich «die Hosen voll haben» und stillhalten, wenn die Armeen des Dritten Reiches – wie allenthalben erwartet – gegen Polen marschierten.

«Ich glaube nicht, daß es Krieg gibt», sagte Eberhardt. Sein Bestreben, so bald wie möglich loszufahren und so früh wie möglich das Land zu verlassen, rührte weniger von einer konkreten Kriegsangst her, sondern von den Verfolgungsängsten, die ihn heimsuchten, seit der Zollinspektor eines Morgens zu ihm ins Haus gekommen war.

Insgesamt teilten die Einwohner unserer Stadt Eberhardts Einschätzung der Lage nicht. Am Vorabend des Krieges ergriff sie offene Panik. Diese war um so schlimmer, da niemand wußte, wen man zum Sündenbock machen sollte. Die Briten und Franzosen? Sicher, sie hatten Deutschland eingekreist; sie würden Deutschland aushungern, wie sie es im letzten Krieg getan hatten. Sie waren gierig und rachsüchtig, reich und gewissenlos – England und Frankreich waren unsere Erbfeinde. Aber griffen diese Feinde uns denn an? Hing nicht alles davon ab, ob wir uns friedlich mit Polen einigen konnten? Mußten wir denn unbedingt Danzig haben? Was ging uns Danzig an? Was interessierte uns der Korridor? Rein gar nichts! Und so gab es Hoffnung, daß der Führer nicht leidenschaftlich genug am Korridor interessiert war, um wegen solch entlegener Gebiete einen Krieg vom Zaun zu brechen.

Ein isolierter Krieg gegen Polen versprach natürlich einen schnellen und lohnenden Sieg. Nachdem man den Bürgern unserer Stadt früher beigebracht hatte, die Sowjetunion als die Geißel der Menschheit zu verabscheuen, sollten sie nun die subtile Staatskunst ihrer eigenen Regierung bewundern, die aus dem roten Feind von gestern den gezähmten und hilfreichen Freund von morgen gemacht hatte. Aber im Gegensatz zu Eberhardt dachten die Bürger unserer Stadt, England und Frankreich würden dumm und altmodisch genug sein und zu ihrem Wort gegenüber Polen stehen. Sie sind Demokratien und hängen immer noch Ideen nach, die nicht in die Gegenwart gehören. Natürlich sind wir stärker als England und Frankreich, denn wir haben unsere italienischen und russischen Verbündeten und unsere totalitäre Disziplin. Sie werden uns aber trotzdem aushungern. Und was nützt uns der Sieg, wenn unsere Söhne im Krieg fallen, wenn unsere Väter fallen, wenn unsere Kinder vor Hunger sterben müssen?

Zugegeben, der Führer hatte immer wieder hoch und heilig versichert, einen Krieg werde es nicht geben. Er hatte eine eigene Erfindung, die große Jahrhunderterfindung: den Gebietserwerb ohne Kriegführung. Aber wir hatten genug von diesen «blutlosen Siegen» gesehen, um dauerhaft an die Erfindung zu glauben. Wenn nur die Zeitungen nicht so voller Drohungen gewesen wären und sich nicht zu solchen Wutausbrüchen hätten hinreißen lassen. «Deutsche Blutsbrüder» seien zu Tausenden in Polen gefoltert und getötet worden. Ob das stimmte oder nicht – allein die Tatsache, daß solche Artikel bestellt wurden, war ein böses Vorzeichen. Die Tschechen hatten unsere Brüder im Sudetenland ganz sicher genauso behandelt, und trotzdem hatte es keinen Krieg gegeben. Aber die Tschechen hatten auch keine Rückendeckung von England, und so allein gelassen, mußten sie am Ende klein beigeben.

Die Mobilmachung ging weiter. Viele hatten schon die Züge nach Osten bestiegen. Andere marschierten in Uniform über die Straße. Fabrikant Huber war Reserveoffizier. In Uniform mit Eisernem Kreuz erster Klasse auf der Brust sprach er zu den versammelten Arbeitern über die großen Opfer, die jetzt gebracht werden müßten. Die Arbeiter nahmen seine Ermahnungen mit eisigem Schweigen auf. Am Ende seiner Rede wurde das Horst-Wessel-Lied gesungen, und der Fabrikant beobachtete, daß eine erhebliche Zahl seiner Mitarbeiter nicht mitsang. Einer der Vorarbeiter hielt die Lippen fest geschlossen, als hütete er ein Geheimnis. Er war erst vor kurzem vom Land gekommen und hatte zufällig gerade eine Haftstrafe verbüßt, obgleich er alles in allem ein aufgeweckter und ehrlicher Bursche zu sein schien. Kein einziger Arbeiter um ihn herum sang mit. Sie senkten die Köpfe wie vor einem Sturm. Diese Kerle sind eine Gefahr für die Öffentlichkeit, dachte der Fabrikant. Man sollte ein Auge auf sie haben. Dann wieder entschied er, daß ihn das alles nichts angehe und es ihm im Grunde egal war, wenn die Regierung Probleme bekam. Meinetwegen können sie ruhig Schwierigkeiten bekommen, dachte er – und noch einen Haufen mehr. Alles in allem ging es ihm wie einem, der auf einem feindlichen

Schiff festgehalten wird und froh wäre, wenn es unterginge. Wenn ich bloß nicht mit untergehen muß, dachte er weiter. Dann brach das Lied ab, und die Versammlung löste sich auf.

Im Stadtkrankenhaus ging es äußerst geschäftig zu. Geheimrat Scherbach hatte alle Hände voll zu tun, nicht nur wegen der endlosen Musterungen, sondern weil die Stationen und Privatzimmer aus allen Nähten platzten. Es gab immer mehr entgleiste Züge und Zusammenstöße. Die Unfallzahl in der Stadt war stark angestiegen, weil es immer mehr Verdunkelungsübungen gab. Nationale Mobilmachung und Kriegsvorbereitung forderten ihren Tribut. Rechtsprofessor Habermann war anscheinend in der Dunkelheit die Treppe hinuntergefallen und lag nun mit einem komplizierten Oberschenkelhalsbruch in Zimmer 118, wo schon Frau Murks gestorben war.

Ihr Sohn Friedel Murks arbeitete im Krankenhaus. Scherbach hatte es eingerichtet, daß der Junge zunächst als Krankenträger eingestellt wurde. Kurz darauf hatte der Geheimrat ihn zu seiner Ordonnanz gemacht. Friedel begleitete den Chef auf seinen Runden durch die Stationen, gab ihm Scheren, Klammern und Verbände. Er war geschickt, ruhig, ordentlich und flößte den Patienten Vertrauen ein. Scherbach hing an ihm wie an einem wiedergefundenen Sohn.

«Ich lasse nicht zu, daß sie dich an die Front schicken», sagte er. «Ich werde dich requirieren. Du bist hier absolut unersetzlich.»

Tatsächlich wußte der Geheimrat nicht mehr, wie sein Leben ohne den Jungen weitergehen sollte. Ich würde mir wieder schmutzig und klebrig oder zumindest nicht ordentlich desinfiziert vorkommen, dachte er und ließ den Blick auf seinem Ziehsohn ruhen. Friedels Gesicht war immer noch hohlwangig und überanstrengt, aber der bittere, zynische und hoffnungslose Zug war verschwunden.

Am frühen Morgen des 28. August nahmen die Eberhardts ein Taxi zum Marktplatz. Ihr eigener Wagen war in den Besitz des einflußreichen Gestapobeamten übergegangen, von dem schon die Rede war. So oder so hätte der kleine Familienwagen die fünf mit ihrem großen Gepäck nicht befördern können. Der Abschied vom alten Haus fiel nicht schwer. Hansi war der einzige, der zum Haus zurücksah, in dem er geboren worden war. «Wiedersehen», hatte er gerufen. «Wir gehen jetzt weg.» Dann hatte er voller Abenteuerlust in die Hände geklatscht und gefragt, ob das Flugzeug am Marktplatz abfliegen werde. Zu seiner großen Enttäuschung wartete dort nur der Flughafenbus auf sie.

Der Marktplatz war jedoch schwarz vor Menschen, und die konnten nicht alle auf ein Flugzeug warten. Die Menge bestand hauptsächlich aus Frauen, die ganz aus dem Häuschen waren. Es wurde viel gestikuliert und geschwatzt. Während Eberhardt das Gepäck zählte, fand Frau Eberhardt heraus, worum es ging. Man verteilte Lebensmittelkarten, Seifenkarten und andere Gutscheine. Alles wurde rationiert, und abgesehen von den neuen Unannehmlichkeiten durch die Verteilung der Karten erhielten die Bürger der Stadt damit den sicheren Beweis, daß der Krieg schon so gut wie begonnen hatte.

«Und ich muß das alles noch einmal mitmachen», sagte eine alte Frau mit Tränen in den Augen zu Frau Eberhardt. «Reicht es denn nicht, so eine schlimme Zeit einmal erlebt zu haben?»

Frau Eberhardt sah weg. War es richtig, daß sie jetzt wegfuhren, wo das Vaterland in Gefahr war? Aber dann war es Zeit, in den Bus zum Flughafen einzusteigen, und sie half Hansi die Stufen hoch. Die Kinder! dachte sie. Um der Kinder willen bin ich so glücklich – sie werden in Frieden und Freiheit aufwachsen …

Der Flug ging erstaunlich schnell vorbei. Die Kinder wollten nicht glauben, daß sie schon so bald nach dem Abflug auf englischem Boden waren.

Die Familie verbrachte drei Tage in London und bewegte sich kaum aus der bescheidenen Pension weg, die man ihnen angewiesen hatte. Einmal traf sich Eberhardt mit dem englischen Geschäftsmann, der ihn gerettet hatte. Seltsamerweise war der aber darauf bedacht, Eberhardt nicht in seinem Büro zu empfangen. Er wollte ihn nicht einmal in einem Restaurant treffen, sondern bestand darauf, selbst in die Pension zu kommen.

Er sagte: «Alter Freund, was auch geschieht, zwischen uns bleibt alles, wie es ist. Seien Sie hier vorsichtig. Sprechen Sie auf der Straße nicht Deutsch. Und machen Sie sich so bald wie möglich auf die Weiterreise.»

Eberhardt nahm sich den Rat des Freundes zu Herzen, und am 1. September stieg die Familie in den Zug nach Liverpool.

Der 1. September – der Tag, an dem Deutschland in Polen einmarschierte – der Tag, an dem der Krieg ausbrach!

Die Züge waren voller Soldaten und Matrosen. Aus den Zeitungen sprangen einen riesige Schlagzeilen an und schreckten auch die Teilnahmslosesten auf. Die Menschen auf der Straße trugen schon kleine Pappkartons an einer Schnur über der Schulter; die sahen wie Verpflegungskartons aus, enthielten aber Gasmasken. An vielen Gebäuden häuften sich die Sandsäcke, über London und anderen Großstädten stiegen Luftabwehrballons in den Himmel.

Die Bevölkerung schien ruhig zu bleiben.

Eberhardt hatte seine Familie gewarnt: Sie durften kein Wort Deutsch sprechen. Da die Kinder aber keine andere Sprache kannten und das Englisch von Frau Eberhardt eher dürftig war, verging die Reise ohne viele Worte. So hatten sie Gelegenheit, ihre Umgebung zu beobachten und ihren Mitreisenden zuzuhören. Eberhardt war überzeugt: Die Briten sind zu allem entschlossen. Sie würden hart zuschlagen, daran gab es keinen Zweifel. Aber ihre Entschlossenheit wurde nicht von patriotischem Überschwang begleitet; sie hatten sich nicht in blinden Haß gegen den Feind hineingesteigert. Eberhardt hatte sogar das leise Gefühl, daß er mit seiner Familie hätte Deutsch sprechen können. Die jungen Burschen in der schneidigen Uniform der Marine Seiner Majestät hatten gute Nerven und einen ruhigen, freundlich abschätzenden Blick. Sie hatten nichts gegen die Deutschen, nur gegen jene, die ihnen den Krieg aufgezwungen hatten. *Die* mußte man unschädlich machen; man hatte es lange genug mit Freundlichkeit versucht. Das hatte nicht funktioniert, und die Zeit für weitere Versuche war abgelaufen; jeder wußte, daß sie vorbei war.

Alle Hotels in Liverpool waren überfüllt. Den Eberhardts gelang es unter größten Schwierigkeiten, ein Zweibettzimmer zu bekommen. Diana und Elfi schliefen bei ihrer Mutter. Hans Adolf war von der langen Reise und der erzwungenen Schweigsamkeit erschöpft, aber zugleich aufgeregt wegen der neuen und verwirrenden Eindrücke. Er plapperte vor sich hin, als er neben seinem Vater lag.

«Wird es Bomben geben?» fragte Hans Adolf. «Müssen wir dann in den Keller? Hat das Schiff denn einen Keller? Wer wirft denn die Bomben, die Engländer oder die Deutschen? Werden die Engländer auf uns schießen? Gibt es in Amerika auch Krieg?»

Er wartete nicht erst die Antwort ab – die wirre Geschichte von alldem, was er unterwegs gesehen und getan hatte, sprudelte nur so aus ihm heraus, als ob sie kein anderer außer ihm gesehen hätte.

«Und ich hab so viele Matrosen gesehen ...», erzählte er und riß die Augen weit auf, «und da war gar keine Musik und keine Trommeln, ich glaub, die waren alle tot ...»

Eberhardt strich seinem Sohn sanft mit der Hand über die Augen. Seine Hand war so groß, daß sie das Kindergesicht ganz bedeckte. Der Kleine plapperte noch eine Weile weiter, dann seufzte er, ließ seinen Kopf zur Seite fallen und schlief ein.

Die Kinder fanden, das Schiff sei einfach riesig. Es war größer als alles, was sie je gesehen hatten.

«Größer als ein Haus», sagte Hansi. «Größer als ein Schloß. Größer als alle Baracken im Konzentrationslager.» Die beiden Kabinen der Eberhardts waren allerdings um so kleiner und so weit voneinander entfernt, daß sich Hansi gleich am ersten Abend verlief und aus Leibeskräften heulte, als er von einem Steward zur Kabine seines Vaters zurückgebracht wurde. Im Speisesaal gab es Musik und wunderbares Essen. Alle, die schon lesen konnten, durften sich ihr Leibgericht auf der enormen Speisekarte aussuchen, und Hansi konnte gar nicht alles aufessen, was er bestellt hatte. Vor ihm standen vier verschiedene Sorten Eis, und er hatte schon gelernt, «Thank you» zum Steward zu sagen.

Außer Hansi und ihm selbst war in Eberhardts Kabine noch ein junger Mann, der sich als Amerikaner entpuppte. Hansi erzählte dem Fremden sofort, aus welcher Stadt er kam, und es stellte sich heraus, daß der Mann schon einmal dort gewesen war, im «Reichshof» gewohnt hatte und sogar einen Schnaps in einer Wirtschaft «irgendwo in der Glockenstraße» getrunken hatte. Hansi war deswegen ganz aus dem Häuschen, und der Amerikaner sagte zu Eberhardt: «Ich hoffe immer noch, daß sich dieser Krieg vermeiden läßt. Die Deutschen wollen keinen Krieg, so war mein Eindruck, als ich letztes Jahr dort war. Warum sollte es also Krieg geben, wenn keiner auf der Welt ihn will?»

Die Nacht war unruhig. Sogar das Kind schlief schlecht, und der folgende Tag war lang, weil eigentlich gar nichts passierte und es war, als ob das Schiff in der unendlichen Ebene des Ozeans stillstünde.

Die Mädchen hatten Shuffleboard gespielt. Nun saßen sie müde und gelangweilt im Salon. Hansi weinte und wußte nicht, warum. Um sieben brachten die Eberhardts die Kinder ins Bett. Frau Eberhardt blieb eine Weile neben den Kojen sitzen, in denen ihre Töchter schliefen. Eberhardt war aufs Promenadendeck gegangen, um eine Zigarre zu rauchen. Er traf dort den jungen Amerikaner, der an der Reling lehnte. Der erzählte ihm, er habe gerade in seinem Transistor von der Kriegserklärung Englands und Frankreichs an Deutschland gehört.

«Das war wohl unvermeidlich», sagte er.

Dann kam die Explosion. Sie war fürchterlich. Es war, als wäre das ganze riesige Schiff mit all seinen Passagieren mit einem ohrenbetäubenden metallischen Krachen in tausend Stücke zersprungen. Und fast gleichzeitig mit dem Krach der Explosion kamen die panischen Schreie der Verletzten. Eberhardt und der junge Amerikaner wurden aufs Deck geschleudert. Dem Amerikaner tropfte Blut aus dem Mund, er war von einem umstürzenden Pfosten getroffen worden. Auf der anderen Deckseite wand sich eine wirre Masse menschlicher Körper wie ein einziges, riesiges, verwundetes Tier. Als sich einige aus dem Knäuel befreien und fortkriechen konnten, blieb der Rest von ihnen bewegungslos liegen, wo sie hingefallen waren.

Eberhardt hatte noch gar nicht begriffen, was passiert war, und rappelte sich auf, nur um von einer weiteren Explosion gegen das Fenster des Rauchersalons geschleudert zu werden. Er fand sich plötzlich mit den Händen auf dem Linoleum des Salons wieder. Seine untere Körperhälfte verweigerte den Dienst. Ein großer Pfeiler, der durchs Fenster geschlagen war, drückte ihn nieder. Im heißen Dunst, der ihn umgab, klammerte sich Eberhardt an einen einzigen Gedanken: Meine Frau, meine Kinder, Hansi. Dann machte er sich mit einem mächtigen Ruck frei.

Eine dritte Explosion, anders als die vorigen, schien irgendwo von oben zu kommen. Eberhardt war auf dem Weg nach unten zu Deck C. Wie ein Besessener bahnte er sich seinen Weg durch Trümmer, Rauch und schreiende, blutende Menschen.

Hansi lag unverletzt in seiner Koje und weinte.

«Vati!» rief er, als er seinen Vater sah. «Ich hab Angst vor dem Donnern. Hat uns der Blitz getroffen?»

Jetzt, wo die «Bomben», von denen er soviel geträumt und erzählt hatte, tatsächlich gefallen waren, konnte er sich nicht vorstellen, daß Menschenhände für diese schreckliche, mörderische Wut verantwortlich sein sollten. Der Vater zog das Kind aus der Koje, wickelte es in Schal und Mantel, griff nach den beiden Rettungswesten im Regal und rannte mit seinem Sohn auf dem Arm in den Korridor.

Der Durchgang zur anderen Deckseite, wo die Kabine von Frau Eberhardt und den Mädchen lag, war abgeriegelt. Männer und Frauen standen verzweifelt und hysterisch dort, wo das Inferno sie zurückhielt.

«Vielleicht sind sie schon auf Deck», sagte Eberhardt mehr zu sich als zu Hans Adolf. «Vielleicht ist das hier gerade erst bei der letzten Explosion passiert, und sie konnten sich nach der ersten oder nach der zweiten retten!»

Er kämpfte sich die Treppe hinauf ins Freie. Der Anblick war noch schrecklicher als Minuten zuvor. Es gab jedoch fieberhafte und keineswegs ungeordnete Betriebsamkeit. Rettungsboote wurden zu Wasser gelassen, Offiziere gaben mit klarer, bestimmter Stimme Befehle, Frauen und Kinder sammelten sich oder wurden gewaltsam von Männern und Vätern getrennt. Eberhardt hielt immer noch das wimmernde Kind im Arm und schleppte sich übers Deck. Er schrie wie besinnungslos die Namen seiner Frau und seiner Töchter in den Tumult hinein, der seine Stimme verschluckte. Keine Antwort. Erst jetzt fiel ihm auf, daß das letzte Rettungsboot klargemacht wurde. Um das schräg liegende und langsam ruhiger werdende Schiff herum hoben und senkten sich die bereits zu Wasser gelassenen Boote, in denen dichtgedrängt die Passagiere standen. Es war dunkel geworden, und die Dunkelheit machte den Schrecken noch schlimmer. Eberhardt stand da und starrte in die Gesichter derer, die in dieses letzte Rettungsboot kamen. Unter ihnen waren mehr Frauen als Männer, aber er suchte vergeblich nach seiner Frau.

Nun war das Rettungsboot voll. Auf einmal gab es Unruhe bei den Passagieren. Eine alte Frau, die in Eberhardts Nähe am Dollbord stand, gestikulierte wild und wiederholte aufgeregt ein paar Sätze in einer Sprache, die niemand verstand. Ist das vielleicht Russisch, fragte sich Eberhardt, oder womöglich Tschechisch? Er verstand nicht, daß die Aufregung der Frau mit ihm zu tun hatte. Nur eins war klar, die alte Frau wollte unbedingt wieder aus dem Boot. Schließlich kam ihr einer der letzten Matrosen an Deck zu

Hilfe, obwohl sich damit die Rettungsmaßnahmen gefährlich verzögerten. Die alte Frau war kaum wieder an Deck, als sie sich schon Eberhardt entgegenwarf, ihn am Ärmel zog und ihm bedeutete, er solle an ihrer Statt ins Boot. Gleichzeitig zeigte sie auf Hans Adolf und sagte nun auf englisch so etwas wie: «Kleines Kind – darf nicht sterben – schnell! Schnell!» Für den Bruchteil einer Sekunde zögerte Eberhardt. Doch die alte Frau zog wie eine lästige Bettlerin an seinem Ärmel. Auch das Boot konnte keinen Moment länger warten. Und so hielt er den Kleinen weiter fest und kletterte in ungewisse Sicherheit. Als das Boot heruntergelassen wurde, blickte er zurück und sah die alte Frau mit verschränkten Armen an der Reling stehen. Ihr grobknochiges Gesicht war friedlich und voll ruhiger Schicksalsergebenheit.

Als die Arme des Vaters das Gefühl zu verlieren begannen, ließ er den Jungen neben sich aufs Boot herunter. Das Kind kauerte zu seinen Füßen, und irgendwie vermieden es die verwirrten Passagiere, auf es zu treten. Eberhardt fühlte, wie sich Hans Adolfs Arme um seine Knie schlangen. Er fühlte Wärme und Zärtlichkeit in sich aufsteigen.

Die Wellen schlugen hoch, und das Boot schwankte von einem Wellental zum nächsten. Einer der Matrosen wurde über Bord gespült. Wenige Minuten später wurde eine Frau, die neben Eberhardt gestanden hatte, von einer Welle fortgerissen. Wie viele Stunden waren vergangen? Die Nacht schien unendlich. In ihrer Verzweiflung beteten die Passagiere des Rettungsbootes um das Ende – um welches auch immer. Selbst der Tod schien noch besser als dieser nicht enden wollende Schrecken. Eberhardt wartete nicht auf den Tod. Das warme Kind, das zu seinen Füßen kauerte, verbot ihm solche Gedanken. Aber konnte er noch weiterleben, wenn seine Frau verloren war und mit ihr die beiden kleinen Mädchen? Er wußte es nicht. Er wußte überhaupt nichts, außer daß die Nacht kalt, sein Kopf heiß vor Fieber und sein Gesicht mit Salzwasser bespritzt war. Er wußte nicht einmal, ob er weinte.

Als es dämmerte, wurde die See ruhiger. Eberhardt, der sich in einem Zustand zwischen Wachen und Träumen befand, sah ins Wasser hinab und glaubte dort Gesichter zu sehen. Das Gesicht seiner Frau lächelte zu ihm hinauf. Ihr hübsches Gesicht wurde von ihren langen schwarzen Zöpfen eingerahmt. Neben ihr kamen Diana und Elfi aus dem Wasser. Aber sie waren viel jünger und kleiner, als er sie noch von gestern in Erinnerung hatte. Sie hatten die gebleichten Kleidchen an, die sie vor Jahren getragen hatten. Dann veränderte sich das Bild. Es war, als ob sich unten in den Fluten eine Stadt widerspiegelte – seine eigene Stadt. Er erkannte ihre Türme und Giebeldächer. Natürlich standen sie auf dem Kopf, und sie schwankten und zitterten, als wollten sie gleich auseinanderfallen und untergehen. Aber daran waren die Wellen schuld, sie verzerrten das Spiegelbild. In der Stadt schienen alle Lichter aus zu sein. Sogar der Marktplatz und das Reiterstandbild lagen verlassen und zerbrochen in der Dunkelheit.

Auf einmal gab es Aufruhr. Verwundert hob Eberhardt den Blick vom Wasser. Die Menschen um ihn herum winkten, weinten und lachten.

«Seht! Lichter!» riefen sie. «Ein Schiff! Wir sind gerettet!» Dann sah er im Dämmerlicht die großen Umrisse eines herannahenden Dampfers.

Das kleine Bündel zu seinen Füßen schlief.

«Wach auf, Hansi!» sagte er und stellte den Jungen auf die Beine.

Hansi rieb sich die Augen.

«Sind wir da?» fragte er.

«Ja», antwortete sein Vater, «wir sind da.»

Zweihundertdreiundzwanzig schiffbrüchige Passagiere und Seeleute wurden am frühen Morgen des 4. September 1939 vom amerikanischen Dampfer *City of Flint* an Bord genommen. In Rettungsbooten zusammengepfercht, an treibende Planken geklammert, in hoffnungslosem Kampf gegen Kälte, Erschöpfung und die Gewalt der Wellen waren sie dem Tod acht Stunden lang so nah gewesen, daß sie die Wirklichkeit des Lebens für ein Gespenst hielten.

Hans Gottfried Eberhardt und sein Sohn Hans Adolf wurden in den Salon gebracht. Dort hatte man notdürftig ein Bett für Hansi bereitgestellt. Er hockte sich nun dort hin und zitterte; sein Vater wußte nicht, war es vor Kälte oder vom Schrecken des nächtlichen Abenteuers. Wahrscheinlich dachte er, der Blitz habe sie alle ins Meer geworfen, und nun seien sie wieder zurück auf dem alten Schiff.

«Warum gehen wir nicht in die Kabine?» wollte er wissen. Dann sah er trübselig auf seinen schlotternden kleinen Körper und sagte vorwurfsvoll: «Ich zittere ja.»

Sein Vater ging heißen Tee holen.

Als er wiederkam, saß Frau Eberhardt neben dem Kleinen. Diana und Elfi, die eine in einen riesigen Mantel, die andere in eine braune Decke gehüllt, hielten einander am Fußende des Sofas umarmt. Eberhardt trug ein Tablett mit einer Teekanne und einer Tasse; er blieb in der Tür stehen vor Furcht, auch diese Vision könnte sich in Luft auflösen. Es war Hansi, der seinen Vater sah und ihn mit seiner klaren Kinderstimme rief.

«Wir sind alle hier!» rief er und streckte die Arme aus. «Wir sind alle wieder hier!»

Eberhardt dachte, er müßte das Tablett fallen lassen, sich auf seine Knie werfen und Gott danken, an den er nie geglaubt hatte. Er ging ruhig zu einem Tisch nicht weit von Hansis Bett. Wortlos stellte er das Tablett ab. Ebenso lautlos nahm er seine Frau in die Arme. Erst jetzt, als er sie in den Armen hielt, wußte er, daß es wahr war.

«Wir sind alle wieder hier», sagte er.

ANHANG

TATSACHEN

ALS DIE Verfasserin dieses Buches nach einem Titel suchte, der seinem Inhalt entsprach, wollte sie es eigentlich schon «Tatsachen» nennen. Denn alle Geschichten, Tragödien, Personen, Ereignisse, Entwicklungen, Gesetze, Statistiken und Äußerungen, von denen hier berichtet wird, beruhen samt und sonders auf Tatsachen. Es *sind* Tatsachen: Nichts ist erfunden, alles ist tatsächlich passiert, und es gibt keinen einzigen Vorfall, von dem die Autorin nicht durch die unmittelbar Betroffenen oder durch absolut glaubwürdige Zeugen erfahren hätte.

Aus der Fülle des Materials und aus Hunderten weiterer wahrer Geschichten hat die Verfasserin eine verhältnismäßig kleine Anzahl ausgewählt. Ihr Dank gilt denen, die hier ungenannt bleiben müssen, die aber ihre Zustimmung zur Nacherzählung ihrer tatsächlichen Erlebnisse und Erfahrungen gegeben haben. Bei der schwierigen Auswahl hat sich die Verfasserin von zwei Grundsätzen leiten lassen:

1. Alle Geschichten mußten typisch sein. Weder die abscheulichen Verbrechen einer kleinen Gruppe mächtiger Krimineller noch die heldenhaften Taten einer ebenso kleinen Gruppe guter Deutscher sollten das Thema dieses Buches sein. Denn so wahr sie auch sein mögen: Die Verbrechen und die Martyrien sind nicht die Regel. Sie sind die Ausnahme – im Dritten Reich des Herrn Hitler ebenso wie auch anderswo auf der Welt. Also entschloß sich die Verfasserin, wahre Geschichten vollkommen durchschnittlichen Charakters zu erzählen; Geschichten, die vollkommen durchschnittlichen Leuten widerfuhren, die weder besonders mächtig noch besonders heldenhaft waren, we-

der ausnehmend unglücklich noch ausnehmend kriminell. Wie war die Lage in Deutschland, als der Krieg ausbrach? In welchem nervlichen, moralischen, wirtschaftlichen und gesundheitlichen Zustand ging das deutsche Volk in diesen Krieg? Um diese Fragen zu beantworten, mußte die Atmosphäre des bürgerlichen Lebens in Deutschland eingefangen werden, und es war genau diese Atmosphäre, die dem vorliegenden Tatsachenbericht schließlich seinen poetischen Titel gab: *Wenn die Lichter ausgehen.*

2. Da sie sich auf zehn Geschichten beschränkt hat, war es der Verfasserin möglich, den dunklen Hintergrund zu zeigen, vor dem sie alle spielen – ein Hintergrund aus Tatsachen, die alle belegt werden können. Sie glaubte, es reichte nicht aus, den Alltag irgendeines Rechtsanwalts, irgendeines Geschäftsmanns, irgendeiner Mutter oder irgendeines Pfarrers in Nazideutschland zu dokumentieren, solange sie nicht beweisen konnte, daß gemäß den Vorschriften (die zitiert werden mußten) und den Absichten (die gezeigt werden mußten) des nationalsozialistischen Systems das Leben aller Rechtsanwälte, aller Geschäftsleute, aller Mütter und aller Pfarrer in diesem Land zwangsläufig ähnlich verlief.

Um den Leser nicht damit zu belasten, sind alle Zitate und Daten im Anhang aufgeführt. Wenn schriftliche Zeugenaussagen oder solche beteiligter Personen im Text verwendet wurden, so wurden sie ebenfalls auf den folgenden Seiten vermerkt.

Erika Mann

NACHWEISE

KAPITEL 1

Seite 26: «Ein Sorgenkind erster Ordnung», *Das Schwarze Korps*, [11. 5.]1939.

Seite 29: «Bei der allgemein zu beobachtenden mangelhaften Vorbildung der Gerichtsreferendare, die zum Teil sogar die Nachholung der wissenschaftlichen Ausbildung verlangt, reicht die zur Zeit bestehende dreijährige Referendarzeit zu einer gründlichen Vorbereitung auf den Beruf des Rechtswahrers kaum noch aus.» *Kölnische Zeitung*, 22. 1. 1939.

Seite 30: Ansprache des Reichsführers-SS Heinrich Himmler, zitiert aus *Das Schwarze Korps*, [16. 3.]1939.

KAPITEL 2

Seite 48: In bezug auf die Zwangsauflösung «unproduktiver» Betriebe, zitiert aus *Das Schwarze Korps*, 30. 3. 1939.

Seite 50: Das Hitler-Zitat stammt aus *Mein Kampf*, München 1943, S. 172 f.

KAPITEL 3

Seite 64: Der Große Preis von Frankreich, 9. 7. 1939 [siehe z. B. *Cellesche Zeitung*, 10. 7. 1939].

Seite 64: Der Große Preis von Deutschland auf dem Nürburgring, 23. 7. 1939 [siehe z. B. *Neue Zürcher Zeitung*, 24. 7. 1939].

Seite 65: Absturz eines Flugzeugs der Swiss Air, 20. 7. 1939 [siehe z. B. *Neue Zürcher Zeitung*, 21. 7. 1939].

Seite 65 f.: «Jedes Jahr stellen die amerikanischen Douglas-

Flugzeuge ihre hundertprozentige Zuverlässigkeit und Sicherheit im Dienste der schweizerischen Luftfahrt unter Beweis; es gab keinen einzigen Unfall ... In *jedem* dieser Fälle (von Unfällen bei der Schweizer Luftwaffe) war es eine der neuen Messerschmitt-Maschinen.» *[Neue] Zürcher Nachrichten*, 24. 7. 1939.

Seite 67: Ansprache von Dr. Robert Ley, dem Reichsorganisationsleiter, über «den sinnlosen Verbrauch von Stoffen», Bericht in *Das Schwarze Korps*, 20. 7. 1939.

Seite 75: Einschränkungen der unternehmerischen Entscheidungsfreiheit, zitiert aus der *Frankfurter Zeitung*, 30. 11. 1938.

Seite 77: Erlaß des Reichskommissars für die Preisbildung zu seiner Befugnis, Preise festzusetzen, 12. 8. 1939.

KAPITEL 4

Seite 86: Das Gesetz muß durch die NSDAP ausgelegt werden, *Deutsche Allgemeine Zeitung*, 23. 8. 1939.

Seite 89: [Dr.] Ernst Rudolf Huber, *Verfassungsrecht des Großdeutschen Reiches*, Hanseatische Verlagsanstalt [Hamburg], 1937, stark erweiterte [zweite] Auflage 1939.

Seite 93: Erklärung von Dr. Roland Freisler, Staatssekretär im Reichsjustizministerium, über die Begünstigung von Personen mit den meisten Kindern, zitiert aus *Die Deutsche Justiz*, August 1939.

Seite 97: Zahlen zur steigenden Jugendkriminalität, *Das Junge Deutschland*, Nr. 10, 1937.

KAPITEL 5

Alle Dokumente einschließlich des ursprünglichen Regierungsbefehls («Vorgehensweise in der Judenfrage»), die in diesem Kapitel benutzt werden, liegen der Verfasserin vor.

KAPITEL 6

Seite 129f.: Aussage über die Verwicklung des deutschen Volkes in einem Kampf um Lebensraum, zitiert aus dem Organ des NS-Landwirtschaftsministeriums, *Nationalsozialistische Landpost*, 7.7.1939.

Seite 130: Zahlen für die Verteilung, Verwaltung und unproduktiven Konsum, zitiert aus *Volk und Wirtschaft*, 14.7.1939.

Seite 133: Lohn für Landarbeiter aus dem Bericht des Regierungsexperten für den Raum Magdeburg. Nach dem Bericht für Hessen bekamen unverheiratete Arbeiter bis 1933 einen Jahreslohn von 980 Reichsmark; danach kürzte die Regierung Hitler den Lohn auf 820 Reichsmark.

Seite 134f.: Aussage über österreichische Bauern und Landarbeiter aus dem Bericht des Bauernführers für das Donaugebiet, zitiert aus der *Nationalsozialistischen Landpost*.

Seite 140: «Warnung» des Reichsministeriums für Ernährung und Landwirtschaft, 14.7.1939 [in: *Nationalsozialistische Landpost*, 14.7.1939].

Seite 142: Aussage über den Produktivitätsverlust, zitiert im *Rundbrief des Ziegelverteilungsamts*, Berlin, 20.6.1939.

Seite 144f.: Kohleimport und -export, *Neue Zürcher Zeitung*, 15.8.1939.

Seite 145: Fabrikbesuch von Generälen, Erwähnung von Ankunft und Ansprache des Generals von Brauchitsch, Stabschef der Wehrmacht, bei den Rheinmetallwerken, August 1939.

KAPITEL 7

Die gesamte Geschichte einschließlich der einzelnen Erzählungen der Zellenkameraden stammt aus der Geschichte von «Pastor Gebhardt», die im Besitz der Verfasserin ist. Die Beschreibung des Zwiegesprächs mit Gott und die der Flucht sind wörtlich übernommen. [Dazu Näheres in den Editorischen Bemerkungen, S. 314f.]

KAPITEL 8

Seite 181: Das Gedicht stammt aus *Das Schwarze Korps*, 30.3.1939.

KAPITEL 9

Seite 205: Übertriebener Schwerpunkt auf körperlichem Leistungsvermögen in Schulen, Dr. Günther Scheele, «Körperliche Ertüchtigung als Unterrichtsfach», *Nationalsozialistische Landpost*, 7.7.1939.

Seite 209: Der Kommentar «Geht rechtzeitig zum Arzt!» über die Verschlechterung der Volksgesundheit, zitiert in *Das Schwarze Korps*, 11.5.1939.

Seite 210: «Musik gegen Bakterien», *Cellesche Zeitung*, 7.7.1939.

KAPITEL 10

Seite 230: Hitlers Rede über die Kunst, gehalten zur großen Deutschen Kunstausstellung in München (zitiert aus der *Frankfurter Zeitung*, 17.7.1939), enthielt nicht weniger als 33 grammatikalische Fehler.

NACHWORT

VON IRMELA VON DER LÜHE

✦✦✦✦

«ABENDS in der Library Vorlesung Erika's aus ‹Lights go down›»[1], notierte Thomas Mann am 27. Dezember 1939 im Tagebuch; schon drei Tage später heißt es bei Klaus Mann: «E liest ihm [= Fritz Landhoff] und mir den Schluß ihres Buches vor – die ‹Athenia›-Katastrophe –; rührend und geschickt.»[2] Binnen weniger Monate hatte Erika Mann ihren Erzählzyklus abgeschlossen, der eigentlich «Our Nazitown» heißen sollte und mit dem renommierten Verlagsdirektor Paul Willert für die Oxford University Press verabredet worden war. Im Sommer 1939 hatte Erika Mann das Buch in Arosa zu schreiben begonnen, neben der Arbeit an einem mit dem Bruder gemeinsam verantworteten Buch «The Other Germany», neben zahlreichen journalistischen Tagesarbeiten, vor allem aber unter dem Eindruck der drohenden Kriegsgefahr und dann des am 1. September 1939 mit dem deutschen Überfall auf Polen beginnenden Krieges.

Erika Mann, die politische Publizistin und entschieden antinazistische Journalistin, war fast selbst in der Position des jungen Amerikaners, den sie in ihrem Buch in eine mittelgroße süddeutsche Universitätsstadt kommen und die eigentümliche Stimmung aus romantischer Alltäglichkeit und irritierender Einstimmung auf den bevorstehenden Krieg wahrnehmen läßt. Sie selbst, seit 1935 aus Deutschland ausgebürgert und durch eine kurz zuvor geschlossene Paß-Ehe mit dem Schriftsteller Wystan H. Auden britische Staatsbürgerin, hätte indes eine Reise nach Deutschland nicht wagen können. Von der Schweiz aus beobachtete sie das politische Geschehen; hier, wo bis 1936 der «Stammsitz» ihres Kabaretts «Die Pfeffermühle», gewesen war, sammelte sie Material, sprach mit Emigranten unterschiedlicher sozialer Herkunft, traf alte Bekannte und entwickelte das Konzept eines Buches mit «wahren Geschichten aus dem Dritten Reich» – so lautete der Untertitel; ein Buch, das Tatsachenbericht und lebendige Erzählung sein sollte: «Doku-Fiktion» würde man es heute wohl nennen.

Als es, übersetzt von Maurice Samuel, im Sommer 1940 in New York bei Farrar & Rinehart und in London bei Secker and Warburg erschien, war es von bestechender Aktualität, wie nicht nur im Familienkreise und durch die Verleger bestätigt wurde. Bis ins Schlußkapitel hinein gestaltet Erika Mann Zeit- bzw. Kriegsgeschichte, überführt den Alltag und das große Weltgeschehen in spannende Episoden. Der Literaturredakteur und Blut-und-Boden-Dichter Hans Gottfried Eberhardt, dem im Wettlauf mit Zeit und Behördenwillkür in buchstäblich letzter Minute mit seiner Familie die Ausreise aus Deutschland gelingt, wird mit Hunderten von schiffbrüchigen Emigranten vom amerikanischen Frachter «City of Flint» gerettet. Das Schiff, auf dem sich die Familie ursprünglich befand, war auf hoher See vermutlich beschossen worden und explodiert. Damit übernimmt Erika Mann die in Klaus Manns Tagebucheintrag erwähnte «‹Athenia›-Katastrophe» direkt in ihre Erzählung. Der amerikanische Frachter «Athenia», der viele deutsche Emigranten von Liverpool aus in die USA bringen sollte, war am 3. September versenkt worden. Es handelte sich um eine der ersten kriegsbedingten Schiffskatastrophen, die weltweit Erschütterung auslöste. Die «City of Flint» hingegen, die in Erika Manns Erzählung die Emigranten rettet, wurde in der Wirklichkeit einen Monat später, am 9. Oktober 1939, von einem deutschen Panzerschiff aufgebracht; allerdings nicht versenkt, sondern an die USA zurückgegeben.[3]

Erika Mann läßt die Familie Eberhardt das Schreckensszenario zwar überleben und verschafft ihrem Buch so ein vorsichtiges Happy-End. Indes sollte die Schilderung der auf dem untergehenden Schiff sich abspielenden Szenen nur ein Jahr später, im September 1940, für die Familie Thomas Manns eine eigene brutale Brisanz gewinnen. Die «City of Benares», ein britischer Passagierdampfer, wurde mit knapp 400 Passagieren an Bord in der Nacht des 17. September 1940 im Nordatlantik von einem deutschen U-Boot versenkt. Unter den Passagieren befand sich auch Erika Manns Schwester Monika mit ihrem Mann, dem ungarischen Kunsthistoriker Jenö Lányi. Während Monika Mann gerettet werden konnte, kam ihr Mann ums Leben. Von den 92 englischen Kindern, die sich ebenfalls an Bord der «City of Benares» befanden, überlebten 19. Ihnen setzte Erika Mann mit ihrem 1942 erschienenen Kinderbuch «A Gang of Ten» ein kleines literarisches Denkmal.[4] Das Buch handelt von zehn Kindern unterschiedlicher Nation, die in Kalifornien eine «New World School» besuchen und erfolgreich einer Bande von Saboteuren das Handwerk legen, die einem im Auftrag Hitlers agierenden Mister X unterstellt ist. Das hoffnungsfrohe Ende dieses Kinderbuches und der zukunftsorientierte Ausgang der Erzählung aus dem Alltag des «Dritten Reichs» widerstreiten der strikt realistischen und aufklärerischen Intention von «The Lights Go Down» nicht im mindesten. Sie warnen vielmehr – wiederum in durchaus aufklärerischer Absicht – vor Zynismus und politischer Indifferenz, die sich als Realitätstüchtigkeit ausgibt.

Auch dafür liefert die letzte Geschichte ein Beispiel. Der nationalkonservative, heimattreue Schriftsteller Gottfried Eberhardt, der seinen Posten verliert, weil sein Vorgesetzter ihm die neuen Direktiven zur publizistischen Behandlung der Südtirol-Frage vorenthalten hatte, so daß er einen zwar völkischen, aber nicht aktuell linientreuen Artikel verfaßt hatte, erlebt aus Anlaß seiner Ausreisebemühungen das perfide Zusammenspiel von staatlicher Bereicherungssucht und Behördenwillkür. Sein Vermögen hatte Eberhardt in Ölgemälden und alten Wandteppichen angelegt und mit staatlicher Genehmigung, d. h. mit überhöhtem Exportzoll, nach England geschickt. Wiewohl er alle Papiere und Stempel erhalten, die Gebühren bezahlt, ja schließlich seinen gesamten Besitz dem nationalsozialistischen Staat überlassen hat, verweigert ihm der Zoll mit Verweis auf seine englischen Vermögenswerte seinen Paß. Von Deutschland aus soll Hans Gottfried Eberhardt seine in London aufbewahrten Ölgemälde und Wandteppiche für 1500 Pfund verkaufen, andernfalls werde er seinen Paß nicht bekommen. Da die verlangte Summe nicht zu erzielen ist, muss sich Eberhardt zudem von einem Londoner Bekannten Geld leihen. Die «Via Dolorosa» (S. 243) auf der Jagd nach Stempeln, Bescheinigungen und Dokumenten ist – wie Erika Mann spannend und pointenreich erzählt – damit nicht abgeschlossen, es fehlte «der letzte, der entscheidende Stempel» (S. 247). Der droht verweigert zu werden, weil der zuständige Beamte eine Quittung über 2,20 Reichsmark für die Wasserwerke, die Eberhardt vorgelegt hatte, in den Akten nicht finden kann. An dieser Stelle läßt Erika Mann ihren Protagonisten die Fassung verlieren: Er protestiert lautstark, beschimpft den Beamten als Verkörperung jener «Irren, die Deutschland zugrunde richten» (S. 248), und riskiert damit noch in letzter Minute sein und seiner Familie Leben. Und doch händigt ihm der völlig entgeisterte Beamte seinen Paß aus. «Wir hätten schon ganz am Anfang wie die Irren schreien sollen. Und es wäre jetzt immer noch nicht zu spät» (S. 249), kommentiert Eberhardt wenig später sein Verhalten gegenüber seiner Frau.

Wie Thomas und Klaus Manns Tagebüchern zu entnehmen ist, hat Erika Mann im Dezember 1939 an diesem letzten Kapitel geschrieben. Die dramatischen, an entwürdigender Niedertracht gegenüber den Betroffenen detailreichen Umstände, unter denen Erika Manns Großeltern, Alfred und Hedwig Pringsheim, in buchstäblich letzter Minute München verlassen und in die Schweiz gelangen konnten, lagen gut vier Monate zurück. Es war auch dies ein Hürdenlauf gegen die Bürokratie gewesen, für den Erika Mann ihren Eltern von Arosa aus, wo sie u. a. an «The Lights Go Down» schrieb, brieflich gute Ratschläge zu geben versuchte. Am 20. Juli 1939 heißt es in einem Brief an den Vater mit Bezug auf die Emigration der Großeltern Pringsheim:

> «1.) wegfahren, sofort nach Paß-Erhalt (wird so leicht nicht möglich sein, da […] nach neuester Bestimmung der Auswanderer noch *nach* Empfang des Passes *wiederum* zum Finanzamte muß, um dort einen letzten Stempel zu erlangen). 2.) Sich auf Schluß-Erpressung gefaßt machen und ihr, womöglich schleunig begegnen, statt sich vom Schlage rühren zu lassen. 3) womöglich eruieren, wie lange, *nach* der ‹Versteigerung›, das Ding sich hinziehen kann.»[5]

Tatsächlich erfolgte die staatlich verlangte «Versteigerung» der berühmten Majolika-Sammlung Alfred Pringsheims unter erheblichem Wertverlust.[6] Erika Manns Erzählung vom eigentlich regimetreuen Literaturredakteur Eberhardt, der – zuvor zur Emigration gezwungen – aus seinem nach London transferierten Kunstbesitz seine Exilexistenz hatte aufbauen wollen, mag im Detail des erzwungenen Verkaufs der Kunstgegenstände von den Erlebnissen der Großeltern inspiriert sein; hinsichtlich der verwirrenden und willkürlichen Praxis, die das nationalsozialistische Regime gegenüber «Ausreisewilligen» verfolgte, ist sie – wie nicht nur Erika Manns zitierter Brief vom Juli 1939 belegt – typisch und verallgemeinerbar.

«Typisch» sollten alle zehn Geschichten sein, die Erika Mann in ihrem Buch zusammentrug. In allen Fällen sollten diese Geschichten auf Tatsachen, auf überprüfbaren Fakten, tatsächlichen Quellen, auf dokumentierbarem Material beruhen. Nach eigenem Bekunden verfügte sie zum Zeitpunkt der Abfassung über unendlich viel mehr Material, als sie verwenden konnte. In Briefen an die Eltern[7] stöhnte sie nicht selten über ihr «Oxford-Buch», das ihr zwar sehr viel Vergnügen, aber auch unendliche Mühe mache.

Ganz entschieden aber begeisterte es sie mehr als das andere Buch, an dem sie gleichzeitig mit Klaus Mann gemeinsam schrieb. Unter dem Titel «The Other Germany» zeichnet es Deutschlands Weg in Diktatur und Krieg nach und prangert dabei die angeblich nationalcharakteristische Neigung der Deutschen für autoritäre Führerpersönlichkeiten, antidemokratische Tendenzen und obrigkeitshöriges Verhalten an.[8] In monokausal historisierender Perspektive liefert es deutsche Geschichte von Luther bis Hitler und sucht die seinerzeit vor allem durch den englischen Lord Vansittart vertretene Behauptung zu illustrieren, im deutschen Charakter liege eine Anfälligkeit für faschistische Gewaltherrschaft. Das Buch, in Amerika kaum und in Deutschland nie wahrgenommen, gehört gewiß nicht zu den Meisterwerken der Mann-Geschwister, wohl aber zum Quellenbestand jener aktuellen politischen Literatur, auf die Thomas Mann bei der Abfassung des «Doktor Faustus» zurückgegriffen hat.[9] «Are the Germans Nazis?», so wird in diesem – nach dem Bestseller «Escape to Life» (1939) – zweiten gemeinsamen amerikanischen Buch der Geschwister immer wieder gefragt. Ursprünglich sollte das gesamte Buch diesen Titel tragen. Damit wäre die thematische Nähe zu Erika Manns gleichzeitig entstehendem Zyklus unter dem geplanten Titel «Our Nazitown» noch unterstrichen worden. Schon in «The Other Germany» wird die Frage, ob alle Deutschen Nazis oder gar durch nationale Herkunft führerhörig und autoritätsgläubig seien, keineswegs mit «Ja» beantwortet. Allerdings verfolgt das Buch eine Frage, die nicht nur die schreibenden Mitglieder der Mann-Familie beschäftigt hat, sondern zu einem der wichtigsten Themen der deutschsprachigen Exilliteratur wurde und die historische Forschung bis heute umtreibt. Die Frage nämlich nach den Ursachen und den Gründen dafür, daß das «Volk der Dichter und Denker», deren Werke weltweit als Symbol von Humanität und Zivilisation gelten, einem barbarischen Regime nicht einfach nur anheimfallen, sondern seine begeisterte Zustimmung geben konnte.

Die Geschichten, die Erika Mann in dem hier erstmals auf deutsch vorliegenden Buch erzählt, entstammen im Kern dieser Frage, geben aber naturgemäß und wollen selbstverständlich auch keine theoretisch endgültige Antwort geben. Eher folgen sie dem unausgesprochenen Grundsatz, daß man erzählen und das heißt, in lebensnahe, spannende und belegbare Geschichten bringen müsse, was auf einen einfachen bzw. abstrakten Nenner nicht zu bringen sei. Gleichzeitig illustrieren die Geschichten den Grundsatz, daß sich aus ihnen und daß sich aus der Geschichte überhaupt lernen lasse, ja daß nur in der Bereitschaft und Befähigung, aus der Geschichte zu lernen, die Garantie für eine bessere, friedliche Zukunft erwachse. Man mag solche politische Geschichtsdidaktik für naiv und obsolet erklären; man mag in ihrem aufklärerischen Impetus einen hoffnungslos veralteten Moralismus sehen, der durch die Geschichte des 20. Jahrhunderts selbst widerlegt wurde. Zweifellos aber verdankt sich die berufliche und schriftstellerische Arbeit Erika Manns einer solchen Perspektive, die ihr selbst – wie sie immer wieder betont hat – keineswegs in die Wiege gelegt, sondern Folge persönlicher und politischer Erfahrungen war.

✦

Die 1905 in München als Tochter aus berühmtem Hause geborene Erika Mann erlebte trotz Weltkrieg und Revolutionswirren eine behütete und privilegierte Kindheit. Für Politik hat sie sich erklärtermaßen nicht interessiert, mehr noch, ihresgleichen – so hat sie im Exil selbstkritisch eingeräumt – interessierte sich in den «roaring twenties» ganz selbstverständlich nicht für Politik. Man liebte die Bühnen und die Bars, leidenschaftlich verfolgte man die großen und kleinen Skandale, die sich hinter dem Vorhang abspielten; man war in solche Skandale durchaus auch selbst verwickelt. Die Generation der jungen Künstler, Schauspieler und Intellektuellen der 20er Jahre, zu denen Erika Mann mit ihrem Bruder Klaus gehörte und die sich in stolzem Selbstmitleid gern als eine «Lost Generation» bezeichnete, war an allem, nur nicht am politischen Alltag und an der von allen Seiten bedrohten Weimarer Demokratie interessiert. Sie genoß ihre Freiheit und schöpfte sie weidlich aus. Man hielt sich für modern, neusachlich und illusionslos. Die Frauen trugen Bubikopf und rauchten Zigaretten aus langen Spitzen. Bei Erika Mann kam ein bißchen Schauspiel, ein bißchen Glossenschreiberei für die 1927 gegründete Berliner Tageszeitung «Tempo» hinzu, daneben rasende Fahrten mit dem eigenen Automobil, bisweilen auch als Rennfahrerin für die Firma Ford, und viele durchtanzte Nächte. Vitalität, Unbesorgtheit und Abenteuerlust prägten die Jugendjahre Erika Manns und bestimmten das Lebensgefühl der Kreise, in denen sie während der Weimarer Jahre verkehrte. Der Aufstieg der NSDAP, im Hause Thomas Manns seit 1931 mit Sorge und Abscheu beobachtet, und schließlich die Machtübernahme Hitlers machten aus der begabten und vitalen, aber politisch desinteressierten Erika Mann nicht nur eine Emigrantin, sondern eine Kabarettistin, Publizistin, Kriegskorrespondentin und Vortragsrednerin, die nicht länger Kinderbücher, sondern «politische Lehrbücher»[10] schrieb. Für ihre beiden literarischen Dokumentarberichte «School for Barbarians» (1938)[11] und «The Lights Go Down» (1940) hat sie später diesen Begriff gewählt.

Schauspielerin und Publizistin, Rallyefahrerin und passionierte Raucherin – Erika Mann war eine Frau mit vielfältigem Temperament, mit vielfältigen Neigungen, vor allem mit einer großen Neigung für Menschen. Neben dem Vater war unter diesen der Bruder Klaus der wichtigste, von allen nahen Menschen muß er ihr der liebste, sie ihm die Vertrauteste gewesen sein. Die beiden ältesten Mann-Geschwister machten denn auch nicht selten Schlagzeilen, und oft genug verstanden sie es, aus ihrer zweifelhaften Popularität Geld zu machen. Geld war auch meistens dringend nötig – denn waren schon die Einkünfte aus Bühnenengagements und gelegentlichen Zeitungsbeiträgen nicht sehr hoch, so waren es die Ansprüche an Lebensstandard und Ambiente um so mehr. Ständige Geldknappheit und ein ungebrochenes Bedürfnis nach Luxus und Abenteuer prägten daher auch ein Unternehmen, das zu einer ersten gemeinsamen literarischen Produktion führen sollte. Erika und Klaus Manns Weltreise, im Januar 1927 begonnen und ein knappes Jahr später beendet, wird in einem Bericht beschrieben, der 1929 unter dem Titel «Rundherum»[12] im S. Fischer Verlag erscheint und Kritiker und Leser weidlich amüsiert.

Es ging quer durch Amerika, nach Japan, China und in die Sowjetunion, und vieles an dieser Reise, wenn nicht die Lebensform des Reisens selbst, sollte für die bald folgenden Jahre des Exils präformierend sein. «Das Abenteuer einer Weltreise» war diese Unternehmung im Wortsinne, denn abenteuerlich gestaltete sich vor allem ihre Finanzierung. In Amerika wollte man Vorträge über europäische Literatur und Kultur halten, und dank des berühmten Namens fand sich schon in Deutschland ein Agent, den man in der Hoffnung auf spätere Einnahmen zu großzügigen Vorschüssen veranlassen konnte. Die an Eskapaden und Episoden reiche Reise wurde zur Begegnung mit vielen berühmten Menschen, mit Emil Jannings, Ernst Lubitsch und Greta Garbo, und schließlich war im Abenteuer dieser Reise eben auch noch ein anderes enthalten, das Abenteuer des Schreibens. Dem «Familienfluch»[13] ist auch Erika Mann nicht entgangen:

> «Als, anläßlich einer Weltreise, die Finanzen völlig zerrüttet waren, beteiligte ich mich erstmalig an einem Buch. […] Nun war mein Schicksal besiegelt. Denn nicht nur war das Buch ein Erfolg, – ich konnte mir

überdies nicht länger verhehlen, daß ich mit einer gewissen diebischen Freude an der Arbeit gewesen war. Zwar fuhr ich fort, das Verschiedenste zu treiben, – Theater zu spielen, Rennen zu fahren, Cabarets zu gründen, zu heiraten und herumzureisen – ich brachte dennoch ein Buch nach dem anderen heraus. Auf dringendes Anraten meiner kleinen Geschwister entstand anno 32 mein erstes Kinderbuch. Später waren es dann meine Neffen und Nichten, die mir die Herstellung von Jugendbüchern nicht ohne Strenge zur Pflicht machten [...].»[14]

Reisen und Schreiben blieb auch in Erika Manns weiterem Leben eine Konstante, in der Persönliches und Berufliches, Privates und Politisches sich auf eigentümliche Weise durchdringen. Was als Weltreise und als Bericht über eine Weltreise begann, wird im Exil fortgesetzt werden. Als Vortragsreisende wird Erika Mann in ganz Europa unterwegs sein, an den Schauplätzen des Spanischen Bürgerkriegs, im Prag nach der Okkupation, im von Deutschen bombardierten London. Nach Frankreich und Ägypten, nach Palästina und in den Vorderen Orient fuhr sie als Kriegsberichterstatterin der amerikanischen Streitkräfte. In ebendieser Funktion kam sie 1945 wieder nach Deutschland. Als einzige Frau erhielt sie Zutritt zum Gefängnis in Mondorf les Bains, wo die Hauptkriegsverbrecher auf den Beginn der Nürnberger Prozesse warteten.[15] Auch von dieser Reise hat sie berichtet: für Zeitungen und Rundfunkanstalten, in Vorträgen und in öffentlichen Diskussionen. Reisen und Schreiben wurde zu Erika Manns Lebensform, zu einer Lebensform, die durch das Exil erzwungen wurde, die der Dynamik ihrer Persönlichkeit aber entschieden entsprach.

Diese Dynamik entstammte ausgeprägten Leidenschaften und Obsessionen. Schon in der jugendlichen Begeisterung für Vorführungen und Inszenierungen aller Art, in der Faszination für Dialekte, für das Bayerische vor allem, für Schauspiel, Theater und abenteuerliche Hochstapeleien zeigten sie sich. Hinzu kam, daß Erika Mann nicht nur als persönlichen Zwang empfand, was politische Notwendigkeit wurde. Das gilt für ihre Fähigkeit, überall zu Hause zu sein und in der Fremde szenisch und verbal zu reinszenieren, was sie gerade an anderem Orte erlebt hatte. Das Neue und Fremde wird grundsätzlich aus der Perspektive der Schreibenden, der Berichtenden, der Darstellenden, d.h. im Blick auf seine Erzählbarkeit wahrgenommen. Es ist ein praktisches und professionelles In-der-Welt- und Unterwegssein, das überdies durch 1933 politisch wird.

Zwei Ereignisse im Jahre 1932 sollten für Erika Manns berufliche und politische Zukunft ebenso bezeichnend wie folgenreich werden. Im Januar war sie als Schauspielerin bzw. Rezitatorin zur Mitwirkung an einer von der «Internationalen Frauenliga für Frieden und Freiheit» organisierten pazifistischen Versammlung eingeladen worden. Glaubt man ihren eigenen späteren Worten, so war es die erste im engeren Sinne politische Veranstaltung, an der sie aktiv beteiligt war. Die Leidenschaft und das Bewußtsein für die Politik, d.h. für den Kampf gegen Hitler, wurden angeblich durch diese Veranstaltung geweckt; sie machte die exzentrische Tochter aus berühmter Familie zur überzeugten Kämpferin gegen die Nazis. Obwohl nationalsozialistische Schlägertrupps vergeblich versucht hatten, die Veranstaltung zu sprengen, wurde Erika Mann im «Völkischen Beobachter» heftig attackiert:

> «Ein besonders widerliches Kapitel stellte das Auftreten Erika Manns dar, die als Schauspielerin, wie sie sagte, ihre Kunst dem Heil des Friedens widmete. In Haltung und Gebärde ein blasierter Lebejüngling, brachte sie ih-

> ren blühenden Unsinn über die ‹deutsche Zukunft› vor. […] Das Kapitel ‹Familie Mann› erweitert sich nachgerade zu einem Münchener Skandal, der auch zu gegebener Zeit seine Liquidierung finden muß.»[16]

Auch das zweite Ereignis hatte mit dem Erstarken des Nationalsozialismus zu tun. Mit Rücksicht auf «national gesinnte Kreise» sah sich die Intendanz des Weißenburger Theaters gezwungen, einen bereits unterschriebenen Kontrakt mit der Schauspielerin Erika Mann aufzukündigen. Diese strengte daraufhin einen Prozeß an, der sich bis in die letzten Januartage des Jahres 1933 hinzog und ihr ebensoviel Vergnügen wie publizistisches Echo eintrug. Das Weißenburger Theater wurde gerichtlich zu einer Entschädigungssumme verurteilt. Da es diese nicht aufbringen konnte, zögerte Erika Mann nicht, die gerichtliche Vollstreckung zu erwirken, und als der Gerichtsvollzieher kurzerhand den gesamten Theaterfundus beschlagnahmte, drohten Aufführung und Festspiele zu platzen.

Die Schauspielerin und die politische Akteurin Erika Mann sieht man hier in einer Rolle, und die «Hitlerei» sollte das Repertoire für diese und weitere Rollen nur vergrößern. Die «Pfeffermühle» hielt eine ihrer größten Rollen bereit, denn Politik und Theater, Satire, Unterhaltung und Engagement gegen die Nazis bildeten bei diesem Kabarett eine Einheit.

✦

Am 1. Januar 1933 hatte Erika Manns Kabarett in München eröffnet. Ihr «liebstes Kind» hat sie dieses Unternehmen später genannt, das nach knapp zweimonatiger Spielzeit in München noch für zweieinhalb Jahre in der Schweiz und den europäischen Exilländern spielte.[17] Ein Kabarett gegen Hitler und den deutschen Faschismus, das seit Beginn seiner Vorstellungen in Europa glänzende Erfolge bei Publikum und Kritikern erzielt hat. Therese Giehse und Magnus Henning, Sybille Schloß und Lotte Goslar gehörten zu dem Ensemble aus knapp zehn Personen, dessen Leiterin und Organisatorin, Texterin und Chansonsängerin, Ansagerin und publizistische Verteidigerin Erika Mann gewesen ist. Bis Ende Februar 1933 spielte man in München, die Vorstellungen waren ausverkauft, das Echo war groß, die Gefahr für Ensemble und Leiterin nicht minder. Erika Mann hat später gern und gewiß nicht immer wahrheitsgemäß erzählt:

> «Den März über sollten wir pausieren. Da unser Sälchen uns zu klein geworden war, hatten wir mit dem ehrwürdigen ‹Serenissimus› in Schwabing abgeschlossen, der für uns umgebaut wurde. Am 1. April wollten wir dort neu eröffnen. Nach dem Reichtagsbrand aber hatten die ersten Massenverhaftungen stattgefunden. Von unseren Freunden saßen bereits viele im KZ. Ein Wunder, daß wir noch frei waren. Ich ging zum Besitzer des ‹Serenissimus›, um unsern Vertrag zu lösen. Der Mann war außer sich. Politik hin oder her, – er sei alter Pg, und niemals würden seine Parteigenossen zulassen, daß er geschäftlich dermaßen geschädigt würde.
>
> Einen SA-Saalschutz würde er uns stellen, und wir sollten gefälligst nicht vertragsbrüchig werden, sonst würde er dafür sorgen, daß wir eingelocht würden. […] Ich versprach alles –, und wir reisten ab.»[18]

Das Reisen begann also, in die Schweiz zunächst, wo man am 1. Oktober 1933 die «Pfeffermühle» neu eröffnete. Es folgten Tourneen in die Tschechoslowakei, nach Holland, Belgien und Luxemburg. «Immer direkt» und «rein literarisch» – so hatte Erika Mann den obersten satirischen Grundsatz der «Pfeffermühle» umschrieben. Anläßlich eines Gastspiels in Prag erläuterte sie in einem Vortrag ihr kabarettistisches Konzept:

«Vor allem hatten wir den Wunsch, nicht exklusiv zu sein, – nicht nur zu denen zu sprechen, die ‹es› ohnedies schon wissen, sondern ein breites, unbefangenes Publikum zu interessieren, weil wir wollten, daß die Bauern in den kleinsten schweizer Dörfern und die Angelverkäufer in den holländischen Nestern die Dummheit hassen sollten, wie wir sie hassen; und weil wir wußten, daß es nichts nützen würde, wenn wir ihnen nur vorsagen: ‹Haß du bitte die Dummheit›, – stellten wir ein Scheusal her, ein übergroßes und mächtiges Gespenst, das alles in apokalyptisch-heroischem Unsinn redete, wie wir ihn von der Dummheit zu hören gewohnt sind [...].»[19]

Tatsächlich wurde die «Dummheit» eine der Glanznummern für Therese Giehse. Im langen, rosafarbenen Babykleid, auf dem Kopf eine strohfarbene, schulterlange Perücke – halb Loreley und halb Mänade –, zeigte sie sich als Germania: die personifizierte Dummheit, die so unendlich stolz auf sich ist, von teuflischer Abstammung und mit satanischem Haß auf den Verstand. Sie ist begeistert von ihren Fähigkeiten, das Hirn der Leute zu verkleben («Ich nag' an der Substanz. Von ihrem Stumpfsinn lebe ich [...]»), besonders die Mächtigen dieser Welt haben es ihr angetan, wahre Freudentänze vollführt sie im Gedanken daran, dass sie bei ihnen gesiegt hat («Die Herren tun alles, was ich will / in blut'ger Narretei. / Und ihre Völker halten still. Denn ich bin stets dabei»).[20] Voller Schrecken muß sie am Ende jedoch erkennen, daß sie an sich selbst zugrunde gehen und Opfer ihres Stumpfsinns werden wird. Die Einsicht und das sanfte Licht der Vernunft tauchen auf und berauben die tödliche Dummheit ihrer Macht.

«Lauter Märchen», so lautet nicht zufällig der zweite Teil eines Programms, das in Prag und den böhmischen Ländern, in Amsterdam und Luxemburg mit großem Erfolg gespielt wurde. Mit ihm rief die «Pfeffermühle» die bekannten und beliebten Figuren der deutschen Volksmärchen auf die Bühne: «Hans im Glück» und «Katerlieschen», «Die Hexe» und die «Kleine Seejungfrau», «Des Fischers Frau» und den «Prinz von Lügenland». Aus dem Hans des Grimmschen Märchens wird in Erika Manns Umdichtung der «glücklich» seiner Arbeit, seines Vermögens, seiner bürgerlichen Rechte, seiner Heimat, seines Passes und schließlich seines Transitvisums beraubte Emigrant. Die Hexe klagt dem Publikum ihr Leid: Immer habe sie für das Böse und das Unheil in der Welt herhalten müssen, aber wie gut, dass nun endlich «Von einem Teil der Schimpf und Plag / Die Juden mich entlasten».[21]

Am Ende erscheint Erika Mann als «schöner Prinz» mit Fliegermütze, Reitpeitsche und schwarzer SS-Uniform und besingt die hohe Kunst des Lügens («Wer einmal lügt, dem glaubt man nicht / Wer immer lügt, dem wird man glauben»). Zu Hause im «Lügenland» darf niemand mehr die Wahrheit sagen, das ganze Reich ist von einem wunderbar bunten «Netz aus Lügenfäden [...] umspannt», Orden voller «Lügenglanz und Lügenmut» werden verliehen: «Wir dürfen unsere Feinde morden».[22] Wie im Märchen, so siegt auch in Erika Manns Antimärchen das Böse nicht wirklich. Die Hoffnung bleibt, und für die Gewißheit wird umgedichtet und gesungen, daß doch schließlich die Wahrheit ans Licht kommen, daß das Gute über das Böse, die Vernunft über die Dummheit, der Tatendrang über die Bequemlichkeit der Menschen siegen werde. Visionen von einer Welt der Humanität und des

Gesinnungsanstands, Zuversicht auf das Erwachen aus bösem Traum setzten Erika Mann und ihr Kabarett dem sich innen- und außenpolitisch konsolidierenden Nazireich entgegen.

Bekanntlich lebt Satire von Parodie und Anspielung, von übertreibender Persiflage und Zitatmontage. Unter den Bedingungen von Exil und drohender Ausweisung wurde allerdings der Balanceakt zwischen satirischer Camouflage und unverfänglichem Unterhaltungsangebot immer schwieriger. Ein Beispiel ist der mit Klaus Mann gemeinsam verfaßte dreiteilige Sketch «Die Prophetin»[23], ein Glanzstück in der Gattung «Hitlersatire». Frau Motzknödel, die scheinbar schlichte Hausmeisterin, feiert schreckliche Triumphe mit ihrem Haß auf Fortschritt und Zivilisation, den «zersetzenden Teufel des Intellekts».[24] Inbegriff für all das ist ihr das Telefon. Erst wenn diese undeutsche Erfindung ausgerottet ist, wird die Welt genesen. Frau Motzknödel kommt zur Macht, Telefone und deren Nutznießer landen auf dem Scheiterhaufen. Die Herrscherin mit dem kleinen Verstand und dem gigantischen Haß richtet aus einem «drahtlosen Haus» an ihre verstummten, endlich telefonlosen Untertanen eine große Radioansprache. Wieder eine Glanznummer für Therese Giehse, die tobend, bellend und ordinär grimassierend in allen Stimmlagen imitiert und karikiert, was jeder am heimischen Volksempfänger oder leibhaftig, zum Beispiel im Berliner Sportpalast, schon erlebt hatte.

Mehr als tausend Vorstellungen hatte das Kabarett gegeben, als man sich 1936 entschloß, auch in New York den Erfolg zu suchen. Der aber blieb hier nicht nur aus, das amerikanische Publikum ließ die «Pfeffermühle» schlichtweg durchfallen. Es mag am mangelnden Sinn für die Satire und die kabarettistische Präsentation von Politik gelegen haben, vielleicht aber auch an der unüberbrückbaren Diskrepanz zwischen dem amerikanischen Bedürfnis nach Unterhaltung, Show und Girls einerseits und jener spezifisch europäischen Form des Polittheaters andererseits, in dessen Tradition die «Pfeffermühle» stand. Im Januar 1937 – nach knapp drei Jahren – löste sich die Truppe auf, die «Pfeffermühle» bestand nicht mehr, das Exil hingegen war ein Dauerzustand geworden.

✦

1935 durch eine Paß-Ehe englische Staatsbürgerin geworden, startete Erika Mann nach dem Scheitern der «Pfeffermühle» in Amerika eine zweite Karriere: Allein durchquerte sie den gesamten Kontinent als «lecturer», als Vortragende in unzähligen großen, mittleren und kleinen Städten Amerikas. Sie sprach vor Frauenclubs und jüdischen Hilfsorganisationen, vor Wohltätigkeitsvereinen, in Colleges und Volkshochschulen.

Es handelte sich um eine unter Emigranten sehr beliebte Tätigkeit, für die man von einem Agenten unter Vertrag genommen wurde, der die Tournee und die Termine aushandelte und dafür mit 50 Prozent an den Honoraren beteiligt war.[25] Als lecturer hatte Erika Mann vier bis fünf Vortragsabende pro Woche zu absolvieren, eine Tournee bzw. Saison dauerte in der Regel vier bis fünf Monate. Das bedeutete ein beständiges Unterwegssein, permanentes Reisen und vor allem den Zwang, jeden Abend vor einem anderen Publikum zu sprechen und dabei den Zuhörern den Eindruck zu vermitteln, man sei ausgerechnet ihretwegen gekommen. In der Wahl der Themen waren die lecturer frei, entscheidend war, daß sie auswendig sprachen. Für die gelernte Schauspielerin Erika Mann erwies sich dieser Beruf als gleichsam maßgeschneidert. Übereinstimmend positiv, ja gelegentlich enthusiastisch ist das Urteil in der zeitgenössischen Presse. Klaus Mann, der in seinem Roman «Der Vulkan» mit der Figur der Marion von Kammer ein literarisches Porträt der Schwester gezeichnet hat, schreibt in seiner Autobiographie «Der Wendepunkt»:

> «Ihre Spezialität blieb der direkte Appell und gesprochene Kommentar, der anekdotisch gewürzte Vortrag, die scheinbar improvisierte, in Wahrheit sorgsam vorbereitete Causerie, die teils durch den Charme der Rednerin, teils durch die Solidarität der eigenen Substanz fesselt und überzeugt. Erika konnte eine der begehrtesten ‹lecturers› des Kontinents werden, weil sie Hörenswertes zu sagen hat (‹She has a message!›) und weil sie das Hörenswerte mit liebenswürdiger Intensität zu Gehör bringt (‹She has personality›).»[26]

Erika Mann selbst hat in einem Brief vom Mai 1937 ihrer Mutter gegenüber den neuen «Beruf» etwas anders kommentiert:

> «In Cleveland sprach ich 5 Mal in drei Tagen, was, da ich bekanntlich weder so jung, noch so widerstandsfähig bin wie der liebe Z., mich an den Rand des Zusammenbruchs brachte. Besonders, da ein *improvisierter* (auf englisch!!!) völlig ‹freier› speech ‹about my father› dabei war, der mich, allein wegen seiner Torheit, leicht um die Ecke hätte bringen können. Im übrigen aber war der Aufenthalt eher triumphal, und meine Erfolge als public speaker number 1 häufen sich. Meine etwas kindische Art, Geschichtchen zu erzählen, und, nur an Hand ihrer, Schlüsse zu ziehn, die ungeheuer allgemeinverständlich sind, nimmt die schlichten Amerikaner für sich ein, – und wenn es mich nicht ein wenig zu sehr *langweilen* möchte, in diesen öden Städten um-

herzufahren, allein, – und als tapfere kleine Frau, – ich könnte gewiß davon leben und dürfte wohl auch das Gefühl haben, es nicht völlig nutzlos zu tun.»[27]

Selbstironie und gespielte Naivität bestimmen sowohl den Brief- und Schreibstil Erika Manns als auch ihr Selbstverständnis als politische Publizistin. Die Strapazen des Berufs werden immer wieder zum Gegenstand amüsanter Anekdoten, Reiseerlebnisse bilden den Rahmen für politische Aufklärung. Sie informierte und agitierte, sie plädierte und appellierte: z. B. für den Boykott deutscher Waren in Amerika, für Unterstützungskomitees und Flüchtlingshilfen aller Art. Erika Mann sprach über die Situation von Frauen und Kindern im Exil, über studierende Frauen in Hitlerdeutschland, über Schule und Erziehung im nationalsozialistischen Staat, über die vom nationalsozialistischen Deutschland ausgehende Kriegsgefahr und über das Alltagsleben unterm Hakenkreuz.[28]

Seit 1939 und während der gesamten Kriegsjahre sprach sie über ihre Erfahrungen und Erlebnisse an verschiedenen Kriegsschauplätzen in Europa und anderswo. Die rhetorische und argumentative Anstrengung richtete sich vor allem darauf, die amerikanische Öffentlichkeit, ihre vielen Zuhörer und Zuhörerinnen in den kleinen und großen Städten des amerikanischen Mittelwestens, von der Notwendigkeit eines amerikanischen Kriegseintritts zu überzeugen. Im Zentrum ihrer Vorträge standen persönliche Augenzeugen- und Erlebnisberichte aus dem bombardierten London, wo sie sich in den Jahren 1940 und 1941 jeweils mehrere Wochen aufhielt.

Zur Vortragstätigkeit kam seit 1940 auch die Arbeit für den Rundfunk, insbesondere die zeitweilige Mitarbeit bei den deutschen Sendungen der BBC. Für den alliierten «Ätherkrieg» gegen Deutschland entwarf Erika Mann ein eigenes Konzept, das dem narrativ-dokumentarischen Kompositionsprinzip ihrer Bücher ähnlich ist. Jede Rundfunksendung nach Deutschland – so Erika Mann – müsse aus dem Wissen um das Risiko heraus produziert werden, das man beim Hören von «Feindsendern» in Deutschland eingehe. Es sei schlichtweg unsinnig und unverantwortlich, das Risiko, das die deutschen Hörer beim Einschalten ihres Gerätes auf sich nähmen, durch langweilige, schlechte und überflüssige Sendungen unnötig heraufzubeschwören. Ein Kabarettist in Deutschland, der die Wahrheit sage, gefährde nur sein eigenes Leben; eine englische Rundfunkanstalt, die die Wahrheit auf langweilige und überflüssige Weise sage, gefährde das Leben vieler. Nur durch präzise Tatsacheninformationen in Verbindung mit einem spezifisch persönlichen Zugriff des Vortragenden sei die Wirkung zu garantieren, die man beabsichtige und die allein die Gefahr zu rechtfertigen vermöge, in die ein deutscher Hörer sich begebe, wenn er eine solche Sendung in Deutschland empfange. Genrebilder aus dem Münchener Hofbräuhaus seien ebenso wirkungslos und ungeeignet wie Horrorschilderungen aus den Konzentrationslagern.

Man müsse – so betonte Erika Mann immer wieder – davon ausgehen, daß die Mehrzahl der Hörer «gute Nazis» bzw. «gute Deutsche» seien, patriotisch gesinnte Menschen, die unter den Bedingungen des Krieges «nun erst recht» durchhalten wollten. Gerade wegen dieser Kriegsbedingungen seien sie andererseits zunehmend irritiert, unzufrieden, desillusioniert und darüber hinaus unterernährt und durch Krankheit und Tod von Ehemännern, Vätern und Söhnen skeptisch geworden. Dieser Stimmung und materiellen Lage in Deutschland, insbesondere unter den Frauen, habe man Rechnung zu tragen. Hier möge man in den Sendungen anknüpfen: an den täglich mühseliger werdenden Bedingungen des Kriegsalltags. Vor allem aber möge man nicht den Versuch unternehmen, allgemeine politische Belehrungen und Erklärungen zu senden, diese würden entweder auf Ablehnung stoßen oder gar nicht ernst genommen. Nur dann könnten die britischen Rundfunkprogramme eine Wirkung haben, wenn in ihnen ausgesprochen werde, was die «guten Nazis» in Deutschland allmählich selbst entdeckten. Selbstverständlich gehöre dazu die Einsicht, daß sie für diesen Krieg und insofern für ihr alltägliches Elend verantwortlich seien.

In welchem Maße die von Erika Mann entworfenen Sendungen tatsächlich zu Nadelstichen gegen das nationalsozialistische Regime wurden, beweist ein Kommentar im «Völkischen Beobachter»:

> «Ist Mister Duff Cooper also schon bis zur Erika Mann hinabgestiegen? Besser als alle erlogenen Albernheiten, die er täglich über die Antennen jagt, spricht die Wahl dieser politischen Gebrauchsdirne aus dem Hause Mann. Denn nur dort, wo das Salz dumm geworden ist, wo sich die Geistlosigkeit mit dem Unrat der Gosse vermählt, da erscheint dieses Paradestück, das zu dem einst so hochliterarischen und charakterlich so verlumpten Thomas Mann ‹Vater› sagen darf.»[29]

Als sie Ende Oktober 1940 fürs erste nach Amerika zurückkehrte, wurde in Goebbels' Propagandaministerium der Presse folgende Weisung erteilt:

> «Die Tatsache, daß Erika Mann von England nach New York abgeflogen ist, soll dahingehend ausgewertet werden, daß sie als Musterbeispiel dafür gezeigt wird, wie gewisse Kreise erst den Krieg gegen Deutschland geschürt und ihn auf Englands Seite propagiert haben und wie diese selben Kreise nun nach Amerika zu verschwinden trachten.»[30]

Anschaulich und authentisch, episodisch und dokumentarisch sind Erika Manns Vorträge, Rundfunksendungen und auch ihre im amerikanischen Exil entstandenen Bücher angelegt. Das konkrete und anekdotisch «Besondere» wird herausgestellt, erst von hier aus wird auf politisch Grundsätzliches geschlossen. Schlußfolgerungen und politische Positionen werden nahegelegt, bilden aber nicht den Ausgangspunkt der jeweiligen Texte. Die Schauspielerin, die Kabarettistin und auch die Kinderbuchautorin wird in solchen publizistischen Prinzipien immer wieder sichtbar. Erika Mann erlebt die Wirklichkeit des Exils und die Erfordernisse des politischen Kampfes gegen Hitler nicht als Aufforderung zum politisch-philosophischen Traktat, Essay oder Bekenntnis, auch nicht als Aufforderung zur großen in sich geschlossenen epischen Form, sie erlebte diese Wirklichkeit als Aufforderung zur alltäglichen Geschichte, zur teils witzigen, teils tiefernsten Anekdote, zum Erzählen und Berichten. Dabei entstehen Geschichten, die das Leben schreibt: traurig, aber nicht verzweifelt, anrührend, aber nicht deprimierend, moralisch, aber nicht dogmatisch.

✦

«Rührend» und «geschickt» hatte der Bruder Erika Manns Erzählzyklus über den Alltag im «Dritten Reich» genannt. Dieses Urteil wird er in Kenntnis der nicht geringen Zahl von literarischen Werken der deutschsprachigen Emigration gesprochen haben, in denen «mit dem Blick» nach Deutschland das Leben unter der Hitler-Diktatur bzw. Deutschlands Weg in die Diktatur geschildert wurde. Lion Feuchtwangers schon 1933 erschienener Erfolgsroman «Die Geschwister Oppenheim», Lili Körbers «Eine Jüdin erlebt das neue Deutschland» (1934), Irmgard Keuns

«Nach Mitternacht» (1937) und Klaus Manns eigener Beitrag zum Genre des Deutschlandromans, «Mephisto» (1936), sind hier zu nennen. Ebenso Bertolt Brechts im Pariser Exil uraufgeführte Szenenfolge «Furcht und Elend des 3. Reiches» (1938), «Das siebte Kreuz» (1942) von Anna Seghers und Anna Gmeyners literarisch-metaphysische Milieustudie «Manja. Roman um fünf Kinder» (1938), schließlich Arnold Zweigs «Das Beil von Wandsbek» (dt. 1947). In all diesen literarischen Texten wird mit ganz unterschiedlichen erzählerischen oder dramatischen Mitteln versucht, die alltägliche Realität im nationalsozialistischen Deutschland zu vergegenwärtigen, die materiellen Ursachen und die mentalen Dispositionen auszumachen, welche die Durchschnittsbevölkerung im Deutschland der späten 20er und frühen 30er Jahre den Nationalsozialisten in die Arme trieb bzw. die von ihnen ausgehende Gefahr unterschätzen ließ. Es sind literarische Versuche, ein politisches und sozialpsychologisches Geschehen verstehen und bearbeiten zu helfen – und dies auch noch, als sich die anfängliche Hoffnung auf ein schnelles Ende der Diktatur zerschlagen hatte.

Die politische und moralische Verwerflichkeit des Regimes anzuprangern, die charakterliche und intellektuelle Mediokrität seiner Führer und Anhänger zu entlarven, war politisches Ziel, ästhetische Herausforderung und häufig auch der programmatisch eingeforderte Auftrag, dem sich viele exilierte Autorinnen und Autoren verpflichtet sahen. Zugleich suchten sie auf diese Weise der nach ihrer Ansicht zum Verstummen gebrachten innerdeutschen Literatur eine Stimme zu geben und die Verbindung zwischen der emigrierten und der nichtemigrierten deutschsprachigen Literatur und Kultur aufrechtzuerhalten. Im Vertrauen auf eine gemeinsame, gegen die herrschende Unkultur immune Tradition deutscher Geistigkeit und Humanität und mit dem ebenso verständlichen wie im Ergebnis uneinlösbaren Anspruch, in Kunst und Literatur einen Ort der Freiheit und Menschenwürde zu garantieren und gegen die Widrigkeiten der Exilexistenz zu behaupten, entstand über die erwähnten Werke hinaus eine deutschsprachige Literatur im Exil, deren Wiederentdeckung und wissenschaftliche Erforschung bei weitem nicht abgeschlossen ist.

Fast genau 65 Jahre nachdem er in den USA erschienen war, liegt Erika Manns Zyklus von Alltagsgeschichten aus dem «Dritten Reich» nun erstmals auf deutsch vor. Nicht nur wegen seiner Entstehungszeit, sondern auch aufgrund seiner Erzählweise unterscheidet er sich von den erwähnten Deutschlandromanen der Exilliteratur. In ihrer Mehrheit hatten sich die Exilautoren spätestens seit 1938 anderen Themen und Motiven zugewandt: der Exilerfahrung selbst, dem historischen Roman, der literarischen Biographik. Erika Mann hingegen hatte, vom Kinderbuch, vom Kabarett und damit von den epischen Kleinformen herkommend, schon mit ihrem Buch über «Zehn Millionen Kinder. Die Erziehung der Jugend im Dritten Reich» (1938 dt. u. engl.) eine Form gefunden, die sie für «The Lights Go Down» verfeinerte bzw. erweiterte.

Durch einen schlichten Rahmen – ein Amerikaner besucht den Schauplatz des Geschehens und findet sich am Ende «zufällig» auf dem gleichen Flüchtlingsschiff wie der Protagonist der letzten Geschichte – werden zehn Geschichten locker zusammengehalten. Der Schauplatz ist immer der gleiche: eine katholische süddeutsche Universitätsstadt, mit Kathedrale und Krankenhaus, Polizeigebäude und Gefängnis, Fabrik und Mietshaus. Pittoreske Gassen und mittelalterlicher Marktplatz evozieren die Atmosphäre gediegener Bürgerlichkeit oder kleinstädtischer

Behäbigkeit. Der fremde Besucher ist fasziniert und gelangt zu der – wie sich bald herausstellt – voreiligen Vermutung, in Deutschland sei nicht nur alles in bester Ordnung, sondern mit Hitlers Hilfe in nachgerade idealem Zustand. Aber die Aura deutscher Kleinstadtromantik wird durch Stiefelknallen und schrille Lautsprechertöne gestört. Nur weil er als Ausländer nicht dazu verpflichtet werden kann, bleibt dem Amerikaner eine Verwarnung dafür erspart, daß er die öffentliche Übertragung einer Hitlerrede versäumt hat. Der aufkeimende Zweifel des fremden Gastes, dem der Leser erst im letzten Kapitel wiederbegegnet, wird durch den Verlauf der Erzählungen zunehmend bestätigt. Er bestimmt auch die Sichtweise der Erzählerin, die als imaginäre Fremdenführerin und allwissende Berichterstatterin dem Leser einen Blick ins Innere der Häuser, hinter die Kulissen der regimekonformen Alltäglichkeit ermöglicht.

Die thematische und kompositorische Anlage des Zyklus erinnert an jenes literarische Genre, das sich seit dem Ende des 18. Jahrhunderts und mit charakteristischer Akzentverschiebung seit Beginn des 20. Jahrhunderts in Amerika besonderer Beliebtheit erfreute: die «small town literature», die in teils nostalgischen Szenen, teils satirischen Bildern das amerikanische Kleinstadtleben einzufangen suchte.[31] Mit ihr wurden der amerikanische Mittelwesten, die verstreut liegenden Dörfer und Kleinstädte literatur- bzw. bühnenfähig. Edgar Lee Masters «Spoon River Anthology» (1915), Sherwood Andersons «Winesburg, Ohio» (1919), vor allem aber Sinclair Lewis' «Main Street» (1920) waren die bekanntesten Vertreter. Mit den beiden letztgenannten Autoren waren Erika und Klaus Mann seit 1928 befreundet.[32]

Zwischen literarischem Experiment und soziologischer

Studie bewegen sich diese Texte, deren inhaltliches Interesse der kritischen Auseinandersetzung mit Konventionen und Konflikten des kleinstädtischen Lebensalltags galt. «Middletown: A Study in American Culture» lautet der Titel der ersten empirisch-soziologischen Studie von Helen M. Lynd und Robert S. Lynd, die 1929 erschienen war.[33] Mit dem Untertitel der amerikanischen Ausgabe ihres Buches «Middletown – Nazi Version» scheint Erika Mann wenn nicht direkt an die soziologische Forschung, so doch an ein seinerzeit populäres Sujet angeknüpft zu haben. Der Zielsetzung ihres Buches, das sich an ein amerikanisches Publikum und nicht – wie die Mehrzahl der deutschsprachigen Exilliteratur – an deutsche Emigranten richtete, konnte dies nur nutzen. In aktueller, aufklärerischer Absicht bediente sich Erika Mann mit ihrer literarischen Kleinstadtstudie aus Süddeutschland einer in Amerika bekannten Gattung. Sie bewegte sich gleichsam in eingeführten Mustern und verdeutlichte an überprüfbarem Material den schleichenden Übergang vom ereignislosen Durchschnittsalltag zur Lebensrealität im totalitären Staat.

✦

Auch aus Thornton Wilders 1939 uraufgeführter Szenenfolge «Our Town» mag Erika Mann für ihren Erzählzyklus Anregungen gezogen haben. In Boston hatten die Geschwister im November 1939 eine Aufführung des populären Stücks gesehen. Mit seinem Autor, der 1938 den Pulitzer-Preis erhalten hatte, waren Erika und Klaus Mann gut bekannt. «Our City» heißt das erste Kapitel von Erika Manns Buch, und wie der das Publikum durch Rückblenden aufklärende «stage manager» bei Thornton Wilder, so begleitet die kommentierend berichtende Erzählerin den Leser durch «unsere Stadt» in Süddeutschland. Mit ihren Büchern, die der politischen Information des amerikanischen Publikums dienen und die isolationistische amerikanische Außenpolitik in Frage stellen sollten, knüpfte Erika Mann also nicht nur kompositorisch, sondern auch thematisch an die amerikanische Gegenwartsliteratur an. Die Grundsituationen im Alltag ganz normaler Menschen (Liebe, Krankheit, Tod) deutet Thornton Wilder in seinem Stück als Bestandteil einer universalen Ordnung, in der auch das Gewöhnliche seinen Platz und seinen lebendigen Wert hat. Die «Middletown – Nazi Version», die Erika Mann knapp zwei Jahre später dem anglo-amerikanischen Publikum vorlegt, illustriert hingegen die Gefährdung und Pervertierung dieser Alltäglichkeit durch Diktatur und Barbarei.

Intertextuelle Bezüge zur amerikanischen «small town literature» springen also ins Auge, werden zudem durch die persönliche Freundschaft der Mann-Geschwister mit Sinclair Lewis erhärtet. Lewis gilt mit «Main Street» (1920) nicht nur als einer der Begründer der neuen Gattung, mit seinem 1935 erschienenen Roman «It Can't Happen Here» hatte er die amerikanische Gewißheit zu erschüttern versucht, Faschismus sei ein rein europäisches bzw. deutsches Phänomen. Im gleichen Jahr wie «The Lights Go Down», 1940, erschien in Amerika Erika Manns Gesprächserzählung «Don't Make the Same Mistakes»[34], mit der sie Sinclair Lewis' Warnung unterstreicht. Auf einer mehrtägigen Bahnreise zwischen Chicago und Los Angeles führt die Erzählerin lange und heftige Gespräche mit einem jungen gebildeten Amerikaner, der den Standpunkt «It can't happen here» konsequent vertritt, durch die Argumente und Erfahrungen seiner Gesprächspartnerin aber verunsichert wird. Vor allem in der politischen Schlußfolgerung stimmen die Kontrahenten am Ende überein: Innen- und vor allem außenpolitisch kann es niemals wirkliche Sicherheit geben, wenn Sicherheit das einzige Ziel politischen Handelns bleibt. Politik im Gespräch und als Gespräch prägt auch in dieser Erzählung, die man sich als Fortsetzung des Schlußkapitels von «The Lights Go Down» vorstellen kann, das literarische Konzept. Fiktionalisierung wird zum Mittel der politischen Publizistik, die einfache Alltagserzählung zum Schlüssel für komplexe politische Sachverhalte.

✦

«Irgend etwas in Deutschland ist absolut nicht in Ordnung», heißt es zu Beginn der 7. Erzählung in «The Lights Go Down», die vom Schicksal dreier Männer unterschiedlichen Alters und sozialen Standes handelt. Zwei von ihnen, der junge Bauer und der gewitzte regimetreue Jungunternehmer, der mit der Produktion von Schildern mit der Aufschrift «Dieser Ort ist judenfrei» gutes Geld verdient hatte, befinden sich aus systemtypisch banalem Anlaß im Gefängnis. Der Bauer hatte dem nationalen Aufbauprogramm zuwidergehandelt, indem er verbotenerweise Gerste an seine Hühner verfütterte, und der Jungunternehmer hatte mit einem Witz die Ehre des Führers beleidigt. Der dritte, Pastor Dr. Gebhardt, repräsentiert den christlichen Widerstand. Nach den Pogromen vom 9. November 1938 predigt er gegen das Regime und landet dafür im Gefängnis. Die Geschichte seiner wunderbaren Rettung liest sich wie die Transformation der christlichen Märtyrerlegenden ins Politisch-Realistische; nicht zufällig hat Erika Mann im Appendix, dessen Quellenangaben zum überwiegenden Teil verifiziert werden konnten, in diesem Fall zur Fiktion gegriffen. Die Briefe und Erzählungen von Pastor Gebhardt befinden sich nicht in ihrem Nachlaß.

Die Figurenentwürfe, Handlungsmuster und Motivverknüpfungen sind fast durchgängig antithetisch angelegt. Wie der anfangs positiv eingestimmte Amerikaner, so sind auch alle anderen «Helden» Durchschnittsmenschen. Aus Desinteresse oder Opportunismus, aus Überzeugung oder Indifferenz stehen sie dem nationalsozialistischen Regime positiv gegenüber.

Frau Murks schimpft zwar über die Luftschutzübungen, steht aber treu zu ihrem Führer; der Fabrikant Huber will zwar eigentlich seine Sekretärin heiraten, riskiert eine solche Tat aber dann doch nicht, als er von ihr erfährt, daß sie «Halbjüdin» ist. Er tröstet sich mit künstlicher Schlagsahne und dem Gedanken an die Prosperität seines Betriebes, der kriegswichtige Güter produziert. Der Blut-und-Boden-Dichter Eberhardt zählt in einer Rede des Führers 33 grammatische Fehler und wandert ins Gefängnis, obwohl der entsprechende Artikel gar nicht gedruckt wurde. Ein junges Paar, beide überzeugte Nationalsozialisten, wird in den Selbstmord getrieben, nachdem die junge Frau einige Tage in der Klinik eines «liberalen» Arztes verbracht hatte. Obwohl dort keine Schwangerschaft festgestellt worden war, bringt die mehrtägige Abwesenheit das Paar in den Verdacht einer Abtreibung. Der Kolonialwarenhändler schließlich ist gezwungen, seine Bilanzen zu frisieren, andernfalls würde er die staatlichen Rentabilitätsnormen nicht erfüllen und die entsprechend hohen Steuern nicht aufbringen können. Nur weil er die «Beziehung» zwischen seiner Frau und dem Blockwart duldet, wird er für sein betrügerisches, aber überlebensnotwendiges Tun nicht angezeigt werden.

Vor Verleumdung und Denunziation besteht im Alltag

des «Dritten Reichs» keinerlei Schutz. Im Gegenteil, das Regime basiert auf Opportunismus und Denunziation, auf primitivem Karrieredenken und niedrigem Egoismus (Dr. Killinger!). Planwirtschaftliches Chaos und unsinnige Verordnungen, dazu die ökonomische und mentale Vorbereitung auf den Krieg machen aus unpolitischen Menschen wenn nicht überzeugte Gegner des Regimes, so doch mißmutige (in einem Fall sogar in Wahnsinn und Tod getriebene) Zeitgenossen. Der Alltag in Deutschland – so die unausgesprochene, aber variantenreich illustrierte Botschaft des Buches – macht die Menschen nicht zufrieden; die verordnete Normalität hat dem Alltag seine Alltäglichkeit genommen. Mit spannend erzählten Episoden aus unterschiedlichen Milieus wirft Erika Mann Schlaglichter auf diese durch Diktatur und Krieg zerstörte Alltagswelt, die vom Widersinn der rassistischen Ideologie und vom Aberwitz einer aggressiven Lebensraumpolitik beherrscht wird.

Etwas indes scheint die völlige Unterwerfung der Personen unter die «Macht der Verhältnisse» zu verhindern, etwas im Innern der Personen erweist sich als unzerstörbar durch Terror und Diktatur. An keiner Stelle des Buches wird es programmatisch formuliert, mit keiner der zehn Erzählungen moralisierend behauptet. Und doch haben die kleinbürgerlichen Anhänger und die bildungsbürgerlichen Befürworter des Regimes ihren gesunden Menschenverstand noch nicht völlig eingebüßt, in den meisten von ihnen ist das Gefühl für Gerechtigkeit und menschlichen Anstand noch nicht erstickt, ganz im Gegenteil: Unaufdringlich, aber wahrnehmbar stattet Erika Mann viele ihrer Figuren oder Szenen mit subversiven oder direkt widerständigen Zügen aus. Der junge Landmann Xaver Weber macht Bekanntschaft mit einem städtischen Arbeiterverein, dem klandestinen «Club der Deklassierten», und der Matrose Max Murks besucht in New York eine Versammlung von Nazigegnern. In beiden Fällen ereilt die Figuren ein schnelles Schicksal, der eine landet im Gefängnis, der andere wird erschossen. Am Heiligen Abend wird der Mutter die Schreckensbotschaft überbracht. Gegen die Pervertierung christlich-abendländischer Prinzipien und Traditionen empört sich auch das Gewissen des städtischen Gestapochefs, der die Anweisungen zur Vorbereitung und Durchführung der Pogrome vom 9. November nicht nur ignoriert, sondern die Juden der Stadt warnt und mit schnell ausgefertigten Pässen zur Emigration veranlaßt. Den jüdischen Arzt Dr. Wolf freilich warnt er vergeblich; daß man ihm, «dem unschuldigen Juden», etwas tun werde, kann und will er nicht glauben.

> «Es war ein seltsames Bild: Der Jude gab seinem unerschütterlichen Glauben in die Ehrbarkeit des nationalsozialistischen Staates Ausdruck, während der Gestapobeamte ihn von der Notwendigkeit des völligen Mißtrauens und der Flucht überzeugen wollte.» (S. 116)

So der knappe Kommentar der Erzählerin, die an dieser Geschichte die historisch vielfältig belegte Obrigkeitstreue des assimilierten deutschen Judentums illustriert. Das hochpolitische Handeln des Franz Deiglmeyer entstammt nicht etwa prinzipieller Opposition, es ist Folge jener in Erika Manns Sicht offenbar unzerstörbaren Gewissensbindung und Moralität, die das Regime im Einzelfall selbst in seinen Anhängern und Repräsentanten aktiviert.

Daß der Gestapochef sein Handeln mit der Flucht in die Schweiz und – trotz vielfältiger Proteste und Hilfsbemühungen – mit seiner Auslieferung an das nationalsozialistische Deutschland bezahlen muß, überrascht kaum; es illustriert die von Erika Mann früh und scharf kritisierte schweizerische Politik der «Neutralität» gegenüber dem nationalsozialistischen Deutschland. Gewiß ist es kein Zufall, daß die Vertreter der städtischen Eliten in Erika Manns Zyklus – neben dem Gestapochef sind es der Leiter des Stadtkrankenhauses, der Professor für Kriminalrecht und der Literaturredakteur – entweder offen oder versteckt, entweder direkt oder indirekt der verordneten Dummheit und Gewissenlosigkeit entgegenwirken. Der deutschnational gesinnte Jurist, ein – wie die Erzählerin ausdrücklich betont – «germanischer» Typ, hat den Nazis zwar seine Karriere zu verdanken, vermag sich mit den rechtsverdrehenden Grundsätzen des «völkischen Staates» und der «rechtsetzenden» Funktion des Führers indes nicht anzufreunden. Seine Vorlesung, von den staunenden Studenten begeistert aufgenommen, wird zur camouflierten Satire. Mit einer Zitatmontage aus dem seinerzeit grundlegenden «Verfassungsrecht des Großdeutschen Reiches» von Ernst Rudolf Huber, vor allem aber mit einer situationskomischen, allein dem gesunden Menschenverstand verpflichteten Kasuistik demontiert Professor Habermann in der akademischen Öffentlichkeit die Absurdität des nationalsozialistischen Rechtsverständnisses. Ein direktes Wort der Kritik fällt dabei nicht. Die Spottlust der Kabarettistin spricht aus keinem Abschnitt des Buches so deutlich wie aus diesem.

Der berühmte Chirurg und Klinikchef, Professor Scherbach, auf den seine Heimatstadt besonders stolz ist, entwickelt sich durch die Erlebnisse in seinem direkten beruflichen Umfeld. Alltägliche Erfahrungen machen ihn wenn nicht zum Kritiker, so doch zum skeptischen Beobachter mit der Bereitschaft zu handeln, wo es ihm sein berufliches Ethos gebietet. Er empört sich über die berufliche Inkompetenz des neuen Krankenhauspersonals, über die Indifferenz seiner Mitarbeiter, er erfährt die Umstände, aufgrund derer Frau Murks einen Gehirnschlag erlitt, gibt ihr die erlösende Spritze und nimmt sich ihres zweiten Sohnes an. In Professor Scherbach porträtiert Erika Mann den Typus des fachlich und künstlerisch hochbegabten Wissenschaftlers, der die Machtübergabe an Hitler mit dem Satz kommentiert hatte: «Ein Kegelverein hat seinen Vorsitzenden gewechselt, mehr auch nicht.» (S. 200) Scherbach verkörpert die sehr deutsche Mischung aus hoher beruflicher Kompetenz, kenntnisreicher Kunstpflege und gleichsam aggressiver Abstinenz gegenüber Fragen der Politik und der politischen Verantwortung. Aber auch dieser für die Tradition des deutschen Bildungsbürgertums fraglos wirkungsmächtige Typus ist nicht so borniert oder abgestumpft, daß er vom widervernünftigen und gewaltbereiten Mittelmaß, das ihm in seiner eigenen Welt begegnet, unberührt bliebe.

So unterschiedlich das jeweilige Milieu und Bildungsniveau, so heterogen die Lebensentwürfe und beruflichen Ziele: alle Geschichten aus Erika Manns Zyklus arbeiten mit der Antithese von gesundem Menschenverstand und nationalsozialistischer Barbarei. Sie alle illustrieren, daß das Regime sich selbst aushöhlt, indem es einer mehrheitlich anpassungsbereiten Bevölkerung ein normales, durchschnittliches Leben verwehrt. Vieles am nationalsozialistischen Alltag ist lächerlich oder grotesk; die Fülle der sich widerstreitenden Bestimmungen, die offenkundig inkompetenten, aber linientreuen Repräsentanten (der Assistenzarzt oder der Chef der örtlichen Zeitung), die Gründe, derentwegen man ins Gefängnis wandern konnte. Die «Dummheit» – die Erika Mann bereits in der «Pfeffermühle» karikiert hatte – und mit ihr die Barbarei sind mit

Hitler an die Macht gelangt. Er selbst und seine Anhänger sind bestenfalls schlechte Schauspieler, Schmierenkomödianten und doch zugleich in ihrer primitiven Roheit eine Bedrohung für die Zivilisation insgesamt. In einer Londoner Pressemitteilung heißt es im Oktober 1940 über Erika Manns Buch: «A terrifying book that furnishes proof – if proof still will be needed – that Nazism must be destroyed if Christian civilisation is to live.»[35]

Ohne empörten Unterton und ohne entrüstet erhobenen Zeigefinger reiht Erika Mann ihre Geschichten aneinander. Es sind Geschichten, die davon erzählen, daß man mitlaufen und mitmachen, aber durch schlichte Unterlassung (Gestapochef und Pfarrer) auch *nicht* mitmachen konnte. Tragische Größe erwächst aus beidem nicht. Es gibt – mit Ausnahme von Dr. Gebhardt – keine «Helden» in diesem deutschen Durchschnittsalltag. Statt dessen gibt es die Erfahrung und die Hoffnung, daß trotz der mit Kriegsbeginn in Deutschland ausgebrochenen Dunkelheit das Licht menschlichen Anstands und moralischer Rechtschaffenheit noch nicht vollständig erloschen ist. Insofern wird der Titel des Buches und seiner letzten Episode durch diese selbst, aber auch durch die Mehrzahl der anderen Geschichten widerlegt.

Auch in einer anderen Hinsicht mag man in Erika Manns Erzählzyklus wenn nicht eine Widerlegung, so doch eine Relativierung gängiger und gegenwärtig bei einem Teil der historischen Forschung und der interessierten Öffentlichkeit gern formulierter Vorstellungen erkennen. Es ist die für einen begrenzten Bereich zweifellos zutreffende These, daß «ganz normale» Menschen das verbrecherische Regime nicht nur getragen, sondern die Verbrechen auch exekutiert hätten. Nicht menschliche Monstren oder pathologische Irre, nicht Teufelsgestalten oder abnorme

Charaktere waren am Werk, sondern Durchschnittsdeutsche in banaler Bösartigkeit. Erika Manns Zyklus liefert Beispiele solch banaler Bösartigkeit, und er liefert Beispiele für Zivilcourage; vor allem aber ermöglicht er Einblicke in die mentale Disposition einer Durchschnittsbevölkerung, die sich weder zum einen noch zum anderen veranlaßt sah, sondern nichts wollte als die Fortführung ihres alltäglichen Lebens. Dem Fabrikanten Huber schreibt Erika Mann diese Haltung zu:

> «Herr Alfred Huber, der Fabrikant, war ein typischer Bürger unserer Stadt. Die anderen waren wie er: deprimiert und verwirrt [...]. Das ist Schicksal, dachten sie, unser Schicksal, Deutschlands Schicksal. Und nur in seltenen Augenblicken erschreckender Klarheit stellten sie sich die Frage, von deren Beantwortung alles abhing. Warum, so fragten sie sich dann, warum folgen wir in blindem Gehorsam einem Schicksal namens Adolf Hitler? Warum gehorchen wir? Da aber die Antwort ausblieb, gehorchten sie – fürs erste – weiter.» (S. 81)

Auch die populäre Auffassung, die Deutschen seien nicht zuletzt aufgrund von Bombenkrieg und Vertreibung die ersten Opfer des nationalsozialistischen Regimes gewesen, wird man in Erika Manns Buch nicht bestätigt finden. Unter dem Eindruck des vom nationalsozialistischen Deutschland entfachten Krieges entwirft sie statt dessen eine narrative Bildergalerie aus diesem Deutschland, die weder monströse Verbrecher noch heroische Widerstandskämpfer enthält, sondern ein breites, sozial und mental ausdifferenziertes Spektrum alltäglicher Typen. Ihr gemeinsames Merkmal ist, daß sie über gesunden Menschenverstand und ein menschliches Gewissen verfügen; daß ihr christlicher Glaube oder ihr berufliches Ethos, ihr Realitätssinn oder ihre Liebe zu Kunst und Literatur durch die

Macht des totalitären Regimes nicht wirklich, d.h. nicht dauerhaft korrumpiert werden können. In einem solchen Plädoyer für das sanfte, aber wirksame Licht der Vernunft hat die Publizistin und Schriftstellerin Erika Mann stets ihre Aufgabe gesehen, und darin auch darf man die Aktualität und bleibende Bedeutung ihres literarischen Zeitdokuments über den Alltag im «Dritten Reich» sehen.

1 Thomas Mann: Tagebücher 1937–1939, hrsg. v. Peter de Mendelssohn. Frankfurt/M. 1980, S. 515.
2 Klaus Mann: Tagebücher 1938–1939, hrsg. v. Joachim Heimannsberg, Peter Laemmle, Wilfried F. Schoeller. München 1990, S. 150.
3 Vgl. Jürgen Rohwer u. Gerhard Hümmelchen: Chronik des Seekriegs 1939 bis 1945. Oldenburg, Hamburg 1968, S. 12.
4 Erika Mann: A Gang Of Ten. New York (L. B. Fischer) 1942. Deutsche Ausgabe (übersetzt von Elga Abramowitz) unter dem Titel «Zehn jagen Mister X». Berlin 1990.
5 Erika Mann: Mein Vater, der Zauberer, hrsg. v. Irmela von der Lühe u. Uwe Naumann. Reinbek 1996, S. 138.
6 Vgl. u. a. Thomas Mann: Tagebücher 1937–1939: a. a. O., passim, sowie Inge u. Walter Jens: Frau Thomas Mann. Das Leben der Katharina Pringsheim. Reinbek 2003, S. 218–221.
7 Vgl. Erika Mann: Briefe und Antworten I, hrsg. v. Anna Zanco-Prestel. München 1984, S. 144f.
8 Zu den Einzelheiten vgl. Irmela von der Lühe: Erika Mann. Eine Biographie. 6. Auflage, Frankfurt/M. 2002, S. 224ff.
9 Hans Rudolf Vaget: «‹Germany: Jekyll and Hyde.› Sebastian Haffners Deutschlandbild und die Genese des ‹Doktor Faustus›». In: Eckhardt Heftrich u. Helmut Koopmann (Hg.): Thomas Mann und seine Quellen. Frankfurt/M. 1991, S. 249–271.
10 Der Begriff stammt von Erika Mann selbst. In Beantwortung eines Fragebogens für Sternfeld und Tiedemann (Wilhelm Sternfeld u. Eva Tiedemann: Deutsche Exil-Literatur 1933–1945. Eine Bio-Bibliographie. Heidelberg 1962) hat sie ihn als Sammelbezeichnung für ihre Bücher vorgeschlagen.
11 Erika Mann: Zehn Millionen Kinder. Die Erziehung der Jugend im Dritten Reich. Amsterdam 1938. Deutsche Neuausgabe: Reinbek 1997.

12 Erika u. Klaus Mann: Rundherum. Das Abenteuer einer Weltreise. Berlin 1929. Neuausgabe: Reinbek 1996.

13 Klaus Mann: Der Wendepunkt. Ein Lebensbericht. München 1976, S. 219.

14 Erika Mann: Briefe I (Anm. 7), S. 15.

15 Vgl. Irmela von der Lühe: «‹The Big 52›: Erika Manns Nürnberger Reportagen». In: ‹Bestien› und ‹Befehlsempfänger›. Frauen und Männer in NS-Prozessen nach 1945, hrsg. v. Ulrike Weckel u. Edgar Wolfrum. Göttingen 2003, S. 25–37.

16 «Völkischer Beobachter» vom 16. Januar 1932. Zu den Einzelheiten vgl. Irmela von der Lühe (Anm. 8), S. 84ff.

17 Helga Keiser-Hayne: Erika Mann und ihr politisches Kabarett «Die Pfeffermühle» 1933–1937. Texte, Bilder, Hintergründe. Reinbek 1995.

18 Erika Mann: Briefe I (Anm. 7), S. 30f.

19 Erika Mann: Blitze überm Ozean. Aufsätze, Reden, Reportagen, hrsg. v. Irmela von der Lühe u. Uwe Naumann. Reinbek 2000, S. 115.

20 Keiser-Hayne (Anm. 17), S. 107.

21 Ebd., S. 146.

22 Ebd., S. 150.

23 Ebd., S. 214–218.

24 Ebd., S. 214.

25 Zu den Einzelheiten vgl. Irmela von der Lühe (Anm. 8), S. 208f.

26 Klaus Mann: Der Wendepunkt (Anm. 13), S. 411.

27 Erika Mann: Briefe I (Anm. 7), S. 120f.

28 Eine repräsentative Auswahl der auf diese Weise entstandenen «Aufsätze, Reden, Reportagen» enthält der Band: Erika Mann: Blitze überm Ozean (vgl. Anm. 19).

29 «Völkischer Beobachter» vom 8. Oktober 1940, S. 2.

30 Willi Alfred Boelcke (Hg.): Kriegspropaganda 1939–1941. Geheime Ministerkonferenzen im Reichspropagandaministerium. Stuttgart 1966, S. 554f.

31 Ima Honaker Herron: The Small Town in American Literature. New York 1971 (EA: 1934); sowie Hans Bertens u. Theo D'haen (Hg.): The Small Town in America. A Multidisciplinary Revisit. Amsterdam 1995. Darin insbesondere der Aufsatz von Dwight W. Hoover: «Social Science Looks At The American Small Town», S. 19–29.

32 Vgl. die Passagen über Sinclair Lewis und dessen Frau, die Journalistin und Deutschland-Kennerin Dorothy Thompson, in Erika u. Klaus Mann: Escape To Life. Deutsche Kultur im Exil. München 1991, S. 368 ff.

33 Dwight W. Hoover: Social Science (Anm. 31), S. 20f.

34 Erika Mann: «Don't Make the Same Mistakes». In: Zero Hour. A Summons To The Free. New York 1940, S. 13–76.

35 Vgl. «Our Booking Office», Punch, or the London Charivari v. 16. Oktober 1940, S. 391.

EDITORISCHE BEMERKUNGEN

Erika Manns Buch «The Lights Go Down. Middletown – Nazi Version» erschien 1940 sowohl im Londoner Verlag Secker and Warburg als auch bei Farrar & Rinehart in New York. Das auf deutsch geschriebene Buch war dazu von dem mit Erika und Klaus Mann befreundeten amerikanischen Schriftsteller Maurice Samuel (1895–1972) ins Englische übersetzt worden; das deutsche Originalmanuskript muß als verloren gelten. Die vorliegende deutsche Erstausgabe ist also eine Rückübersetzung aus dem Englischen. Die Illustrationen von John O'Hara Cosgrave, II entstammen der englisch-amerikanischen Erstausgabe. Einzelne Kapitel des Buches sind vermutlich zwischen 1941 und 1943 in loser Folge und in Broschürenform auch in französischer Übersetzung erschienen, und zwar unter dem Titel: «Ténèbres sur l'Allemagne. Lahore: The Civil and The Military Gazette» (vgl.: Deutsches Exilarchiv 1933–1945 und Sammlung Exilliteratur 1933–1945. Katalog der Bücher und Broschüren, Bd. 2, Stuttgart/Weimar 2003, Nr. 9939).

Am Ende ihres Buches (vgl. S. 267f.) hat Erika Mann erklärt, daß sämtliche Geschichten und Ereignisse, von denen sie erzählt, auf Tatsachen beruhen. Mit Ausnahme von zwei Kapiteln («Dem Andenken eines Helden», S. 107ff., sowie «Leidensgenossen», S. 151ff.) hat Erika Mann als Beweis für diese Behauptung im «Anhang» (S. 269ff.) Quellen und Belege aus zeitgenössischen Zeitungen (z. B. der «Frankfurter Zeitung») bzw. nationalsozialistischen Blättern (z. B. «Das Schwarze Korps») angegeben. Für die vorliegende Ausgabe wurden alle diese Angaben überprüft;

von insgesamt 28 Quellenverweisen ließen sich lediglich acht Verweise aufgrund unvollständiger Angaben oder der Entlegenheit der Quelle nicht verifizieren. In allen anderen Fällen wurde der Wortlaut der deutschen Originalquelle in Erika Manns Text übernommen. Kleinere sachliche Fehler der Verfasserin (z. B. «braune» Uniformen bei Angehörigen der SS) wurden stillschweigend korrigiert.

Erika Manns Anspruch, auf der Grundlage belegbarer Tatsachen (d. h. häufig auch offizieller Verlautbarungn aus der nationalsozialistischen Presse) ein anschauliches Bild vom Alltag im «Dritten Reich» zu zeichnen, schließt selbstverständlich einzelne Fälle nicht aus, für die die Verfasserin ihre Informationen privaten Erzählungen und Begegnungen verdankt. Dies betrifft insbesondere die in Kapitel 7 erzählte Geschichte von Pastor Dr. Gebhardt, dem auf wunderbare Weise die Flucht aus dem Gefängnis gelingt und der sich in die Schweiz retten kann. Erika Mann hat im letzten Absatz (S. 177) des Kapitels «Leidensgenossen» selbst die Spur zur Identifikation ihres Helden gelegt. Es handelt sich um Dr. Kuno Fiedler (1895–1973), einen protestantischen Pfarrer und streitbaren Theologen, der seit 1915 mit Thomas Mann im Briefverkehr stand (vgl.: Aus dem Briefwechsel von Thomas Mann und Kuno Fiedler. In: Blätter der Thomas Mann Gesellschaft, Zürich, Heft 11 und 12, 1971/72, hg. von Hans Wysling). 1918 hatte Fiedler tatsächlich Thomas Manns jüngste Tochter Elisabeth getauft, worauf der Schriftsteller in seinem «Gesang vom Kindchen» (1919) anspielt.

Fiedlers 1921 erschienene Streitschrift «Luthertum oder Christentum» führte zu seiner Entlassung aus dem kirchlichen Dienst; er arbeitete anschließend als Studienrat in Thüringen, wurde wegen mangelnder Regimetreue von der nationalsozialistischen Regierung zunächst strafversetzt und dann entlassen. Am 2. September 1936 wurde er verhaftet, am 19. September konnte er aus dem Würzburger Gefängnis fliehen und gelangte in die Schweiz. Bis 1955 war er Pfarrer in St. Antönien in Graubünden. Über die dramatischen Umstände seiner Flucht, seine Erlebnisse in Deutschland bzw. die Zustände im Würzburger Gefängnis wird Kuno Fiedler, der sich nach seiner Rettung einige Zeit in Thomas Manns Haus in Küsnacht aufhielt, Thomas und Katia Mann ausführlich erzählt haben (vgl. Thomas Mann: Tagebücher 1935–1936, hg. von Peter de Mendelssohn, Frankfurt a. M. 1978, S. 371, sowie: Thomas Mann – Heinrich Mann: Briefwechsel, hg. von Hans Wysling, Frankfurt a. M. 1984, S. 244).

Es kann nicht ausgeschlossen werden, daß es auch für andere Geschichten aus Erika Manns Buch solche «realen» Vorlagen gibt. Ihnen nachzuspüren hätte jedoch den Rahmen dieser Ausgabe gesprengt.

Ohnehin war die Suche nach den von Erika Mann angegebenen Quellen nicht selten aufwendig und oft mühsam. Mit Spürsinn und Engagement, Kompetenz und Ausdauer haben meine Göttinger Mitarbeiterinnen Kora Baumbach, Nadja Lux, Renate Namvar, Birte Werner und Insa Wilke diese Arbeit geleistet. Ihnen sei an dieser Stelle von Herzen gedankt.

Irmela von der Lühe